陈忠实传

白鹿原头 信马行

邢小利 著

人民文学出版社

图书在版编目（CIP）数据

陈忠实传/邢小利著. —北京：人民文学出版社，2018
ISBN 978-7-02-013954-5

Ⅰ.①陈… Ⅱ.①邢… Ⅲ.①陈忠实—传记 Ⅳ.①K825.6

中国版本图书馆 CIP 数据核字（2018）第 043193 号

责任编辑　脚　印
装帧设计　李思安
责任印制　苏文强

出版发行　人民文学出版社
社　　址　北京市朝内大街 166 号
邮政编码　100705
网　　址　http://www.rw-cn.com

印　　刷　北京季蜂印刷有限公司
经　　销　全国新华书店等

字　　数　240 千字
开　　本　890 毫米×1290 毫米　1/32
印　　张　9.25　插页 4
印　　数　1—10000
版　　次　2018 年 4 月北京第 1 版
印　　次　2018 年 4 月第 1 次印刷

书　　号　978-7-02-013954-5
定　　价　33.00 元

如有印装质量问题，请与本社图书销售中心调换。电话:010-65233595

◇ 2010 年，在白鹿原

◇

◇◇

◇ 2010 年，白鹿原上，学老腔艺人表演
◇◇ 2005 年，在西蒋村老屋，重温当年写《白鹿原》的感觉
《白鹿原》就是在这张小桌子上写成的

走你认定的路吧!不要耽搁了自己的行程……

目录

第一章　乡村里的少年
001
　　一、西蒋村，出生地与家世
　　二、灞桥，一个送人远行的地方
　　三、不要耽搁了自己的行程
　　四、赵树理：第一个文学引路人
　　五、由向往"神童"而眺望遥远的天际
　　六、柳青：文学道路上的第二个导师

第二章　民请教师的文学梦
033
　　一、回乡当了小学民请教师
　　二、看不见未来的文学自修
　　三、"处女作"的诞生
　　四、早期习作：黑暗中的摸索
　　五、此生绝不能在女人问题上跌倒
　　六、从农中教师到"保皇派"
　　七、"半个艺术品"修复了文学神经

第三章　戴着镣铐跳舞的业余作者
065
　　一、亮相《陕西文艺》
　　二、《接班以后》一炮打响
　　三、三见柳青
　　四、《无畏》之畏

五、"文革"后期的写作
六、《信任》获奖
七、大树的风格
八、在灞桥文化馆的日子
九、一个"业余作者"的精神面影

第四章　文学自觉与文学理想

一、"剥离"与"寻找"
二、读书兴趣和文学接受
三、寻求艺术突破的"蓄意"阅读
四、西蒋村老屋的藏书
五、蛰居乡村的写作生活
六、从追踪政治与人到探寻文化与人
七、《人生》的"打击"与《康家小院》的"新生"
八、生命的警钟与"枕头工程"

第五章　《白鹿原》问世

一、"寻根"与"挖祖坟"
二、"作家"与"书记"之间
三、在踏勘、访谈和读史中获得灵感
四、保全真实感受的固执
五、倾其生活、艺术和勇气的全部而为之

六、"咋叫咱把事给弄成了!"

七、《白鹿原》的出版

第六章　原下的日子

一、一段空前绝后的美好时月

二、《白鹿原》：持续二十多年的火与热

三、主席之位

四、归去原下

五、清夜闲谈

六、寓居二府庄

第七章　长河·蝶变

一、通过散文回到自身

二、西湖论剑："思想的力量"与"生命体验"

三、在文学史的长河中

四、蝶变

五、最后的日子

六、盖棺论定：海内外唁电中的评价

七、葬礼

后记

第一章 乡村里的少年

一、西蒋村,出生地与家世

二、灞桥,一个送人远行的地方

三、不要耽搁了自己的行程

四、赵树理:第一个文学引路人

五、由向往"神童"而眺望遥远的天际

六、柳青:文学道路上的第二个导师

1960年，陈忠实的母亲贺小霞、哥哥陈忠德、妹妹陈新芳

初中毕业照，陈忠实（前排左一）手拿1959年刊有《创业史》的《延河》杂志

一、西蒋村，出生地与家世

1942年8月3日，陈忠实出生于灞河南岸、白鹿原北坡下的西蒋村（简称蒋村）。这一天是农历的六月二十二日，在五行中属火。这一年按中国人的属相说，是马年。

陈忠实后来说，他命中缺水，不知与这个火命有无关系。他母亲说，陈忠实落地的时辰是三伏天的午时。落地后不过半个时辰，全身就起了痱子，从头顶到每一根脚趾头，都覆盖着一层密密麻麻的热痱子。只有两片嘴唇例外，但却暴起苞谷粒大的燎泡。整整一个夏天，他身上的热痱子一茬儿尚未完全干壳，新的一茬儿又迫不及待地冒出来，褪掉的干皮每天都可以撕下小半碗。很多年后，陈忠实在他的一篇散文《回家折枣》中写道，曾有一个乡村"半迷儿"的卦人给他算过命，说他是"木"命。他父亲喜欢栽树，他自小受父亲的影响，后来也喜欢栽树，也许是应了木命之说。

西蒋村（原属毛西公社、毛西乡、霸陵乡）如今隶属陕西省西安市灞桥区席王街道办，是一个很小的村子。村以"蒋"名，却没有一个蒋姓。除了几户姓郑的村民，西蒋村村民大都姓陈。西蒋村、东蒋村和位于白鹿原半坡上的史家坡这三个自然村，相距很近，同办一所初级小学。据1989年版作为内部资料印行的《陕西省西安市灞桥区地名志》介绍，咸宁、长安两县续志载，东西蒋村原来是一个村，1936年分为两村。居东者名东蒋村，居西者名西蒋村。西蒋村位于灞河南岸，白鹿原北坡下，五十八户，二百六十三人，耕地四百〇三亩。

陈忠实的哥哥陈忠德介绍，陈姓祖先应该是在清朝嘉庆年间或嘉庆前从别处迁移而来的。何处迁来，难以查考。陈忠德回忆说，当年西蒋村的东边和西边各有两个小庙，"文革"中"破四旧"时被拆毁，庙里供奉的佛像也未能幸免。拆庙毁佛时，他在现场看热闹，看到一尊泥胎佛像身子中间是一根木棍，木棍外边绑着稻草，稻草上面再糊泥，这样泥塑的佛像结实。他说他记得很清楚，棍子上还绑着一本老皇历，他当时把那本老皇历拿回家了，翻看时记得其中有一页上画有红色标记，他认为那个红色标记应该就是建庙的吉日。可惜这本皇历后来不知去向。他还记得，佛像胸前有个护心镜，是一个嘉庆元宝。由此判断，村中建庙之年当为嘉庆年间。村子建庙，应该是村子初成规模之时。据祖传的说法，西蒋村陈氏家族的祖先迁移到这个村子后，给后代起名字排辈分，一共起了十个字，现在这十个字已经用完。陈忠德说，他们现在只能记得后六个辈分的字，依次是国、嘉、步、广、忠、永。"永"字辈的都是新中国成立后出生的。十个名字就是十辈，一辈的年龄差距大致按二十年算，十辈人也就是二百年的样子。算起来，从清朝嘉庆年至今，恰好是二百年多一点，时间大致能对上。因此推断，陈氏家族居于此地或者说西蒋村的历史大致就是二百多年。

关于蒋村村名的来历，笔者曾请教陈忠实和蒋村的一些老人。他们都说，目前还没有见到有关这个村子历史的文字记载，可能村子里曾经住过蒋姓人家，后来举族迁走，村名却留了下来。笔者曾和陈忠德探讨过村名的问题。东晋十六国和南北朝时期，是中国历史上又一次大分裂时期。这一时期，北方以匈奴、羯、鲜卑、氐、羌为主的少数民族与当时内地汉族杂居、融合，关中被少数民族政权轮番占领。后秦，是羌族政权，以汉长安城为都城，国号大秦。羌族是个古老民族，地处陕西西部及以西地区，到西晋时，经过二三百年的生息繁衍，人口剧增，与关中西部的氐人连成一片，布满长安周围。当时人言，"关中之民，半为氐羌"。进入十六国时期，关中羌人数量持续增加。后秦建立后，羌人显官豪族集中长安，关中羌人数量达到数十万。在匈奴、羯、鲜卑、氐、羌等"五胡"大举入占中原以及关中的时候，中原以及关中的汉人大举南迁，很多人逃往江东即今江南一带。那时迁入关中的匈奴、鲜卑、羌、氐、羯等少数民族居于汉人遗弃的村子，被称为"戎村"或"羌村"。因为入居关中人口最多的一族是羌族，占当时关中总人口的三分之一，所以羌村数目最多，"羌村"成了各少数民族村庄的代称。而当时没有南迁的汉族人仍居于原地，被称为"留村"或"留堡"。随着历史的演化，特别是汉族政权的建立和汉族势力的强大，"羌村"地名也发生了演变，总体表现为去少数民族化倾向，"羌"这个具有鲜明少数民族特征的字被另外一些同音字取代。就像陕南的"宁羌"县后来改为"宁强"县一样，关中地区许多古羌族或氐族曾聚居过的村庄，地名也发生了演化，由"羌"字变而为"强""姜""江"等谐音字。比如笔者老家所在的村子，今名东江坡，现属长安区杜曲街道办，是一个古老村庄，大约形成于东晋时期，原名"羌堡"，后来演变为"姜堡""江坡"。马长寿先生在《碑铭所见前秦至隋关中部族》中说，西晋十六国时期关中"羌堡"后来多写为"姜堡"。宋人张礼在《游城南记》中记有"越姜堡过兴教寺"。由"姜堡"再谐音演变为"江坡"，与古名已经相差万里。清嘉庆《咸宁县志》中已把江坡分记为东江坡和西江坡二村，沿用至今。这样村名演变的例子很多。再如长安区王莽街道办"江村"的"江"，即由"羌"演化而来。如此看来，蒋村的"蒋"，也有可能是"羌"音演变而来。如果真是，那蒋村的历史就长了。

据现在可考的历史看,蒋村的陈家是一个世代农耕之家。除了"耕"之外,陈家还重视另一个"家脉",这就是"读"。"耕读传家",是中国人也是乡村文化最基本的价值观和生活信念:既学谋生,又学做人。耕,是人与土地的关系,解决的是人的生存问题;读,是人与文化的关系,解决的是人的文化和精神传承问题。

陈忠实的曾祖父陈嘉谟,曾经做过私塾先生。其人个子很高,腰杆儿总是挺得又端又直。他从村子里走过,那些在街巷门楼下袒胸露怀给孩子喂奶的女人,全都吓得跑回家,或就近躲进村人的院门里头。

陈忠实的祖父陈步盈,也做过私塾先生。陈步盈这一辈有兄弟三人,分属两支,是堂兄弟关系。陈步盈为一支,单传;到陈忠实的父亲陈广禄,仍是单传。另一支两个"步"字辈的是亲兄弟,他们是陈忠实的祖父辈。其中老大去世早,陈忠实没有见过面,老大有两个儿子,"广"字辈,是陈忠实的叔父。老二在分家时住于陈家祖屋上房和门房之间位于西边的厦屋,陈忠实这一茬孙子辈称其为厦屋爷。厦屋爷有两个儿子,据说都属于不安分守己种庄稼过日子的人,跟着一个外来人走了,后来一前一后各回来过一次又走了,此后再无消息,于是就把老大的小儿子过继给了厦屋爷。这个小儿子是个孝子,他把厦屋爷从厦屋搬到了上房的西屋。陈忠实稍长,有了一些辨识能力的时候,他看到的厦屋爷已经进出于上房的西屋了。厦屋爷是陈忠实唯一见过面还有印象的爷爷辈的人。但是这个厦屋爷也在陈忠实八九岁时就去世了。厦屋爷与孙子辈关系不太亲密,陈忠实对他的记忆模糊而陌生,留下来唯一的印象,是他手里总捏着一根超长的旱烟杆儿,抽烟时需要伸直一只胳膊,才能把燃烧的火纸送到装满烟末子的旱烟锅上。直到快四十年后,陈忠实创作《白鹿原》,在写他祖父那一辈人物的性格和命运的时候,鬼使神差似的,他恍惚中听到了厦屋爷在夜深时的呻唤声,那一声重一声轻的呻唤,刹那间忽然唤醒了他沉眠已久的记忆。

陈忠实祖居的老屋位于白鹿原北麓，坐南朝北，面向灞河和骊山南麓。陈忠实回忆，本门族的一位爷爷给他说，他们这个门族最早的一位祖先，是个很能干的人。这位祖先在村子里先盖起了陈姓聚居的第一个四合院，尔后积累了数年，又紧贴着这个四合院在西边建起了第二个四合院。他的两个儿子各据一个，后来就成为东门和西门。陈忠实是东门的子孙。陈忠实懂事起，就记得东门里居住着他的父亲和两位叔父。西门人丁更为兴旺，那个四合院已经成了名副其实的八家院。之后，东门和西门再未出现过擅长经营治家的人，后人便都聚居在这两个四合院里，再没有添一间新房，也无人迁出老宅，直到1949年新中国成立。

陈氏家族应该在陈忠实曾祖父陈嘉谟那一代就确定了分家的格局，陈忠实的祖父陈步盈和父亲陈广禄在同辈兄弟中居长，东为上，陈广禄便继承了上房东屋和中院东边的厦屋。在上房的东屋和西屋之间是一间明室，作为两家共有的通道；因东屋和西屋是窗户对着窗户门对着门，其间距不过三大步四小步。陈忠实家的两间厦屋用土坯隔开，南边的做厨房，北边的做牛圈。一家人住在上房东屋。这是陈忠实出生后至成年相当长一段时期内的家庭院落格局。

陈忠实出生的时候，他的祖父陈步盈已经过世。在散文《家之脉》中，陈忠实描写过祖父的遗物，那是一堆当过先生的祖父用毛笔抄写的书，行话叫"抄本"。它们实际上也是一份珍贵的遗产，包含着中国人根深蒂固的文化信念，就像他父亲陈广禄所说，"当先生先得写好字，字是人的门脸"；当然也隐含了一些源远流长的文化信息，这需要陈忠实在后来的日子里长久地去体悟。

陈忠实的父亲陈广禄生于1906年，是一个地道的农民。但他会打算盘，也能提起毛笔写字，还能读小说、剧本乃至《明史》这样的书。在当时的农村，算是有文化的人。陈忠实记述说："父亲是一位地道的农民，比村子里的农民多了会写字会打算盘的本事，在下雨天不能下地劳作的空闲里，躺在祖屋的炕上读古典小说和秦腔戏本。他注重孩子念书学文化，他卖粮卖树卖柴，供给我和哥哥读中学，至今依然在家乡传为佳话。"①陈忠实从对父亲的评价转到了家族之脉。他说，从做私塾先生的祖父到他的孙儿这五代人中，他的父亲是最艰难的。父亲没有祖父那样的做私塾先生的地位和经济基础，作为一个新中国的农民，土地和牲畜都交了公，也无法从中获取可能有的劳动创造，可以说一无所有，但还是心强气盛，拼死也要供着两个儿子读书。父亲陈广禄耐劳、勤俭、性格耿直，这些同左邻右舍的村人并无多大差别，但是父亲坚信不疑的文化意识却是陈家最可称道的东西。陈家虽然说不上是书香门第，但敬重文化，重视子女教育，耕而且读，这些是陈家几代人传承不断的精神血脉。

陈忠实的母亲贺小霞，生于1915年8月20日，是白鹿原上狄寨镇伍坊村人。

陈忠实上有一姐陈希文，有一哥陈忠德，下有一妹陈新芳，排行第三。1958年陈忠德高中只上了一年，就在"大跃进"的第一年被招工到青海参加工作。"大跃进"后，青海兴建的厂矿和学校纷纷下马关门，陈忠德别无选择，只好和当时的许多陕西青年一样，回到老家，当了人民公社社员。陈忠实对笔者讲过一些他家里的情况，在他之后，他的母亲还生了六七个弟弟妹妹，除了妹妹陈新芳活了下来，其他都夭亡了。其中多亡于当地乡村所言的"四六风"，即出生后第四天生病抽风，第六天死亡。今天看这个病，其实就是破伤风。因为当时农村接生，是用没有消过毒的剪刀剪断肚脐，如果剪刀上带有破伤风病菌，就会感染破伤风。有一弟是四五岁时夭折的，应该是亡于肝炎。他说他记得很清楚，弟弟那时浑身发黄，甚至黄到透明。还有一个妹

---

① 陈忠实：《家之脉》，广州出版社2000年版，第3页。

妹也是四五岁时病死的。陈忠实说,母亲说他"克性"大,一连"克"死了五六个弟弟妹妹。

陈忠实后来在他的散文中几次提到神汉给他们家看风水禳灾的事,从中可以见出陈家当年的一些家庭境况。《火晶柿子》中,二十世纪五十年代,他读小学时,由于家里几年来灾祸连连,一个小妹夭折,一个小弟长到四五岁也夭折,又死了一头牛,父亲陈广禄就请了一位神汉到家里勘察风水,神汉从前院审视到后院,让把后屋和厦房过道间的一棵火晶柿子树砍掉。他父亲读过古代演义类小说,不用神汉解释,便悟出其中玄机,"柿"谐音"事",就砍掉了柿树。在散文《父亲的树》中,陈忠实讲述了同样的"我们家诸事不顺"之后,说父亲惶恐中请来了一位阴阳先生,阴阳先生说他家祖坟所在的那块地西北角太空了,聚不住"气",邪气乘虚而入,父亲听了阴阳先生的禳解之法,就在那里栽种了一棵皂荚树。

父亲陈广禄当年对陈忠实的要求很实际。"要我念点书,识得字儿,算得数儿,不叫人哄了就行了。他劝我做个农民,回乡务庄稼,他觉得由我来继续以农为本的家业是最合适的。开始我听信父亲的话,后来就觉得可笑了,让我挖一辈子土粪而只求一碗饱饭,我的一生的年华就算虚度了。"①

陈忠实不愿意过那种"只求温饱而无理想追求的猪一样的生活",不愿意虚度年华做一个碌碌无为的人,但他的一生应该如何度过,西蒋村还不能告诉他。他不愿意按照父亲的意愿和规划来安排自己的人生。这个木命而缺水的孩子,有着自己朦胧的人生理想。站在白鹿原顶,可以南望秦岭,北眺骊山;向西看,是繁华的都市——西安;向东,则可以走出潼关,走向山南海北。但是,人生之路应该怎么走,到底能走多远,年少的陈忠实显然还不知晓。

---

① 陈忠实:《忠诚的朋友》,见《生命之雨》,陕西人民教育出版社1996年版,第410页。

二、灞桥，一个送人远行的地方

灞桥，是一个送人远行的地方。也是一个被千古文人吟诵的地方。

陈忠实这样描述自己的生活地："我的出生地蒋村，北边东边东南边都与蓝田县辖的大小村庄为邻，我的小学高年级就是在灞河北岸蓝田县油坊镇的小学就读的，路程也就二三里地。那个油坊镇是一个古老小镇，农历每到单日逢集，总是人山人海，包揽了南原（白鹿原）北岭（骊山南麓）和灞河川道的庄稼人，到这里来完成农林牧副产品的交易。这是我十二岁以前所能看见的最繁华的景象。"①

陈忠实说，他的家就坐落在两千多年前项羽给刘邦设"鸿门宴"的那一带——"灞上"。他还说，当年刘邦机智地"起如厕"后，就是从他家猪圈的那个位置跑过的。

西蒋村原属灞桥区毛西公社，今属灞桥区席王街道。灞桥区是西安市辖区之一，据相关史志记载，灞桥区地处西安地区东部，辖境南以荆峪沟与长安区为界，东与蓝田县、临潼区为邻，北接高陵县（其中西段以渭河为界），西界北部隔灞河与未央区相望，南部隔浐河与雁塔区毗邻，中部在浐河以西与新城区相接。全区现辖纺织城、红旗、狄寨、十里铺、席王、洪庆、灞桥、新筑、新合九个街道办事处。西安市灞桥区是1955年建立的。回顾灞桥地区属县的沿革，从战国到清，建县两千多年间，分属芷阳县、霸陵县、霸城县、万年县、咸宁县等。1913年，民国政府撤销咸宁县，并入长安县。后撤府设道，长安县隶属设于西安城内的关中道。后关中道撤销，长安县遂直属陕西

---

① 陈忠实：《一把铁勺走天下》，见《吟诵关中》，重庆出版社2008年版，第55页。

省，管辖今西安城区和长安区全部。1928 年，将属于长安县的城区部分分出，设为西安市，旋于 1930 年撤市，1933 年再次设为西京市，后又改为西安市。1938 年长安县政府搬迁至城南大兆，1949 年再迁韦曲，但仍管辖西安市东、西、南、北四郊。中华人民共和国建立后，随着经济建设的发展，1955 年划出长安县第五区（灞桥区）和第四区（狄寨区）的六个乡，设立了西安市灞桥区。1958 年又将原长安县的新筑区划入，设立了新筑公社，将长安县的狄寨乡划入灞桥区红旗公社。此后，高陵县的耿镇地区曾一度划入，西安东关、胡家庙、韩森寨等地区也曾一度划入。1965 年，灞桥区撤销，并入西安市新设立的西安市郊区。1980 年，郊区撤销，灞桥区建制恢复。此后，灞桥区的辖境才开始稳定下来。

　　陈忠实对自己所生长的这块土地的历史非常熟悉。2008 年 3 月 21 日晚，在他陕西作协的办公室，他给笔者这样叙述他家乡的历史沿革：辛亥革命前的清政府时期，现在的西安一分为二，以钟楼为分界线，南至终南山，北达渭河，东片为咸宁县，西片为长安县。咸宁县政府在东县门，长安县政府在西大街。陈忠实笑着对笔者说："我们咸宁县为第一邑，你们长安县为第二邑。"辛亥革命后，张凤翙主政陕西，把两县合并，取消咸宁县，保留长安县。范围东到蓝田，西达咸阳，南抵秦岭，北至渭河，没有现在的西安市及各区名。长安县名和范围一直延续到 1955 年合作化成立时期。其间，在抗日战争时期，日军飞机轰炸西安，国民党长安县政府为躲避轰炸，迁到长安县少陵原上的大兆镇；1949 年共产党建立的长安县政府移到韦区，此后再没有进城。1965 年到 1980 年 3 月，西安四个郊区合并，通称郊区。这个郊区当时有人民公社二十六个。陈忠实所在公社名为毛西公社。1980 年 3 月至今，郊区又一分为三，东郊灞桥区未变，南郊雁塔区和北郊未央区名字也未变，只是把阿房区取消了，原来的阿房区南部归了雁塔，北部给了未央。

　　"灞桥"得名始由秦穆公改滋水为霸水，与秦穆公当年的霸业有关。秦穆公，姓嬴，名任好，公元前 659 年至前 621 年在位。即位之初，秦国经济落后，穆公选贤任能，多方延揽人才，又广泛使用铁器，努力发展生产。秦国连年五谷丰登，国势日强。遂向东攻打晋国，灭掉梁国、卫国。后来在崤（今河南三门峡东南）被晋国打败，于是转而西进，灭掉了西戎，并乘胜灭掉了十二个小国，开拓了千里疆土。远在洛邑的周天子派使臣到秦国表示祝贺，承认秦在西部的霸主地位。秦穆公与齐桓公、晋文公、宋襄公、楚庄王，并称"春秋五霸"。公元前645年9月，秦、晋于韩原交战，秦穆公大胜，俘获晋惠公，双方于灵台订立盟约，晋国割让河西之八城（今陕西东部）归秦。秦国由此始获得滋水以东之地。公元前623年，为彰其霸业，穆公下令改滋水为霸水，并在灞河东岸（一说今席王街道附近）筑霸城，作为继续东进的指挥中心。霸城亦称霸宫。公元前350年，秦孝公又在霸城设置了芷阳县，"芷""滋"同音。秦亡汉兴之后，"霸"渐渐演变成"灞"。灞桥区以灞桥得名，灞桥架在灞河上。

灞河是渭河最大的支流，关中八水之一。灞河源出蓝田境内的秦岭山中，流经灞源镇后，由南转向西北，进入蓝田谷地，吸纳了清河、辋峪河，在蓝田县城以西受白鹿原的约束，转向西北，进入灞桥区，自东南而西北流，经洪庆、席王、灞桥等街道后，又吸纳了浐河再向北流过新筑，于新合街道境内注入渭河。其实，上古时，灞河本来是经灞桥街道豁口村一带北流入渭河的。后来不知何时，改道向西，鸠占鹊巢，反客为主，抢占了浐河河道，反令浐河成为支流。

灞河出秦岭，过白鹿原后掉头向西，进入沃野千里的平原。唐代诗人岑参在诗中说，"山中灞水北"。隋唐灞桥，正好建于这一形胜地带。站在灞桥之上，举目南望，群山逶迤，驻足北眺，渭水东流，西接千年帝都，东倚锦绣骊山。河岸边绿柳成荫，河堤上游人徜徉，桥下游船如梭，桥上车水马龙。而桥头，则建有离亭和鳞次栉比的歌楼酒肆。这里留下了朝廷命官升迁贬谪时的身影，也留下了士农工商郊游踏青的欢声笑语，最为人传诵的，当是文人与游子送行饯别的瑰丽诗章。

长亭折柳赠别,几乎成了灞桥的同义语。长亭,又称离亭,乃送别之地。唐朝灞桥的离亭,在今西安市第三十四中学校内。该校是陈忠实读高中时的母校。校中所存孙蔚如创办灞桥小学的纪念碑碑文记载,"主席孙公""爱捐千金建一小学","就离亭龙王庙二处营造"。二十世纪三十年代,孙蔚如将军曾为当时尚存的古离亭写过匾额。1958年前后,三十四中在离亭故址修筑了办公室,"文革"前,该校还留有离亭廊柱基石一块。此地与1994年发现的隋唐灞桥的走向正好在一条线上。

灞桥,送别之地。灞柳,送别之物。长亭外,古道边,芳草碧连天。

陈忠实在小说《白鹿原》中,称灞河为"滋水",称浐河为"润水",意为滋润大地之水。

1992年夏,陈忠实写完《白鹿原》之后,填词一首《青玉案·滋水》,这样描写灞河的风姿:

> 涌出石门归无路,反向西,倒着流。杨柳列岸风香透。鹿原峙左,骊山踞右,夹得一线瘦。
>
> 倒着走便倒着走,独开水道也风流。自古青山遮不住。过了灞桥,昂然掉头,东去一拂袖。

"独开水道也风流",说的是灞水,也是说自己。

陈忠实也要寻找自己的路。

三、不要耽搁了自己的行程

1949年5月20日,中国人民解放军解放西安。

1950年春天,陈忠实八岁,开始在本村即西蒋村上小学。当时,西蒋村小学是一个四年制的初级小学,春季入学。

许多年后,陈忠实还清楚地记得,1950年春节过后的一天晚上,在他家那盏祖传的清油灯下,父亲把一支毛笔和一沓黄色仿纸交到他的手里,说:"你明日早起去上学。"他拔掉竹筒笔帽儿,里边是一撮黑里透黄的动物毛做成的笔头。父亲又说:"你跟你哥伙用一只砚台。"

毛笔、仿纸、砚台,这是传统的书写用具。应该还有一个墨锭。今天已经很少有人用墨锭了,都是买瓶装的墨来用,所以也不一定用砚台。陈忠实当年上学,所用的还是传统的笔、墨、纸、砚。但是,由于家境贫寒,只能用仿纸代替宣纸。所谓仿纸,是儿童练习写毛笔字用的纸,有的上面印有格子,也叫仿格或仿格纸。砚也只能与兄长伙用一个。一个读书人一定要写得一手好字,而且是毛笔字。陈忠实后来回忆说,他记得他们家木楼上有一只破旧的大木箱,里面乱扔着一堆书。他看着那些发黄的纸和一行行栗子大的字问父亲:"是你读过的书吗?"父亲说是他读过的。随后又加重语气解释说:"那是你爷爷用毛笔抄写的。"这使幼小的陈忠实大为惊讶,他原以为这些书和字是石印的,想不到竟是爷爷用毛笔亲手写的,并且这个毛笔字居然写得和他课本上的字一样规矩。看着他一脸的惊异,父亲教导他说:"你爷爷是先生,当先生先得写好字,字是人的门脸。"虽然在陈忠实出生之前爷爷已经谢世,但会写一手好字的爷爷却让他由心底产生了崇拜。父亲的毛笔字比不上爷爷,但他父亲会写字。每到大年三十的后晌,村人三三两两夹着一卷红纸走进院来,求父亲给他们写春联。父亲磨墨、裁纸,为乡亲写好一副一副新春对联,然后摊在明厅的地上晾干。在一旁瞅着那些大字不识的村人们兴致勃勃地围观父亲在那里挥舞笔墨,陈忠实隐隐感到一种难以言说的自豪。

人生忧患识字始。人生起步写字始。陈忠实后来的一生,都与写字分不开,他和写字结下了不解之缘。

1952年,陈忠实十岁。春季和夏季,他在改迁到东蒋村的初级小学读三年级。这一年,学校由春季入学改为秋季入学。学校规定,学习好的学生进入下一年级,差的留一级。陈忠实在班上属于学习好的学生,到了秋季,就直接进了四年级。

1953年夏季,他在东蒋村的四年制初级小学毕业。本来应该到离自己村子最近的东李村上五至六年制的高级小学,但那一年东李村小学不招高年级考生,他只好与三个同学一起到灞河对岸的蓝田县华胥镇油坊街报考那里的高级小学。结果,连他在内考上了两人。

从灞河南岸的家里到北岸的油坊街小学,大约有二三里路。路不算远,但要过一条灞河。由于灞河一年三季经常涨水,往来不便,他便在学校搭灶住宿,晚上睡在木楼的教室里。夜里尿憋,要下了木楼梯,到流经教室房檐下的小水渠撒尿,早上又到这个小水渠里洗脸。大伙儿在这个小水渠又是撒尿又是撩水洗脸,不以为怪,只顾嘻嘻哈哈乐着。这条水渠从学校的后围墙下引进来,曲折流过半边校园,然后从学校大门底下石砌的暗道流到街道里去。小学所在的这条街叫油坊街,也叫油坊镇,后来称作华胥镇。这是一条繁华的街道,时常有集市。陈忠实上学以前,曾随父亲来这里逛集。名为油坊街,想是曾经有过榨油作坊,如今已经看不见榨油作坊的遗迹了。短短一条街道,有杂货铺、文具店、铁匠铺、理发店等,多是两三个人的规模。逢到集日,川原岭坡的乡民挑着或推着粮食、木柴和时令水果,牵着或赶着牛羊猪鸡来交易,市声嗡响,生动而热闹。父亲陈广禄经常来赶集。他在河川的几块水地渠沿上种植杨树,靠卖树供养两个儿子上学。

考上这所高级小学,陈忠实除了认真刻苦学习功课,也好奇爱玩。他第一次摸了篮球,打了篮球。油坊街距华胥塚遗址所在地孟家崖村不过一华里,班上有孟家崖村的同学,但那个时候,陈忠实没有听人说过华胥氏的传说,却听过不远处的小小的娲氏庄,就是女娲"抟土造人"的地方。"抟土造人"的神话令陈忠实好奇。有一天,他和同学在晚饭后跑到娲氏庄,寻找女娲抟泥和炼石的遗痕,结果什么也没有发现。陈忠实有时也耍小性子,有位算术老师平时非常喜欢他,可他却因耍小性子伤了这位老师的心,令他非常懊悔。

1955年,陈忠实十三岁,他在油坊街高级小学毕业了。6月份,他到灞桥的西安市第十四初中(今西安市第三十四中学)考区参加升初中的考试。到了1993年,也是在6月,距这次考试三十八年之后,陈忠实五十一岁,他回想起这一次考试路上的情景,感慨万端,写了一篇相当精彩也相当动人的散文《汽笛·布鞋·红腰带》①,回顾并且反思了这一次可以称得上是刻骨铭心的生命历程。

在系上头一条红腰带过后半年,陈忠实在高级小学毕业了。四十多岁的班主任杜老师带领着他和二十多个同学,徒步到距家三十余里的历史名镇灞桥投考中学。他是这批同学中年龄最小、个头最矮的一个。这是他第一次出门远行。他穿的是平常穿的旧布鞋,三十里的砂石路把鞋底磨烂磨透了,脚后跟磨出红色的肉丝,淌着血,血浆渗湿了鞋底和鞋帮。他渐渐地落在了队伍的后面。大家倒退回来,鼓励他跟上队伍,然而大家的关爱和激励并不能减轻他脚底的痛楚,他不愿讲明鞋底磨烂的事,怕穿胶鞋的同学嘲笑自己穷酸。他不愿在任何人面前哭穷。陈忠实又落在了队伍的后面。光脚磨在砂石路上,疼痛难忍,他先后用树叶、布巾和课本来塞鞋底,都无济于事。他几乎完全绝望了,脚跟的疼痛逐渐加剧,以至每一抬足都会心惊肉跳,走进考场的最后一丝勇气终于断灭了。就在灰心转念的时候,他听到了一声火车汽笛的嘶鸣,接着看到了一列呼啸奔驰过来的火车。停下来的脚步与飞驰的火车形成了鲜明的对比。天呐!这世界上有那么多人坐着火车跑哩,

---

① 关于此文中系红腰带的时间,原文写的是"系上红腰带之后半年"。中国汉民族习俗是本命年系红腰带,陈忠实系红腰带应该是他整十二岁时,即1954年马年这一年。而这次考试时——1955年是羊年,他已经十三岁了。应该是,在他系头一条红腰带过后半年。经求证陈忠实,陈认为自己记忆有误。

根本不用双腿走路！一时间，一股神力突然而起，他愤怒了，心中只有一个信念：人不能永远穿着没后底的破布鞋走路！于是，他拔腿而起，在离学校还有一二里的地方，终于追赶上了老师和同学。

汽笛、布鞋、红腰带，在这里都有极强的文化象征和生命内涵。汽笛是他生命中第一次听到的声音，代表的是远方的召唤。汽笛、火车都是他前所未闻、前所未见的东西，是文明，是新世界。汽笛的鸣叫似乎也在启迪着一个乡村少年，文明和新世界就在前方，召唤他勇敢地前行。布鞋代表的是他当时的身份与境遇。红腰带显示的是生命的年轮，代表来自母亲的生命祈福和传统社会给人的精神告慰。

这次赶考的经历，给了他深刻的生命启示。此后，每当遇到人生重大挫折的时候，意念惶惑的时候，甚至企图放弃生命的时候，那一声汽笛的鸣叫就会从他生命深处响起。他知道，那是远方的召唤，让他咬牙挺过去。陈忠实明白并坚信一个道理：无论"生命历程中遇到怎样的挫折怎样的委屈怎样的龌龊，不要动摇也不必辩解，走你认定了的路吧"！"任何动摇包括辩解，都会耗费心力耗费时间耗费生命，不要耽搁了自己的行程"。[①]

当年上油坊街高级小学，他和同村的同学是三个考上两个；这一次升初中，只有他一人考上。就读的学校是西安市第三十六中，位于韩森寨。由于三十六中的初中当时还在修建之中，他初一第一学期是在西安大东门外鸡市拐索罗巷的一个教堂上课。这里距家五十多里，路途遥远，他只好在学校寄宿。每到星期天的下午，他背上母亲给他准备的一个星期的干粮，多是粗粮馍，从西蒋村走到鸡市拐索罗巷，上一个星期的课。每天的伙食，基本上是开水泡干馍。到了星期六的下午，他再走回家去。家中境况好的时候，父亲会一个礼拜给他两毛钱，让他买点咸菜或者辣

[①] 陈忠实：《汽笛·布鞋·红腰带》，见《告别白鸽》，湖南文艺出版社1998年版，第17、18页。

子酱。星期天回家,吃上母亲擀的面,就是最好的伙食了。

　　1955年的西安大东门外,特别是鸡市拐索罗巷一带,还是一片荒凉,晚上经常有狼出没。到了冬天,天寒地冻,陈忠实仍然要在家与学校之间徒步往返。一个礼拜五的晚上,一场大雪骤然而至,足足下了一尺多厚。第二天上课,他心里一直发慌,这样的天气,怎么回家去背馍呢?熬煎到最后一节课上完,他走出教室,猛然看见父亲披一头一身的雪,迎着他走过来,肩头扛着一口袋馍馍,笑吟吟地对他说:"我把干粮给你送来了,这个星期不要回家了,你走不动,雪太厚了……"

　　西蒋村地处灞河南岸,土地丰饶。父亲陈广禄是个地地道道的农民,种庄稼是一把好手,吃苦耐劳,但是日子过得还是异常窘迫。虽是农民,他的眼光却看得长远,一个不落地供着两个儿子上学。没有别的门路,只有勒紧裤腰带,拼命向土地索取。同时供着两个中学生,办法有两个,一个是卖粮,一个是卖树。卖粮是尽量让自家少吃,卖树是拼着命向外开掘。那年头粮食太少,主要还是卖树。陈广禄从青年时代起,就喜欢栽树。他在自家那四五块河滩地头的灌渠沿上,栽着纯一色的小叶杨树。树生长快,变钱也就快。陈广禄把有限的土地充分利用,树种得很稠密,不足一步就是一棵。两个儿子上学的费用一分钱也少不得,所以,他卖树不能等到哪棵树成材了才卖,一切依买家的需要而定,粗树当檩卖,细树做椽卖。当时一根一丈五尺长的椽子能卖一元五角,一丈长的椽子价位在八毛到一块之间。树卖了,陈广禄紧接着还要把树根刨挖出来,指头粗细的毛根也不舍弃,劈成小块晒干,然后挑到集上去卖,一百斤劈柴最高能卖一块五毛钱。陈忠实和哥哥陈忠德的课本、作业本、班费、班上大家合购的理发工具费,以及陈忠德的菜票、陈忠实的开水费等等,都得指靠这个卖树的钱。由于没有其他钱的来项,短短三四年时间,滩地上的小叶杨树就被砍伐一空,地下的树根也被掏挖干净。

　　1955年底,农村实行合作化,土地归集体。父亲无地可种树,当然也无树根可刨了。

"钱的来路断咧！树卖完了——"大年初一晚上，父亲无奈地对初中一年级只上了一个学期的陈忠实说，他期望儿子能够理解。"你得休一年学。"父亲的话，思谋已久，"一年。"父亲再次强调，显然说这个话还是感到很艰难。父亲的谋划是，让陈忠德先上完初中，如果能考上个师范学校或技校，学费就会由国家出，压力缓解之后再供陈忠实上学。陈忠实虽然也有委屈，但他理解父亲的难处，便答应了。

春季开学后，陈忠实到学校办理休学手续。班主任在他的休学申请上写了"同意休学一年"的意见，校长签了"同意"二字。他到教务处开休学证书时，一位年轻的女老师对这个好学生因贫穷休学充满了同情，但又很无奈。送他走出校门时，眼含热泪嘱他明年一定记着来复学。

休学后，陈忠实在家里看妹妹，经常背着妹妹在村子里闲转。有一天，乡政府书记在村子兴办农业合作社，他跟着看热闹。书记看到这个抱着孩子的孩子，很是奇怪，就问他为什么不上学。他说休学了。问他为什么休学，他不说。书记就问村上的人，村上人说，这娃学得好，但是家里穷，他父亲供不起休学了。书记立即发了火：新社会怎能让贫农的孩子失学？一定得上学。书记后来跟学校联系，让这个少年复学。学校每个月给他六元钱的助学金。那时对贫苦家庭孩子上学有助学规定，后来陈忠实换了几个学校，从第十八中学到第三十四中学，这些学校给不仅给他助学金，而且每月还升为八元钱。[①]陈忠实后来说："我是依靠着每月八元的助学金在读书，成为我一生铭记国家恩情的事。"[②]这是后话。

[①] 关于初中助学金数额，陈自己有些文章写为每月八元。2012年5月5日下午，陈忠实就这个问题对笔者说，在第三十六中上初一和初二时是六元，转学到第十八中学后，变为每月八元。后来到第三十四中读高中，每月也有八元助学金。另外，有些文章写，陈忠实当时在第三十六中复学后，学校还给他免除了一切学杂费，陈忠实说并没有免除。

[②] 陈忠实：《父亲的树》，见《吟诵关中》，重庆出版社2008年版，第154页。

到了秋天，他就又到学校上课了。但是因为他初中一年级第二学期的课程没有学，只能从初中一年级第一学期从头学起。这样，他虽然耽误了一个学期，实际上还是耽误了整整一年。因了这一年的耽误，他后来的命运也因此而改变了。

四、赵树理：第一个文学引路人

人是具有精神的动物。古今中外，都有一个突出的现象：生活中有一些人，愈是贫穷，愈是追求精神生活。极度的物质贫困与极度的精神丰富，形成鲜明的反差。

陈忠实复学是从秋天开始的。这个时候，第三十六中的初中已经建好，他就回到韩森寨读书。依然是背馍上学，但从蒋村到韩森寨比到索罗巷要近一些。一日三餐，还是开水泡馍，不见油腥儿，最奢侈的是买一点杂拌咸菜。穿衣更是无法讲究，从夏天到冬天，穿的单棉衣裤和鞋袜，都是母亲手工做的；只有冬来防寒的一顶棉布单帽，是现代化纺织机械制品。他在乡村读小学的时候，一来年纪小，二来大家都是乡村学生，对于穿戴没有什么特别的感觉。如今到城里读书，整天面对那些穿着艳丽而别致的城市学生，反差太大，他不能视而不见，也无法不自卑。这种由心理自卑引起的心理压抑，比难以下咽的粗粮和薄不御寒的补丁衣服更让敏感的少年陈忠实难以忍受。

痛苦了一阵子，陈忠实终于明白，自己抵御贫寒和自卑的唯一手段，只能是学习。物质上不能与人比，但学习可以走在前头。学习再沉重他也不怕，最怕的是学校组织集体活动。因为这些活动有不少是需要花钱的，如看电影、看话剧等。他没有钱，衣衫褴褛，特别不愿在公众场合亮相。因此，每当集体活动，特别是要花钱的集体活动，他往往选择一个人留在宿舍或者教室，自己读书，要么到大操场上熬过那些让人心酸的时光。

陈忠实学习刻苦，课外很少有娱乐活动。有一回看了一场不要票的半截戏，结果还受了批评。这是后来他转学到第十八中学的事。第十八中学在纺织城边上，学生宿舍在工人住宅区内。陈忠实自小受父亲影响，喜欢看秦腔。有一天上完晚自习，他和同学在回宿舍的路上听到锣鼓梆子响，隐隐还传来男女对唱，禁不住好奇和诱惑，他们循声找到一个露天剧场。这是西安一家专业剧团在为工人演出，演员中有一位须生名角，名声响亮，在关中地区家喻户晓。这时戏已经演过大半，门卫不再查票，陈忠实就和三四个同学走了进去。虽然是半截戏，看得还是很有兴味，直到曲终人散。陈忠实以前看的都是乡村那些农民的草台表演，此晚所看乃专业演出，水平自非业余所可比拟，看后回到宿舍，回味不尽，兴奋不已，久久不能入眠。第二天早上走进学校大门，教导主任和值勤教师便堵在他面前，叫住并指令他站在一边。旁边已经站着两个人，都是昨晚看戏的同伴，陈忠实一看就明白了，有人给学校打小报告。教导主任以严厉著称，黑煞着脸，声狠气冷地训斥了几个看戏的学生。这是陈忠实学生生涯中唯一的一次处罚。

生活艰窘，但少年人的精神是饱满的。在这种处处使人感到困窘的生活里，陈忠实喜欢上了文学。现实是灰色的，有时令人痛苦，文学是现实生活的升华，往往指向美好。沉浸于文学的审美之中，有时可以淡化或忘记痛苦。文学作品是作家基于现实又超越现实建构的艺术世界，是一个精神家园。因此，人生痛苦的生存体验在阅读审美过程中有时也会升华，转化为丰盈的精神财富，从而使人在精神上能够超越无奈的现实。

1957 年，陈忠实十五岁。这一年的秋天，他开始读初中二年级。这一学期开始，中学语文课进行改革，分为文学和汉语两种课程。汉语讲一些干巴巴的语法之类,他很厌烦,文学课本收录了古今中外一些诗、词、散文和小说的名篇,富于形象和美感,他最喜欢学。陈忠实说:"在文学课本里,那些反映当代农村生活的作品,唤醒了我心中有限的乡村生活的记忆,使我的浅薄的生活经验第一次在铅印的文字里得到验证,使我欣喜,使我惊诧,使我激动不已。是的,第一次在文学作品中验证自己的生活经验,在我无疑具有石破天开豁然开朗的震动和发现。"①

于是,他开始喜欢文学。

文学课本中有一篇赵树理的短篇小说《田寡妇看瓜》,陈忠实学习之后,先是惊讶于这些农村里日常见惯的人和事,尤其是乡村人的语言,居然还能写进文章,还能进入中学课本?继而想道:"这些人和事,这些人说的这些话,我知道的也不少,那么,我也能编这样的故事,能写这种小说。"

"我也能写小说"的念头在陈忠实心里悄悄萌生,却不敢说出口。那时候他很自卑,穿着一身由母亲纺线织布再缝制的对门襟衣衫和大裆裤,处身于城市学生中间,就觉得矮人一头。而喜欢文学,在一般同学眼里,往往被看作是极浪漫之人的极富浪漫色彩之事,怎么可能发生在像他这样人的身上呢?说出去岂不被人笑掉大牙。但是有了目标,心里也就有了主意。第一次,他踏进学校图书馆的门,去找那个令他着迷的赵树理。

陈忠实借了赵树理中篇小说《李有才板话》和《小二黑结婚》的单行本回来阅读,感觉津津有味,兴趣十足。读到动人之处,他一边会心地笑着,一边把书拿到亮光下边,试图寻找那动人之处究竟是些什么。这是陈忠实有生以来阅读的第一本和第二本小说。赵树理这个

---

① 陈忠实:《收获与耕耘》,见《生命之雨》,陕西人民教育出版社1996年版,第413、414页。

作家对陈忠实来说是陌生的,但小说中描写的农民和农村生活对他来说却是非常熟悉的。赵树理笔下那些有趣的乡村人和乡村事,他几乎都能在自己的村子对应找到。这样,陈忠实在崇拜赵树理的同时,也开始学习或者准确地说开始模仿赵树理写作。

从这个意义上说,赵树理是陈忠实的第一个文学老师,也是引路人。

这一学期,语文教师换了,新来了一位刚从师范大学中文系毕业的年轻教师,叫车占鳌。他热情高,教学方法新,作文课不命题,而是由学生自己自由拟题,想写什么就写什么。这样一来,正合了陈忠实的心意。他激情澎湃,挥笔在作文本上写了一个短篇小说《桃园风波》,两千多字。这篇小说是依着村里一个老太太的故事衍化而写,他还学赵树理,给小说中的几个主要人物都起了绰号,所有的人和事全是蒋村发生的真人真事,讲的是农业生产合作社由初级转入高级,把留给农民的最后一块私有田产——果园也归于集体,在归公的过程中,发生的几个冲突事件。陈忠实认为,这是他写作的第一篇小说,已非以往所写的一般作文。2002年7月31日,西安一批文学友人在给陈忠实举行六十华诞和文学生涯四十五周年庆贺笔会时,推算其文学生涯为四十五周年,依据就是这个短篇小说《桃园风波》的写作时间。这是他迈上文学之路的第一步。

作文本发下来以后,他看到车老师给这篇小说写了近两页的评语,全是好评赞语。这个时候学校学习苏联的教育体制,计分为5分制,3分及格,5分满分,车老师不仅给他打了5分,还在"5"字的右上角添了一个加号,表示比满分还多。陈忠实一看喜出望外,欢欣鼓舞,同桌则把他的作文本抢过去,看了老师用红笔写的耀眼的评语,然后在同学中一个一个传阅。同学们都对他刮目相看。那一刻,陈忠实在这些城市同学中,忽然涌起了一种自信,平时的自卑和畏怯也像冰雪见了阳光一样融而解之。

紧接着,陈忠实在作文本上又写下第二篇小说《堤》,写村子刚成立农业社时封沟修水库的事。

一个大雪初霁的早晨,陈忠实和同学正在操场上扫雪,车占鳌老师突然来到操场,拍着陈忠实的肩膀,叫他到语文教研室去一下。陈忠实有点忐忑不安。此前,还在他写《桃园风波》之先,他的作文写了两首诗,车老师写的评语对他有些误会,他不服,曾和车老师在办公室闹过别扭。现在车老师忽然叫他,他不知底细,心里有些戒备。没有想到,陈忠实刚走出扫雪的人群,车老师就把一只胳膊搭到他的肩膀上,这个超常的亲昵动作,一下子化释了他心中的芥蒂,同时也使他有些受宠若惊,不知所措。一进教研室的门,车老师说:"二两壶、钱串子来了。"里面坐着一男一女两位老师,他们看着陈忠实,哈哈笑了。陈忠实不知所以,脸上发烧。"二两壶"和"钱串子"是《堤》中两个人物的绰号。车老师把他领到办公桌前,颇为动情地说,西安市教育系统搞中学生作文比赛,要求每个学校推荐两篇作文,他的《堤》被选中了。除了参评,他还要把这篇小说投给《延河》。他告诉陈忠实,如果发表了,还有稿费,他显然知道陈忠实曾因家庭经济困难而休学的事。最后车老师很诚恳地说:"你的字儿不太硬气,学习也忙,稿子就由我来抄写投寄。"

1958年9月,陈忠实转学到第十八中学读初三。这里离家又近了一些,位于西安东郊刚刚兴起的纺织工业基地,通称纺织城。这一年是大跃进之年,学校处于停课或半停课状态,学生被组织起来,一阵儿到东郊原坡上打麻雀,一阵儿端着洗脸盆到灞河的沙子中去淘铁沙,一阵儿又到纺织厂周围小巷子里的马路上和垃圾堆中去捡拾废铁。学校还建有小高炉炼铁,又从生产队借了一块试验田准备"放卫星"。上课时断时续,老师布置学生自己命题写作文。陈忠实偏爱文学,在这种松散的学习状态下,正好可以腾出时间阅读文学作品。在狂热的大跃进中,也兴起了全民诗歌运动。"诗歌创作形式名目繁多,诗窗、诗棚、诗府、诗亭、诗歌堂、诗碑等等遍地开花,田间路畔、工厂车间、部队岗哨到处布有诗坛。为了调动群众创作热情，各种各样的赛诗活动在全国各地广泛开展起来。1958 年 3 月，陕西省西安市灞桥区白庙村首创赛诗会，其经验在其他地区迅速推广后，即成为群众性最广泛和最普遍的诗歌创作活动方式。与赛诗会相似的诗街会、战擂台、联唱会等也应运而生，蜂拥而起，广泛开展活动。"①看着乡村骤然间魔术般变出的满墙气吞山河的诗与画，少年陈忠实的心中也不免涨出亢奋和欢乐的情绪。一次作文课上，老师让大家写诗歌颂大跃进、人民公社、总路线这三面红旗，他一气写下了五首，每首四句。作文本发回来时，老师给他写了整整一页的评语，全是褒奖。他把这五首诗寄到《西安日报》。

几天后，有同学在阅报栏上发现了陈忠实的名字，问他，他很激动，激动到不好意思去查看。后来被两个同学拽着，硬拉到了学校前院的阅报栏。这是 1958 年 11 月 4 日的《西安日报》，上面发表了署名陈忠实的一首诗，题目是《钢、粮颂》：

粮食堆如山，钢铁入云端。
兵强马又壮，收复我台湾。

这是陈忠实见诸铅字的第一篇文字。

五、由向往"神童"而眺望遥远的天际

陈忠实文学之路上遇到的第二个人是"神童"刘绍棠。

陈忠实对文学产生兴趣的时候，正在上初中二年级的第一学期，

---

① 岳芃：《大跃进诗歌概述》，载《唐都学刊》，1997 年第 3 期。

时值1957年下半年，全国"反右"正在进行。语文老师车占鳌是一位初出茅庐的中文系大学生，思想开明，常在语文课上逸出课本内容，讲某位作家某位诗人被打成"右派"的逸事，尤其是当年被称为"神童"的刘绍棠被定为"右派"，给陈忠实的印象最为深刻。1957年8月27日，《中国青年报》刊出一篇由该报记者高歌今写的通讯，题目是《从神童作家到右派分子》。陈忠实产生了强烈的好奇心，"天才"，"神童"，远远比那个他尚不能完全理解其内涵的"右派"帽子更多了几分神秘色彩，他十分急迫地想看看这个神童在与他差不多年龄时所写的小说。课后，他到学校图书馆查阅图书目录，居然借到了刘绍棠的短篇小说集《山楂村的歌声》和中篇小说《运河的桨声》，大约是学校图书馆尚未来得及禁绝"右派"作家的作品。他读了《山楂村的歌声》，很喜欢，觉得语言很美，五十多年后还能记得小说开头的一些句子。2008年12月9号晚上，在西安建国路省作协陈忠实办公室，笔者拿着从孔夫子网上购来的旧版《山楂村的歌声》让他看。陈忠实翻到此书开头，说他对小说开头的句子印象很深，接着就给笔者忘情地朗读起来，一边朗读还一边赞美。

二十世纪五十年代的刘绍棠，被誉为"天才""神童"作家，在当时的中国驰誉一时，影响很大，对当时的青少年文学爱好者极具神秘性和吸引力。刘绍棠1936年出生于河北省通县大运河岸边儒林村的一个普通农家。1949年读初中二年级时就开始发表作品，此时他刚十三岁。1952年元旦，《中国青年报》发表了刘绍棠的小说《红花》，在全国青年中反响强烈。当时他上高中一年级时，团中央便对他进行重点培养。在团中央工作的胡耀邦曾找刘绍棠谈话四个多小时，希望他多写农村青年题材，并且让他到东北农村去采访。刘绍棠在东北住了两个多月，把在东北得到的创作素材挪到自己的村子里，换上他所熟悉的人物原型，开始构思他的小说《青枝绿叶》。《青枝绿叶》写成后，在1952年9月5日的《中国青年报》上以整版篇幅发表，后来迅即被编进了高中语文课本。1953年,刘绍棠又以《青枝绿叶》为名出版了他的第一个短篇小说集,并因此一举成名。那年,他只有十六岁。1954年入北京大学中文系,翌年退学,原因是他觉得在中文系学习对他的写作没有用。1956年加入中国作家协会,被誉为"神童作家"。1957年被划成"右派"。刘绍棠走上乡土文学之路,受到孙犁和苏联作家肖洛霍夫的影响很大。刘绍棠一生最为佩服的作家是肖洛霍夫,而对肖洛霍夫的《静静的顿河》,更是"佩服得五体投地"。肖洛霍夫是一个以写家乡顿河地区人民生活为主的作家。刘绍棠很小就喜欢这部小说,受此影响,他常常想如肖洛霍夫那样,成为一个专意写作自己故乡人民生活的作家,过一辈子肖洛霍夫式的田园生活,住在家乡写乡土小说。"神童"刘绍棠长陈忠实六岁,他的这些"光彩"甚至是"异彩"无疑对一个同样是少年的陈忠实产生了极大的魅惑力,一方面加深了陈忠实对文学的喜爱,另一方面也促使陈忠实对文学的"天才"作用产生长久的思考。

在《山楂村的歌声》后记里,刘绍棠说到他对肖洛霍夫的崇拜和对《静静的顿河》的喜欢。因此,陈忠实也很想见识一下肖洛霍夫和他的长篇小说。他到学校图书馆查找,在书架上看到了《静静的顿河》,四大本摆成一排,显得极为壮观。梦寐以求的小说就在眼前,他却有点望而生畏,读这么四大本需要多长时间?他抑制了自己的欲望,没有立刻借阅,而是等到放了暑假,才把这四大本著作背回乡村的家中。他要等待有了更为从容的时间,再细细阅读。

根据时间推算,陈忠实读《静静的顿河》应该是1958年的夏季,也就是他初中二年级上完之后的那个暑假。小小的陈忠实那时候还在忙于自己的生计,整个暑假,每逢白鹿原上集镇的集日,他前一天下午就从生产队的菜园里冤取西红柿、黄瓜、大葱、茄子、韭菜等,大约五十斤左右,天微明时再挑到距家约十里的原上去卖。一趟买卖可赚一二元钱,开学时就揣着自己赚来的学费报到了。而在集日的间隔期里，陈忠实每天早晨和后晌都去割草。他背着竹条大笼，提着草镰，或下灞河河滩，或爬上村庄背后白鹿原北坡的一条沟道，到处寻找鲜嫩的青草。因为年幼，他还没有为农业合作社出工的资格，但是割草交给社里获得的工分有时比出工还要多。就在这卖菜和割草的间歇里，陈忠实拿出《静静的顿河》，兴趣盎然地阅读顿河哥萨克的故事。小说中那条远方的顿河常常幻化为他家门前那条冬日清冽夏日暴涨的灞河，辽阔的顿河草原上的山冈，那舒缓起伏的线条，也与他天天面对着的骊山南麓和白鹿原北坡之气韵叠印在一起。那个生动的哥萨克小伙子葛利高里，那个风情万种的阿克西尼亚，虽然生活在远方异域，读起来却有一种非常亲切的感觉。一个是陈忠实少年生活范围以外的另一个民族的生活形态——顿河哥萨克的故事，一个是卖菜割草的尚未成年的乡村孩子，书里书外，存在着遥远的距离和巨大的差异。然而，非常重要的一点在于，少年陈忠实的视野抵达了一个虽然找不到准确方位但却在远方存在着的顿河草原，生活在那里的人们的快乐和悲伤牵动着他的情感。这种文学的熏陶是悄然的，也是深远的。静静的顿河，辽阔的草原，哥萨克，奔放的小伙子，热烈的女人，红军，白军，这些主题词无疑深深地扎根在少年陈忠实心里，成为他日后文学创作的酵母。

陈忠实由对作家刘绍棠的好奇和喜欢，知道了遥远的苏联作家肖洛霍夫，借阅了他的代表作《静静的顿河》，这是陈忠实有生以来阅读的第一部长篇翻译小说。陈忠实与文学之结缘，是从乡土小说开始的。《静静的顿河》也是一部与乡土有关的小说。肖洛霍夫及其创作的顿河哥萨克乡村小说给陈忠实的文学思维和文学气质以极其深刻的影响。

很多年后，陈忠实才意识到，他的文学阅读转向，偏向喜欢阅读欧美小说，就是从这一次发生的。他的阅读心理也在这一次从"说时迟，那时快"的语言模式里跳了出来。

刘绍棠对陈忠实的启示，主要有三个方面：一是文学创作的"天才"问题，陈忠实此后很多年里都在打量自己有无文学天才并思考天才问题；二是通过刘绍棠，陈忠实结识并深深地喜欢上了异国的肖洛霍夫，开阔了陈忠实的文学视界，使陈忠实的文学眼界和文化视野由脚下的乡土伸展到了无际的远方；三是不论是刘绍棠还是肖洛霍夫，都喜欢扎根于自己的乡土，生活于此，创作于斯，并以小说的形式描写脚下这块熟悉的土地，为乡土立传。这最后一点，对陈忠实的影响是内在而深远的，它的意义会在以后的岁月里逐渐显现出来。

陈忠实后来一直没有离开自己生活过的土地。他在六十岁回顾自己生命和创作历程的时候说，他对自己曾有两次重要的把握：一次是在1978年初，当中国文学复兴的浪潮涌动的时候，他选择离开人民公社干部的职位，调入文化馆搞写作；第二次是1982年，他调入作协陕西分会当了专业作家，回归老家，一住就是十年，直至五十岁写成《白鹿原》。

六、柳青：文学道路上的第二个导师

陈忠实一直认为，他走上文学道路，有两位作家对他影响最大，他从心底认为这两个人是他的文学导师，一个是赵树理，一个是柳青。赵树理使他喜欢上了文学，柳青很长时间是他创作学习、认识生活和艺术地反映生活的榜样。

1959年春天，陈忠实从报纸上得知柳青描写农村生活的长篇小说《创业史》将在《延河》4月号开始连载，心里按捺不住地兴奋和期待。这其中有对一位著名作家的崇拜，更多的还是好奇，他极想看看柳青是如何描写农村生活的。家里境况好的时候，父亲一周会给他两毛买咸菜的副食钱,为了买《延河》,他把两毛钱早早省了下来,每天只吃干馍喝开水。到了4月,他赶到纺织城的邮局买了一本渴望已久的《延河》。《延河》4月号刊发的《创业史》是《题叙》,发表时也不叫《创业史》,而叫《稻地风波》。小说题头画的稻田,稻田水渠上有一排白杨,白杨迎风舞摆。陈忠实一看到这幅画,就想到自家门前的景象。他家门前是灞河,一道一道的灌渠上是一排一排的白杨,少有柳树,也有稻田。陈忠实一口气读完《题叙》,心里感到很安慰,用省下的咸菜钱买了这本杂志是大大地赚了,苦没有白吃。接下来,陈忠实每月按时买《延河》,读《稻地风波》。

7月,他于西安市第十八中学初中毕业。他有一张初中毕业照片,是与同学的合影留念。前排左边的第一人为陈忠实,少年的青涩尽写在脸上。他光脚穿着一双方口布鞋,手里拿着一本刊有《稻地风波》的《延河》杂志。这应该是1959年7月号的《延河》。照片下面依稀写着:"惜别。1959于纺织城。"

毕业后回到家里,既没有了两毛钱的菜钱,乡下也没有邮局,看不到已经让他沉迷的《稻地风波》了,陈忠实心中有些怅然若失。

1959年秋天,陈忠实到灞桥的西安市第三十四中学上高中。这座中学是1944年由灞桥周围六乡群众倡议、推动,在1935所建的私立灞桥小学校址上扩建而来,由地方集资创办,名私立树人中学,曾得孙蔚如将军大力资助,是灞桥境内第一所中学。1945年,长安县政府接管树人中学,改名为长安简易师范学校。新中国成立后,1953年秋,长安简易师范迁至申店乡局连村,原校址改名长安第三初中,1954年归市属后改名为西安市第十四初级中学,1956年改为完全中学,1958年定名为西安市第三十四中学。学校坐落在古人折柳送别的灞桥桥南,学校的东围墙就扎在灞河河堤根下。上了高中,陈忠实还念念不忘《稻地风波》。后来听说《稻地风波》要在《收获》1959年第6期全文刊出,他赶紧托在西安当工人的老舅帮他买了一本这一期的《收获》,送到学校,他才完整地读完了《创业史》第一部。

从《延河》8月号起,柳青的《稻地风波》改题为《创业史》,至11月号全部载完。《创业史》第一部脱稿时间是1959年10月3日下午4时。1959年11月,《收获》第6期发表《创业史》(第一部)修订稿。

初读《创业史》,陈忠实还不能完全理解,但小说中的几个人物给他印象很深。梁三老汉、梁生宝、郭世富、姚士杰、改霞这样的人物,他在蒋村一个一个都能找到相对应的形象。蒋村和柳青生活的那个皇甫村,相隔大约六七十里路,陈忠实读着《创业史》,心里感动着,常常向南眺望。柳青成了他崇拜的第二位中国作家。柳青对农村生活的艺术描写,对农村生活的理解和认识,自然也深刻地影响了年轻的陈忠实。

陈忠实后来回忆说,他接触柳青以后,即1959年在《延河》读到《创业史》后,就深深迷上了柳青,而把赵树理搁下了。当时写农村生活的小说作家中,最有影响的就是赵树理和柳青。何况,柳青还是陕西人,他的《创业史》写的是陕西关中的农村生活,这与陈忠实所知道所体验的农村生活更为接近。因而,柳青对陈忠实的影响就更大一些。

从1959年9月入学,到1962年7月高中毕业,陈忠实的高中学习,全程经历了1960年至1962年的"三年困难时期"。极度的饥饿折磨着正处于身体生长最活跃期的陈忠实,而他对付饥饿的唯一办法就是投入文学的迷醉之中以忘记饥饿,以精神上的饱满抵抗物质上的贫乏。在1961年最困难的这一年,陈忠实正在读高中二年级,无法化解的饥饿折磨着包括他在内的几乎所有人,市教育局采取了非常措施,取消晚自习,取消一切作业,实行"劳逸结合"来对付饥饿。空闲时间多了起来,陈忠实就把课余的时间和精力全部用于阅读和写作。他和同样爱好文学的同学常志文,每天晚饭后,抄近路步行十里,到纺织城书店读喜欢的新书,回来的路上再交流读书心得。上床睡觉之前,饥肠辘辘,就喝一大碗盐水哄自己入眠。他还和同学常志文、陈鑫玉，组织起来一个文学社。苦于喜欢文学而总是找不到创作的门路，文学社就被命名为"文学摸门小组"。从这个名字可以看出，他们当时对于创作的心境和情态，急切而又彷徨。成立文学社的同时，他们又决定创办文学墙报，起名为"新芽"，大家都为之写稿。

这个时期，陈忠实读了很多文学作品。可以确知的是，他陆续读了茅盾的《子夜》、巴金的《家》《春》《秋》等小说，李广田的散文等，极大地开阔了文学眼界。他借来肖洛霍夫的短篇小说集《顿河故事》，周六回家，沿着灞河河堤一路读过去。《顿河故事》收入二十余篇短篇小说和一个中篇小说，绝大部分创作于1923年至1926年之间，这些小说描写顿河哥萨克在国内战争期间和苏维埃政权建立初年的生活和斗争，情节富于戏剧性，人物性格鲜明，语言生动活泼。陈忠实认为"篇篇都写得惊心动魄"，虽然是肖洛霍夫早期作品，"却堪为短篇小说典范"。

无疑，这样纯粹出于兴趣的阅读，对他的文学感受能力和文学思维方式，起到了最初的培养作用。

第二章 民请教师的文学梦

一、回乡当了小学民请教师

二、看不见未来的文学自修

三、"处女作"的诞生

四、早期习作：黑暗中的摸索

五、此生绝不能在女人问题上跌倒

六、从农中教师到"保皇派"

七、"半个艺术品"修复了文学神经

1963年的陈忠实

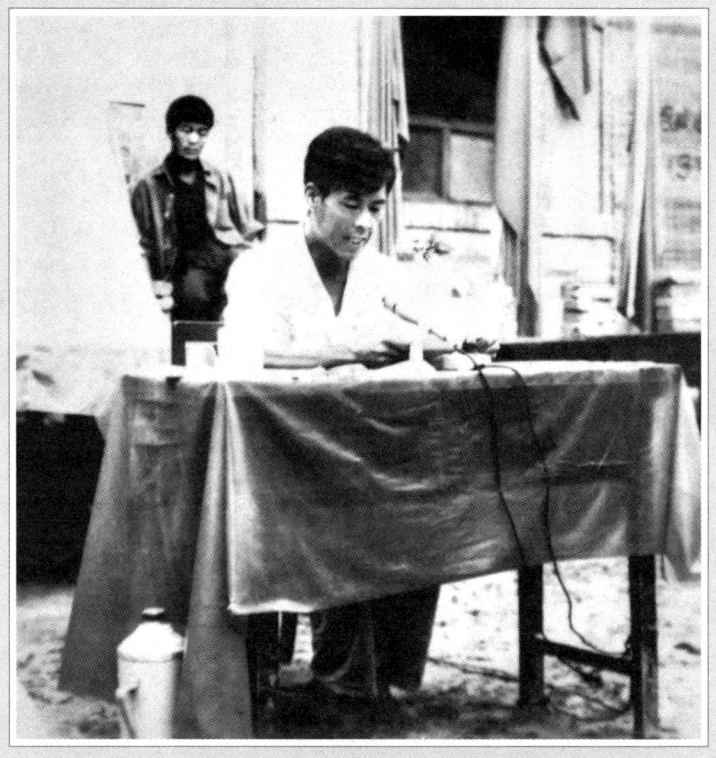

1978年夏，西安市郊区洪庆公社平整土地战区，陈忠实在誓师动员大会上做动员报告

一、回乡当了小学民请教师

1958年"大跃进"造成的恶果很快显现了出来。接下来的全国性大饥荒和经济严重困难,迫使许多高等学校大大减少了招生名额。

1961年,西安市第三十四中学有百分之五十的学生考取了大学。只隔一年,到了1962年,这个学校四个毕业班考上大学的人加起来也只是个位数。学习成绩在班上可以称得优秀的陈忠实名落孙山。而且,他们全班无一考上,被剃了个光头。

上不了大学,陈忠实只能回到老家乡村。村子里第一个高中毕业生回乡当农民,报纸上宣传说是光荣的,但在乡人眼里,陈忠实无异成为一个"读书无用"的活标本。

高考结束后,陈忠实经历了青春岁月中最痛苦的两个月。青年陈忠实进入了六神无主的失重状态,所有的理想和前途未来在瞬间崩塌。回家之后,无数个深夜,他噩梦连连,时常从用烂木头搭成的临时床上惊叫着跌到床下。

看着痛苦不堪的陈忠实,父亲陈广禄很是担心,"考不上大学,再弄个精神病怎么办?"

有一天,沉默寡言的父亲终于很认真地对他说:"当个农民又如何啊,天底下多少农民不都活着嘛。"父亲的这一句话,一下子惊醒了他这个迷糊了多日的梦中人。是啊，人首先得活下来。农民虽然处于社会的最底层，农民的日子虽苦，但天下那么多的农民，他们都活着。活下来是当务之急，也是人生的头等大事。

在无情的现实面前，陈忠实选择了到村里的小学当民请老师，也就是后来的民办教师。经毛西公社批准，从1962年9月开始，陈忠实在西安郊区毛西公社蒋村初级小学任民请教师。一般民请教师，每月由生产大队给记二十几个劳动日。陈忠实所在的蒋村小学由三个村子合办，不能记工分，便由三个村子分担每月二十八元工资，年终结算。

所谓"毛西"，乃毛河湾西村之简称。因当时的公社驻毛西村，故泛称这一带为毛西。学校由三个小村合办，设在东、西蒋村之间的平台上。这是一个初级小学，共有学生七十余人。所谓初级小学，就是只有一到四年级；而高级小学，是五到六年级。蒋村初小当时只有两个教师，一个是公办，一个是民请。陈忠实就是这个民请老师。教师办公室是一幢拆除了不知哪路神灵泥像的小庙，两个教师合用。教室旁边是生产队的打麦场。社员出工上地下工回家经过教室门口，嬉笑声、议论声和骂架声常常传进教室。

那个公办教师姓陈名祖荫，年近六旬，是陈忠实外婆妹妹的儿子，算是亲戚。陈忠实管陈祖荫叫舅。陈祖荫有一个四叔，曾在杨虎城的军队里任旅长，捐资修建了狄寨原上的迷村小学，而陈祖荫则在这个旅长下边当了一个小官，主要是写字。陈忠实小时候逢年过节，去这个舅家，感觉很是阔气。陈祖荫的毛笔字写得极好，是老功夫。陈忠实说，他后来在西安还没有见过哪个人包括书法家有比陈祖荫的字写得更好的。在乡村，凡是婚丧嫁娶，陈祖荫就给人写对联。遇到有的人家没有毛笔，陈祖荫就扯一个棉花蛋蛋，蘸着墨水写，依然非常漂亮。陈祖荫国文教得好，但他有一个缺点，就是不会教算术。所以村里的小学生，年年升学考试都考不上。

陈忠实来了以后，带毕业班，给学生强化补习算术。

1964年,陈忠实当了东李六年制高级小学下属初级小学东片区教研组组长。陈忠实所带毕业班因为连续两年升学率百分之百,一下子轰动了全公社。7月,被评为"优秀教师"。公社教育部门因此奖给他三十元钱。这笔在当时并不算少的奖金,在他当年9月调到毛西公社新成立的农业中学任教之后发下。领到钱后,他把钱装在上衣的口袋里,接着与同事在操场打篮球,把衣服挂在篮球场边一棵树的树枝上。打完篮球,衣服还在,但钱却找不见了。

1964年12月,毛西公社布置下属各单位为春节准备文艺演出节目。当时,全国正在大力宣传"千万不要忘记阶级斗争"。陈忠实采访了毛西公社陈家坡贫农陈广运,谈了整整一天,回去写了一篇老贫农忆苦思甜的快板书,作为春节参演节目。快板写好后,他看到《西安晚报》的一篇春节演唱征文启事,征文要求大家投寄小演唱、对口词、快板书、小戏等,就把这一篇快板书寄了过去。1965年1月28日,《西安晚报》发表了他的这个快板书,题为《一笔冤枉债——灞桥区毛西公社陈家坡贫农陈广运家史片断》。

陈忠实调到毛西公社新成立的农业中学任教,仍为民请教师。他于1961年1月在西安市第三十四中加入共青团,调到农业中学后,被推举担任了学校的团支部书记。

1965年,在社会主义教育运动中,由于他工作表现突出,被推举出席了社教总团学习毛主席著作积极分子大会。这在当时是一种较高的荣誉。

二、看不见未来的文学自修

当了民请教师,工作算是安稳了,生活也有了着落。但是未来怎么办？就这样一辈子教下去，还是要有另外的打算？这个问题，其实在他刚一当上民请教师，就浮上了心头。

二十岁时，人生已经进入成年。陈忠实切实感到，这是一个令人心悸魄颤的年轮。告别学生时代，迈入广阔的社会，眼前突然展现出一个茫无边际的世界。面对这个世界，人有时会非常迷惑，人生之路究竟应该向哪里走？怎么走？这是个问题，而且是大问题。

摆在陈忠实面前的人生选择，在当时，却是相当的有限。甚至，是别无选择。在当时城乡二元对立的中国社会里，究其实，民请教师就是不是农民的农民。然而，这个民请教师似乎还是比当一个农民好了一些。

这个时候，在关于未来的思考中，陈忠实心底那个文学之梦又悄悄地浮上了心头。

大学梦破灭了，文学梦还在。

有梦就有希望。希望就在文学梦里。

陈忠实决定自学。自学文学，自学大学课程。陈忠实回到了祖辈千百年来生活的故土，开始自学生活，并决定以文学作为终生追求。这样的选择至少有两个方面的考虑：第一，文学也许可以改变自己的命运。中国当时社会所形成的城乡二元结构，使得那时的农村青年要跳出农门，真比登天还难。陈忠实明白，自己在农村，几乎人生所有的路都堵死了，只能靠自我奋斗这一条路了。这无疑是一条悲壮之路。因为不知道何年何月才是出头之日。第二，文学毕竟具有精神慰藉功能，文学在当时也不失为苦闷情境下的一种精神安慰。当然，根本的原因是陈忠实自初二起对文学发生的兴趣，此时于绝望中更加突显出来。

自学环境是艰苦的：在一个破屋子里，窗户纸被西北风吹得一个窟窿接一个窟窿。条件是简陋的：一张古老而破旧的小条桌，用草绳捆着四条腿。桌上放着一个煤油灯，是用废弃了的方形墨水瓶制成。

但是，陈忠实的决心是不可动摇的。度过了痛苦彷徨期的陈忠实，开始了虽然有所计划但其实遥遥无期的文学征程。一切都重新开始。他给自己订下了一条规程，自学四年，练习基本功，争取四年后发表第一篇作品。作品发表之日，就算他的"大学"毕业之时。

后来，陈忠实曾多次不无诙谐地说："成名无非是再换一根结实的绳子来捆桌子腿！"

这是一个青年奋斗者的形象，也是一个文学殉道者的肇端。

陈忠实将白天的时间全部给了孩子们，而晚上的时间则属于他和他顶礼膜拜的文学。

他主要从两方面进行努力，一是读书，一是练习写作。那个时代乡村青年读书，没有图书馆，没有资料室，无人指定必读书目，也没人指点迷津，完全是遇到什么读什么，找到什么就读什么。这样所接触的书，一是数量少，二是品种较为单一，多为六十年代流行的文学书以及民间的一些藏书。这种阅读状况，在中国乡村社会，极为普遍。同时，这些时代流行书以及民间藏书的文化品格，对陈忠实的文化人格无疑起到了潜移默化的影响甚至是塑造作用。陈忠实在阅读中，感觉合乎自己口味的，就背下来。对特别感兴趣的篇章则进行分析，学习其结构和艺术表现手法。读了就写，不断地写。这种写作，基本是文学练习，较少写完整的作品，大量的是生活笔记，长短不拘，或描一景，或状一物，或写一人，或述一事，日日不断。

这个时候，陈忠实内心的信条只有一个，那就是"不问收获，但问耕耘"。每换一个新的生活记事本，他都要在开篇写上这句话，视之为座右铭。这个信条所含的埋头苦干的实干哲理令他信服，他也觉得适合他的心性。此言第一排除侥幸心理，第二抑制自卑心理，陈忠实觉得，这两种心理是他当时最大的敌人。

陈家本来就不富裕，三年经济困难时期及至以后，饱肚乃最大问题。陈忠实的"但问耕耘"，没有电灯照明，也没有钟表计时，晚上控制不住时间，第二天就累得难以起床。陈忠实想了一个办法，既能照明又能计时，他用一只小墨水瓶做成煤油灯，瓶中煤油熬干，即上炕睡觉。算来此时大约为夜里十二点钟。长此以往竟成为一生的习惯。

春秋时节，气候宜人，日子好过一些；到了冬夏两季，就有点难以忍耐。冬无取暖设备，笔尖冻成了冰碴。夏无制冷手段，酷热常让人头晕眼花。更为难耐的是，蚊虫肆虐，叮咬得人无处躲藏，用臭蒿熏死一批，烟散之后，从椽眼儿和窗孔又钻进来一批。夜里，乡间的农民一家人在场头迎风处铺一张苇席纳凉，他却躲在小厦屋里，穿一条短裤，汗流浃背地读着写着。母亲有时担心他沤死在屋子里，硬拉他到场边去乘凉，他却丢不下正在素描着的某一个肖像，得空又溜回小厦屋去继续"耕耘"。

陈忠实的自学和奋斗当时都是处于秘密状态。胸中虽有宏图，但这时的陈忠实自卑多于自信，在这个看不见未来的文学自修中，他不怕受苦受难，但是担心被人讽刺和嘲笑。一方面是内心创作热潮在涌动，一方面又全力避免更多的嘲讽。于是学习与写作便呈现一种"地下"状态，对任何人——包括他的父亲陈广禄，他都绝口不谈，偶被问及，总是极力回避，顾左右而言他。他的父亲对他的行为难免奇怪，常常忍不住问他整夜整夜钻在屋子里"成啥精"？他说"谝闲传"！见如此作答，父亲虽然心存疑问，却也不再追问。

自学有其局限性。由于都是自己在摸索，而且是在黑暗中摸索，或者是借着一点亮光摸索，即使是非常用功的人，也仍然是自我封闭的摸索，既缺乏大师指点、高人指路，也缺乏群体学习环境中那种自由讨论乃至自由辩难所带给人的多向度的思维开启和精神启迪。所以，自学对一个人的成才，容易造成至少以下两个问题：一是知识结构的不平衡，不全面；二是文化视野受到局限。这个局限又分为两种情况，一是视野不够开阔，二是虽然开阔了但又很驳杂，缺乏比较明晰的文化立场和精神向度。这种局限性，在陈忠实后来的创作实践中特别是早期写作和中期创作中都有或隐或显的表现。

陈忠实在二十世纪六十年代初开始的文学自学，是在一种相对单一的文化和精神环境中进行的。那时的文学观念只有一种，就是"文艺为政治服务"和"文艺为工农兵服务"。没有人对此怀疑，至少没有人能公开对此提出怀疑，于是，这种观念就成了"真理"。陈忠实的自学，虽然可以使知识和技巧的学习很扎实，但文化视野一直受限于时代的文艺政策。

自学也有其优长。由于是自己在黑暗中艰苦摸索，较少受外界的干扰和魅惑，反而容易形成自己根深蒂固的思维定式和坚定的精神信念。

在写什么人的问题上，陈忠实学习和接受的当然是"写人民大众，不写个人"这样的文学观念。这一点，也形成了陈忠实迄今一以贯之的文学立场和观念。陈忠实的笔下，特别是他的小说，从1974年的《高家兄弟》到1979年的《徐家园三老汉》再到1988年至1992年的《白鹿原》以至2001年的《日子》，所写的对象，都是人民大众，是农民，中国社会底层的普通人。

陈忠实的小说和散文创作，一直信奉和坚持现实主义的真实性原则，不信鬼神，不言佛道，以真实世界和生活经验为基础，进行艺术描写或必要的虚构。陈忠实创作还有一个特点，写人写事多采用正面描写，较少侧面取巧或以虚写实。他的写作特点以至后来的文学风格正好应了他的名字：忠实。忠实于生活，忠实于历史，忠实于自己的生活体验和生命体验。

三、"处女作"的诞生

1962年下半年，陈忠实决定自学文学时，计划四年后发表第一篇作品,作品发表之日,即其"大学"毕业之时。结果,他提前一年多"毕业"。1965 年 3 月 8 日的《西安晚报》发表了他的一篇散文,题为《夜过流沙沟》。

这篇散文,陈忠实视之为自己的"处女作"。①

《夜过流沙沟》从写作到发表,用陈忠实自己的说说:"历经四年,两次修改,一次重写,五次投寄,始得发表。"②这一处女作诞生的过程,其实也是陈忠实在文学之路上不断"摸门"不断提高的过程。

《夜过流沙沟》原题为《夜归》,最早写于 1961 年,陈忠实十九岁,正上高中二年级。那时他和同学组织了一个名为"摸门小组"的文学社,同时创办了一个名为《新芽》文学墙报。陈忠实为《新芽》创刊号写了一篇散文《夜归》。文学社的陈鑫玉读了《夜归》,甚为激赏,鼓动陈忠实把它投寄给报刊。陈忠实听了,颇受鼓舞,心中也一阵冲动,但思虑再三,最终还是缺乏勇气,未敢投出。不想陈鑫玉却把这篇散文另抄下来,代陈忠实投寄给了《陕西日报》文艺部。过了不到一月,有一天,陈鑫玉从家里来到学校,兴奋地告诉陈忠实报社来信了。陈忠实打开信一看,是一封编辑的阅稿信,信中肯定了《夜归》的一些长处,也指出了一些问题,让作者修改后尽快寄去。读罢信,陈忠实才真正地激动起来,觉

---

① 但是,在发表《夜过流沙沟》之前,他还公开发表过其他作品。最早的是发表于 1958 年 11 月 4 日《西安日报》的短诗《钢、粮颂》,发表这首诗时,陈忠实还是一个正读初三的十六岁的学生。此外,陈忠实在 1965 年 1 月 28 日的《西安晚报》还发表过快板《一笔冤枉债——灞桥区毛西公社陈家坡贫农陈广运家史片断》,在 1965 年 3 月 6 日的《西安晚报》发表过诗歌《巧手把春造》。也就是说,在《夜过流沙沟》之前,陈忠实就已经在报纸上公开发表过两首诗和一首快板。那么,陈忠实为什么把这两首诗和一首快板忽略不计,只说《夜过流沙沟》才是他的处女作呢?就这个问题,笔者问过陈忠实。他说,他觉得《夜过流沙沟》是一篇较长一些的散文,算是"像样"和"正经"一点的文学作品,而此前发表的两首短诗和快板,分量轻,不值一提,快板也算不得文学作品,属于曲艺一类。不过,在研究者眼中,当以"史实"为准。倘以公开发表而论,陈忠实的处女作,应该就是短诗《钢、粮颂》。

② 陈忠实:《何谓良师——我的责任编辑吕震岳》,见《陈忠实自选集》,海南出版社 2008 年版,第 557 页。

得他似乎就要"摸"到那个向往已久的神圣而又神秘的文学之"门"了。陈忠实对《夜归》很快做了修改,寄了出去。然后便开始急切而又痛苦的等待。这是一个满含希望而又有些不敢奢望的等待。在等待的日子里,陈忠实每天最惦记的事就是到学校的阅报栏去看《陕西日报》,只找第三版,这一版是发表文艺作品的版面。这是陈忠实文学创作过程中第一次因投稿而焦灼地等待,在没有等到结果之前,希望与失望交替交织,令人非常煎熬。这差不多是所有文学爱好者第一次投稿必有的心情。陈忠实最终没有等到结果,他期望的奇迹没有出现。

接下来,紧张的高考复习来临了,这是人生关键的一步,陈忠实将心中沮丧的情绪慢慢排解掉,投入复习,迎接高考。

1963年春天,他对《夜归》再次做了修改,并再次投寄给《陕西日报》。报社不久即回信,肯定长处同时指出不足,让修改后再寄去。陈忠实根据所提意见进行了修改,将稿子再寄去。稿子寄出去了,心也似乎随之而去了。陈忠实又一次陷入期待的焦灼之中。

久等无果,陈忠实沉不住气了,他借一次学校进城参加活动的机会,找到了地址位于西安市东大街的《陕西日报》社。到了报社门口,陈忠实却没有勇气走进去。进去找谁?说什么?他为这两个简单的问题颇费思量,徘徊门外,踌躇不前,内心的自卑和羞怯像浓雾一样罩着,挥斥不开。终于还是硬着头皮进去了,找到文艺部,看见几张办公桌前坐着几位编辑,他没敢多张望,只怯怯地朝坐在门口的那位编辑问询。编辑说那篇《夜归》不在他手里。再问其他几位编辑,也不在他们手里。在座的编辑们推测,如此看来,应该在另外一位下乡锻炼的编辑手中,但是这位编辑大约需要半年才能结束锻炼。看着陈忠实满脸失望而又想穷追究竟的样子,门口那位编辑给他说,按编辑部的规矩,凡是可以发表的稿子,编辑有事出门肯定会交代给编辑部安排处理,如果没有交代,肯定是发表不了的。这样说来,《夜归》当属不可发表的稿子。陈忠实走出《陕西日报》的时候,感觉那个庭院的甬道又深又长,出得门来,他回头再望一眼那拱形的门楼和匆匆忙忙进出的人,心中忽然感到,自己一直向往和追求的那个文学之"门",遥遥不知其所在,还需要长途跋涉,绝非轻易就能"摸"到的。这样一想,一时的侥幸心理忽然烟消云散,心中反而轻松了。而轻松的同时,自卑感又加重了。站在这样一个高门楼下,他有些自惭形秽。

1965年初,《西安晚饭》发表了他的一篇快板和一首诗,陈忠实虽然高兴,但他心里还是觉得这两样作品的分量有些轻,不是他心目中标准的处女作。

这一年的春天,他在写作诗歌《巧手把春造》的同时,又想起了《夜归》。他打破《夜归》原先的框架,重新构思,重新写作,名字改为《夜过流沙沟》。这次修改他很满意。准备投稿时,他想了想,没有勇气投给省报,就改投市报。很快,3月8日《西安晚报》的文艺副刊《红雨》,刊发了他的这篇散文处女作。

陈忠实觉得这篇散文,应该是一篇较为"正经"和"像样"的文学作品,把它视为自己真正的"处女作"。同时,他在心里告诉自己说:"我的自学大学应该毕业了。"

关于《夜过流沙沟》发表的意义,陈忠实有一段话说得很透彻:"第一次作品的发表,首先使我从自信和自卑的痛苦折磨中站立起来,自信第一次击败了自卑。我仍然相信我不会成为大手笔,但作为追求,我第一次可以向社会发表我的哪怕是十分微不足道的声音了。……1965年我连续发表了五六篇散文[1],虽然明白离一个作家的距离仍然十分遥远,可是信心却无疑地更加坚定了。不幸的是,第二年春天,我们国家发生了一场动乱,就把我的梦彻底摧毁了。"[2]

---

[1] 笔者按:1965年陈忠实在《西安晚报》实际发表散文三篇,另在《夜过流沙沟》之前发表诗歌一首,快板书一篇。
[2] 陈忠实:《我的文学生涯》,载《小说评论》,2003年第5期。

四、早期习作：黑暗中的摸索

陈忠实的创作道路大致可以分为四个时期。

第一个时期，从"文革"前到"文革"结束，时间大致为1965年至1978年。这一个时期又可分为两个阶段。

第一个阶段是模仿性的习作期，为1965年至1966年，尚缺乏文学的自觉。这些模仿性的习作写的多是农村生活中的好人好事，歌颂新时代和新生活，或通过写贫苦农民的命运写阶级斗争的历史。

2010年8月8日，陈忠实在他西安的工作室"二府庄"写了一篇散文，名为《我经历的"鬼"事》，发表于大连的散文杂志《海燕》同年第10期，后来将文题简化为《我经历的鬼》，收入2013年10月出版的《白墙无字》散文集中。在这篇文章中，他回忆了一生所遇到的多件"鬼"事，其中谈到，"真正致我心里创伤的鬼事"是他1962年参加高考写作文遇"鬼"。他说，高考作文题有两个，一个是"雨中"，要求写记叙文；一个是"说鬼"，要求写论说文。依他平时的训练和实力，当然以选记叙文为上，但他当时居然鬼使神差地选择了并不擅长的论说文"说鬼"。"我已不记得我是如何说鬼的，也不必说我把鬼论说得如何，致命在于我没有写完。"考试结束的铃声响起，他的"脑子里一片空白，完了！我完了。看着监考老师从我桌子上收走考卷，我连站起来的力气都没有。我走出考场和设置考场的中学的大门，看到街道上熙熙攘攘的人群，这时才意识到尿湿裤裆了"。

他后来自我检讨，当时之所以选择他并不擅长的论说文写"说鬼"，"原因是出于一种错误的判断；之所以发生判断的失误，说穿了是自作的小聪明所致成；再扎实说来，是不无投机心理的"。能说出有"投机心理",认识不可谓不深。他回忆说:"我读高中的二十世纪六十年代初,有一本名为《不怕鬼的故事》的书,不仅风靡全国,而且成为高中生的必读物,是政治课的补充教材。后来才知道出版并要求党政干部和高中以上学校师生阅读这本书的社会背景,既有国际因素,又有国内因素。国际关系中,兄弟般的苏联和中国,矛盾已发展到不可调和的面临翻脸成仇的地步,视苏联为修正主义,简称'苏修'。修正了马克思列宁主义的修正主义的代表人物赫鲁晓夫,被喻为鬼。国内的背景是庐山会议关于大跃进大炼钢铁和人民公社造成的灾难的事,持这种观点的彭德怀被定为右倾机会主义者。右倾机会主义者也是鬼。无论赫鲁晓夫,无论彭德怀,两大事件尚没有向国民公开,先以打鬼运动造成舆论。我那时候似乎在私下里隐隐听到一点风声,便自作聪明地选择了论文'说鬼'的题目,以为正合拍于社会的大命题,肯定要比'雨中'这类抒情的叙述文更要切中社会热点……不料却栽倒在'说鬼'上。那个年代的高考语文试卷,问答题占六十分,一篇作文占四十分。我的作文无疑为零分,我便觉得完了。"

这是陈忠实后来第一次在文章中回忆并详细分析当年高考失败的原因。一个喜爱文学并且平时作文写得相当优秀的学生,高考作文"说鬼",居然一败涂地,一方面固然可以说成是鬼使神差,"鬼"不好惹;另一方面,也实在清楚地表明了陈忠实当年在写作时的深层心理驱动。

在这个"忆鬼"的散文里,陈忠实自我剖析,他当年高考写作文遇鬼惨败的原因,主要是有"投机心理"。所谓的"投机心理",就是紧跟政治的脚步和风云变化,谁能走到政治潮头的前头,谁就抢着先机,逮住机会。一个还没有自我意识的人,差不多都是这样的:紧紧跟随政治形势,哪怕是"跟风"。所谓"识时务者为俊杰",谁识得时务,谁就是俊杰。这种"投机心理",其实是那个时代普遍的社会心理。陈忠实所回忆的这个生活细节颇有象征意味,而且意味深长。"雨中"

一题要求写记叙文，偏于形象思维，虽为自己擅长，但较为抒情，属于个人性的，难以成为重点，更不会成为热点；"说鬼"，侧重抽象思维和深度思考，自己并不擅长，但这个神秘的题目背后关联着深层的社会热点，容易引起关注，说不定会一鸣惊人。陈忠实自我检讨说他这样选择"不无投机心理"，但若从深层的写作心理分析，也可以看出，陈忠实写作的题材兴趣和思想倾向，不在个人抒情，而在社会层面特别是社会热点。

陈忠实早年的文学模仿和习作，基本上也是循着这个路子。

1958年，他十六岁写的《钢、粮颂》，所写对象是农业、工业和军事，写了工农兵三个方面，这也是那个时代强调的社会的三个主要方面，依次写来，颇得当年文风之神气，豪言壮语，闭着眼睛极尽想象和夸张之能事。这当然是模仿当年遍地兴起的所谓的"红旗歌谣"写的。

1964年，他二十二岁写的快板书《一笔冤枉债——灞桥区毛西公社陈家坡贫农陈广运家史片断》，通过写贫苦农民陈广运欠还地主"一笔冤枉债"的家史，写地主对农民残酷的阶级剥削，而"春雷一声得解放，来了恩人共产党，打垮地主分田产，广运从此把身翻"。然后写新社会的生活，"互助组，农业社，广运事事带头干"。文末表态："咱要跟着共产党，朝着共产主义跑，楞格跑！"这是几近标准的当年文艺中流行的描写阶级斗争和歌颂新社会的模式，陈忠实虽是练习写作，但对套路的掌握却毫不走样。

1965年3月6日的《西安晚报》还发表了陈忠实的一首诗《巧手把春造》：

春雪飞，
春风飘。
不见"迎春"崖畔开，

不见小燕剪柳梢,
却见荒山秃岭上,
红旗挥舞人如潮。
利斧斩荆棘,
铁锹把顽石刨,
翻开千年土,
踏得山动摇。
劈石垒堰治穷山,
梯田层层盘山腰,
处处愚公来移山,
多少双巧手把春造。

这首诗以及陈忠实的处女作散文《夜过流沙沟》,散文《杏树下》[①]《樱桃红了》[②]《迎春曲》[③]和革命故事《春夜》[④]等,也都是歌颂新时代和新生活,歌颂新人新事或好人好事,或通过写贫苦农民的命运写阶级斗争的历史。

陈忠实从初中二年级开始爱上文学,到回到乡村当了民请教师写的这些习作,都属于习作时期的模仿性写作,尚缺乏文学的自觉。这些给他带来发表的喜悦和人生希望的习作,是他感应着时代的生活气息,与时代合唱的作品。冲出这个阶段,反思自我,寻找自我,对一个年轻的业余作者来说,还有很长的一段路要走。

---

① 陈忠实:《杏树下》,载《西安晚报》,1965 年 4 月 17 日。
② 陈忠实:《樱树红了》,载《西安晚报》,1965 年 12 月 5 日。
③ 陈忠实:《迎春曲》,载《西安晚报》,1966 年 4 月 17 日。
④ 陈忠实:《春夜》,载《西安晚报》,1966 年 3 月 25 日。

五、此生绝不能在女人问题上跌倒

1964年,陈忠实二十二岁。这一年,是他当民请教师的第三年,他已经调到新成立的公社农业中学当教师。农业中学没有独立校舍,学生上课借用东李六年制高级小学的教室,他们就暂归该校代管。

有一天教师们按往常的时间,聚在一起准备开会。开会的时间过了,校长还没有来。大家感到奇怪,在各种猜测中略有一些不安。又过了一会儿,大家看到,校长和几个公安人员走出校长办公室,还有民请教师西片区教研组组长。与会的教师都紧张地注视着他们一行人。陈忠实清楚地看到,刚一出校门,公安人员就把手铐铐在了西片教研组长的手腕上,押上警车走了。

与会的教师悄悄议论,说这个教师所犯的事,是他跟另外一个小学女教师有男女关系问题,而这个女教师的丈夫是一个现役军人。明知是现役军人的配偶而与之有不正当的行为,叫破坏军婚罪。军婚受国家法律的重点保护,破坏现役军人的家庭婚姻关系,会受到严厉制裁。民间把这种情况称为高压线,触碰这个高压线自然后果严重。

校长来到会议室,接下来的会还照常开,但教师们的心里都蒙上了一层浓重的阴影。

第二天下午,校长把陈忠实叫来,对他说:"走,咱俩给那个货去取铺盖。"

陈忠实跟着校长,走上了学校背后的白鹿原北坡,到了一个长满樱桃的村子。到了犯事教师曾任教的初级小学,陈忠实看到,这个教师已经把他的办公室收拾得干干净净,铺盖卷早已打好了,整整齐齐地摆放在炕上。显然,他对自己的结局早有所料,而且提前做了准备。

陈忠实把这个教师的铺盖卷背在肩上,随同校长往原下走。两人都不说话。秋天的夕阳还很灿烂。原上的风顺沟吹来,带来一股秋庄稼的气味。陈忠实无心欣赏这些,只是觉得自己的腿有些发软,心咚咚地跳,很紧张,想得也很多。

完了!一个年轻的生命就此完了。一个有才华的人就此完了。一个人被法办,然后坐牢,还会有什么前途呢?

就因为一时冲动,感情冲昏了头脑。

因为女人。被女色打败了。栽倒在了女人脚下。

后果竟然如此的严重。一生都完了。

陈忠实想到自己。刚走上社会,当了几年民请教师,还年轻,前边的路还很漫长。他告诫自己:这一生无论干得成干不成什么事,不论事情干多大干多小,反正,绝对不能在女人问题上栽跤。其他的错误,比如政治上犯不犯错误,这个有时不能完全由自己,但在女人问题上,可以完全凭自己掌控。切记切记!

现实生活给他上了最生动的一课。

这一课留给陈忠实的教训,应该是铭心刻骨的。他在后来的日子里,时刻提醒自己,要和女性保持必要的距离,避免让人误解。如果必须和女性在办公室或房间里谈事,他都要大开着房门。当民请教师时如此,当公社干部时是如此,以至到后来,他成为省作协的专业作家,也是如此。他当选为中国共产党第十三次代表大会代表的时候,有一天住在省委的一个招待所里开会,一个平时熟悉而此时作为会议工作人员的女性作家,晚上好心去他的房间看他,他也把房门大开着。事后,这位女作家当着陈忠实的面,向其他作家朋友揭露陈忠实的这个作为,说他如此作法是对女性的不尊重,令人尴尬。陈忠实这才意识到这个行为的不恰当之处。

2011年12月6日晚上,陈忠实与几位文友吃饭聊天。闲谈间聊到陈忠实早期的小说创作,笔者说,陈忠实当年被誉为擅长写农村老汉,他的短篇小说《徐家园三老汉》就是这方面的一个代表作。陈忠实说,他当时接触的农村基层干部,多是新中国成立后土改和合作化运动中成长起来的一批干部,文化不高,年龄也都大了,他接触得多,熟悉他们,有生活体验,所以写起来顺手,写女性就差了。笔者说,他不擅长写女性,是他这方面的生活不够多,体验不够深。陈忠实笑着以为笔者所言不差,说他当年在女性这个问题上,思想禁锢比较多,而最初的起因,就是来自上述的生活经历。他说自己早期的小说,所写女性形象,一是比较少,二是比较单薄,基本没有引起读者和评论家的注意,后来他有意识地塑造女性人物,如中篇小说《四妹子》中四妹子的形象,这才引起一点反响。

纵观陈忠实的小说人物塑造,总体上看,写男性多,写女性少。即使是他的代表作《白鹿原》,这样一部描写一方地域五十年历史风云和生活变迁的巨著,也是群"雄"竟出,只有寥寥几个女性。此种叶繁花稀的创作性别偏差,显然与创作主体的生活经验特别是深层的生命体验和文化心理有关。

六、从农中教师到"保皇派"

1964年,灞桥区毛西公社成立了一个农业中学。农业中学与一般中学的区别是,它招收的对象是没有考上初中的学生。这些学生因为年龄还小,不能参加劳动,也无法升学,就在农业中学学习。农业中学同一般中学的课程一样,只是多了一门农业课程,用以培养合格的有新文化的农民。陈忠实因为在蒋村初级小学教得好,多次被评为先进,这一年的九月就被调到了农业中学当教师,并担任该校的团支部书记。虽然由小学教师升为中学教师,但他的身份依然是民请教师,还是农民。

1966年2月12日，陈忠实加入中国共产党，成为中共预备党员。

那个时候，毛西公社机关已有七八年都没有发展党员，到了这一年，就发展了他一个。陈忠实当时认为他还不够党员标准，不敢写入党申请。公社领导让妇联主任找他谈话，启发他，他仍不敢写。妇联主任又和他第二次谈话，说他应该对党表一个态度。陈忠实这才写了入党申请书。

陈忠实对中国共产党的认识是神圣而纯洁的。1987年10月25日，他以中国共产党党员代表身份参加在北京举行的中国共产党第十三次全国代表大会，当他坐在开阔的人民大会堂里，瞅着大会主席台上十面红旗簇拥着的金色的由铁锤镰刀构成的党徽，心中既安详又思潮澎湃，他回想起两件与入党有关的往事。一次是他听战斗英雄讲人生的目标和对共产党员的认识，给他深刻的影响。他回忆说，1960年代初，他忍受着瓜菜代粮的饥饿，坐在学校操场浓密的柳荫下，听一位人民解放战争的英雄慷慨激昂地演讲。这位英雄讲："我一生无他求，高官嘛，没意思；金钱嘛，太乏味！我唯一的人生目标，就是做一个真正的共产党员。"陈忠实说，"这段话，一字一句浮雕般地铭刻我心头"。另一件事是被批准入党。1966年2月，农历丙午年春节刚过，时令还是冬天。那是一个早晨，在毛西公社一个简陋狭小的房间里，不满二十四岁的他羞怯不安地坐在一个角落里，听那些比他年长的共产党员们对他的评价，听介绍人向支部汇报对他的考察结果，他的心情激动难捺。最后，他被接收了。走出那个狭小的房间，看见冬天里灿烂的太阳，他几乎流下泪来。此时，他再一次想到了在学校听那个战斗英雄演讲的情景，想起了那段话。战斗英雄的话，也许正是此时此刻陈忠实的心声。

从1960年代初在全国兴起的学习毛主席著作运动，此时也掀起了新高潮。学习积极、表现良好的人会被不同层级、不同单位评为学习毛主席著作积极分子，这是一种很高的荣誉。1966年上半年，陈忠实就被评为毛西公社学习毛主席著作积极分子。

1966年6月，轰轰烈烈的无产阶级"文化大革命"开始。

红卫兵运动也轰轰烈烈开展起来。

在这样的背景中，毛西公社农业中学也成立了红卫兵组织。陈忠实由于是学校的团支部书记，中共预备党员，贫农出身，底子好，也年轻，才二十四岁，被红卫兵组织看中，拉进他们的队伍，也成了红卫兵，并被推选为政委。当时毛西公社农业中学红卫兵活动较少，主要是搞"破四旧、立四新"。陈忠实的这个红卫兵政委前后共当了三个月。

大串连开始后，毛西公社农业中学根据西安郊区教育局的通知精神，推选师生赴京代表，陈忠实被推选为赴京代表之一，并负责带领去北京的学生。他们于11月到达北京，在北京住了二十多天，一是接受毛主席第七次检阅，二是参观了一些学校单位的大字报。11月11日下午，毛泽东第七次接见来自全国各地的红卫兵，陈忠实见到了毛泽东，激动万分。

陈忠实在毛泽东逝世后应《陕西文艺》之约写的纪念文章《努力学习努力作战》①中，对这次被接见有过较为详细的回忆。抄录如下：

> 最难忘，一九六六年十一月，在伟大的无产阶级文化大革命的进军声中，我作为一个红卫兵，在天安门前，华灯之下，受到了伟大领袖毛主席的检阅，十年前动人的情景，此时那么亲切地浮在脑海，如在眼前。
>
> 那是多么令人心花怒放的幸福时刻！十一月七日②，北京已

---

① 陈忠实：《努力学习作战》，见《毛主席啊，延安儿女永远怀念您》专辑，载《陕西文艺》，1976年第6期。
② 笔者注：毛泽东第七次接见红卫兵，是11日。

是秋末冬初，长安街上的白杨已开始落叶，我们心里却正是一番明媚的春天。瓦蓝的天空，白云朵朵，轻轻飘浮，温暖的阳光照耀着雄伟的天安门、挺拔的人民英雄纪念碑；广场上，东西长安街上，缀着祖国各地方名称的红卫兵旗帜，穿着各种服装的各民族红卫兵，唱啊，跳啊，在等待着那幸福的时刻！我作为一个农业中学的青年教师，夹在这些小将中间，顿然觉得自己更年轻了。是啊，在祖国的首都，在毛主席身边，我不正是一个年轻的小兵吗？我的心里不断地响着"金色的太阳升起在东方"的旋律，渴盼着那幸福的时刻！

四时，广播里响起雄浑的《东方红》乐曲，整个广场变成一个欢腾的海洋，毛主席乘着敞篷汽车，一身绿色军装，从西长安街徐徐开来。我看见毛主席了！我看见日夜想念的毛主席了！毛主席高大魁梧的身躯，一手扶着车栏，频频向两边欢呼的小将挥手，微风吹着主席的头发。我踮着脚尖，不住口地呼着"毛主席万岁"的口号。正当毛主席经过我们队列前面的时候，主席侧过头来，挥着巨手，向我们挥动着。我看见毛主席满面红光，向我们微笑着，不禁热泪盈眶，幸福的泪水挡住了视线。我一直目送着毛主席向东长安街的红色波涛中驶去……

我坐在地上，打开语录本，在毛主席像下，记下了这一永生难忘的时刻："敬爱的伟大领袖毛主席，一九六六年十一月七日① 下午四时十七分，我在天安门广场东侧的华表下，看见了您慈祥的面容。"……

这个时期，天下大乱。人与人的关系也乱了。11月末，回到学校，

---

① 笔者注：应为 11 日。笔者分析，陈忠实这里关于"七"的笔误，应该是他当时记的是"十一"，竖写。事后翻阅，"十一"上下笔触有些相连，因时隔久远，误判为"七"。

社会上已经兴起造反高潮,原先的红卫兵多被认为是保皇组织,陈忠实所加入的红卫兵队伍,也被打成了保皇派,很快就散伙了。陈忠实这时成为批斗对象。

中共灞桥区党委在1982年5月7日关于陈忠实的考察报告中,对这一段历史有这样一个考察结论:"该同志在毛西公社农中工作期间兼任学校团支部书记,'文革'开始后,该校成立红卫兵司令部,陈被学校红卫兵推选为红卫兵司令部政委,当时该学校红卫兵活动较少,主要搞破四旧、立四新,他没有参与抄家、打砸抢等活动。大串连开始后,学校根据原郊区教育局的通知精神,推选师生赴京代表,陈被推选为赴京代表之一,并负责带领去北京的学生于1966年11月到达北京,在北京住了二十多天,主要活动:一是接受毛主席第七次检阅,二是参观了一些学校单位的大字报。除此之外,再无其他活动。陈忠实带领学生从北京返校不久,学校红卫兵分裂出对立的'红色战线'组织,这个组织刚成立,就以陈忠实是公社党委的'保皇派''执行了资产阶级反动路线'等罪名,对陈忠实进行了多次批判。从此,陈忠实成了批斗对象,除了参加劳动、留校看门以及接受群众组织批判外,无其他活动。此后也再未参加过任何派性组织。"

除了批斗,造反派学生还给陈忠实宿办合一的房间门框上贴了一副白纸对联,上书毛泽东的诗句:借问瘟君欲何往,纸船明烛照天烧。横批是:送瘟神。门框右上角还吊了一只白纸糊成的灯笼。这种农村办丧事用的东西,在他的门前一挂就是三个多月,不得撕扯,不得取下,二十四岁的陈忠实天天面对这些晦气的东西,觉得自己政治上已经死了,文学前途也完蛋了。

由于陈忠实受到运动的冲击,处境不妙,与他关系很近的人也要同他划清界限。

屋漏偏逢连夜雨,受到打击,陈忠实极度灰心。

入党很难,好不容易入了党,原来想着前途一片光明,没有料到,却被打成了"保皇派"。那个时代是以路线(毛主席的无产阶级革命路线和刘少奇的资产阶级反动路线)选人用人,一个人一旦被划入"保皇派",就是划入刘少奇的"资反"路线,被打入了另册,成了革命的对象,一辈子就完了。年轻的陈忠实,当时心劲很高,正欲乘风破浪,扬帆远航,却斜地里来了一股风,把他吹倒了,并且晾在了岸边。

1967年春天的一个日子,天气还很寒冷,陈忠实从乡下进西安城,为学校养的几头猪买面粉厂的麸皮饲料。他拉着架子车走在大街上,忽然看到有一群人被押在卡车上游街,其中竟然有他崇仰的作家柳青,柳青头上还戴着纸糊的高帽子。①

陈忠实心中十分震撼:柳青这样的作家都被打倒了!他这个爱好文学刚刚起步的人还能弄啥,还想弄啥?

其实,早在"文革"初期,陈忠实就已经感受到了这一场无产阶级"文化大革命"的横扫一切之势、雷霆万钧之力。有一天回家,他把自己几年来记的几厚本日记和为创作做准备的生活纪事,全拿到后院的茅房里烧毁了,烧得连个纸渣都不敢剩。

此后多年,陈忠实再也没有读过文学书。

这一次,陈忠实陷入了极其严重的精神危机。高考落榜,他悲观,彷徨无措,但好在还有文学作为他的精神慰藉和支撑。现在,这个支撑也塌了。他可以默默地忍受生活的艰难和心灵上的屈辱,然而不能没有文学爱好和追求。他十分悲观,十分迷茫,看不出生活中还有什

---

① 据笔者和邢之美所编《柳青年谱》(人民文学出版社,2016年版)记载,1967年1月1日柳青被西安造反派从长安县的中宫寺强行揪回西安。1月17日,于本月3号才成立的中国作家协会西安分会(陕西省作家协会前身)被红色造反队揪出所谓的中国作家协会西安分会"走资派""反动权威""牛鬼蛇神"和"资反路线"的主要执行者共十五人,游街示众,柳青即在其中。1月24日,柳青第二次被红色造反队揪出游街示众。1月28日,柳青第三次被红色造反队揪出游街示众。陈忠实所见柳青被押在卡车上游街,当为其中的某一次。

么希望，甚至连生活的意义也觉得黯然无光。他一生中最悲观的时期，就发生在这一段。

陈忠实变得脆弱，麻木，冷漠。凑合着活吧，这是他心里想的。

这是精神的危机，也是生命的危机。别人包括身边曾经是最亲近的人也诅咒自己，他多次涌起过死的念头。死了算了，死了就解脱了。他的精神正在走向崩溃的边缘。

就在此时，在外省生活的姐姐和表妹先后来看他。姐妹两人，一个没有文化，一个正上大学，但两人的看法惊人的一致："想开点！刘少奇、刘澜涛都被斗了游了，咱个平头百姓算啥？"这个话犹如当头棒喝，使他多少有些清醒。

陈忠实回忆，这种沮丧的情绪，一直延续到1968年，才慢慢地缓过劲来。

他有一种死里逃生的感觉。

七、"半个艺术品"修复了文学神经

"文革"开始以后的几年里，在举世一片批判的风潮中，陈忠实的文学梦被彻底摧毁了。后来的几年，他与文学世界也隔绝了。他忍受着心灵上的折磨，不知道生活应该走向何处。

"文革"期间，要破旧立新，全国各地曾经兴起一股地名更改风潮，将原来的老名字更改为具有"革命"或"红色"意味的新名。1966年10月，中共西安郊区委员会决定：将洪庆、新合、狄寨、十里铺、毛西、水流、席王等七个人民公社，分别更名为红星、永红、红原、向阳、立新、火炬、曙光人民公社。陈忠实所在的原毛西公社，这次就更名为立新公社。到了1972年5月，改名的七个公社又恢复原名。

1968年，立新公社农业中学撤销，陈忠实到立新公社东李八年制学校（戴帽中学，原东风小学）任初中教师。12月，立新公社借调陈忠实到公社协助搞专案、整党等项工作。他主要是负责文字工作。这里的专案工作，主要任务是给农村"清理阶级队伍"揪出来的人落实政策。参加党建工作，组织后来对他的评价是：陈忠实在工作比较难的龙湾队工作，对犯错误的党员干部和一些对干部有错误认识的群众，坚持政策，做细致的思想工作，任务完成得比较好。

这一借调，就持续了几年。一直到1971年6月，因为他的工资问题在公社不好解决，立新公社把他安排任公社卫生院革命领导小组组长。实际上就是院长，但当时不叫院长，叫革命领导小组组长。陈忠实在这里还学会了打肌肉针。负责公社卫生院，新官上任三把火，他组织十多名医务人员，先后进山三个月，采药一百多种，近万斤。组织的评价是：为"三土四自"方针开了新路，进一步巩固了合作医疗制度，职工和群众的反映都比较好。

也就是这一年的夏天，立新公社来了《西安日报》的一位记者，采访合作医疗的发展情况。陈忠实受命陪同采访。记者知道了为自己引路的人名字叫陈忠实，很惊奇，说他们报社一位姓张的编辑，听说他要到西安郊区采访，特意让他留心并打听一下一个叫陈忠实的人的情况，想不到事有凑巧，居然一来就遇上了。经过这位记者的沟通联络，陈忠实和《西安日报》文艺部的编辑张月赓认识了。

张月赓原在西安市和平门外的煤矿设计研究院工作，是一名地质勘探工作者，也是一位文学爱好者，业余创作与发表作品的时间与陈忠实基本同时。"文革"前他在《西安晚报》也发表过一些作品，对同在《西安晚报》发表作品的陈忠实有所关注。1969年5月，《西安日报》筹备复刊时，张月赓调干至报社，安排在文艺部编辑文艺副刊。副刊需要和作家联系，他便打听陈忠实，想约稿。陈忠实与张月赓见了面，说："我已经六年不写文学作品了，对文学已经陌生了。现在，倒是熟悉了给上边写某项工作的总结材料，熟悉了给公社领导代写各种报告。"张月赓说："你陈忠实总是有文学基础的嘛，重新试笔还是可以有所作为的。"盛情难却，同时，陈忠实心底那一缕对文学的情丝也还未断，便想重新写作。但搁得久了，思想也被几年来形成的公文思维占满，一时难以形成艺术的思维。就这么一拖再拖，过了半年，陈忠实也没有拿出任何作品。张月赓那边却不断地催问，不断地鼓励。

在这期间，陈忠实和卫生院的赤脚医生到灞水之源的秦岭山中采药，听到一位军医在山区为群众治病的许多感人事迹，感动之余，忽生灵感，艺术思维也张开了，于是写了一篇散文叫《闪亮的红星》。他当面把这篇新作交给张月赓时，心中仍然没有底，诚惶诚恐。他对张月赓说："六年了，手生了，思维也僵硬了，写东西时有时枯涩得连一句生动的词儿也蹦不出来，你看不行就算了。"没想到张月赓看过以后，很是满意。很快，这篇散文就在1971年11月3日的《西安日报》副刊上发表了。

发表以后，在当时还引起了一些不小的反响。《西安日报》的文艺副刊自1969年复刊以来，是张月赓一人主持。张月赓说，当时文艺副刊上发表的诗歌散文等，基本都是标语口号式的，《闪亮的红星》刊出后，报社接到了很多读者的赞扬信，大家觉得很新鲜，认为有文学性。当时西北大学的蒙万夫等老师，称《闪亮的红星》虽然也有缺点，但可以算作"半个艺术品"。1971年11月29日，《西安日报》正式开辟了"延风"文艺副刊栏目。《西安晚报》"文革"前的文艺副刊名为《红雨》，"文革"中的《西安日报》文艺副刊更名为《延风》。那时报纸的文艺副刊很少，以《西安日报》为例，该报当时是四开四版的小报，1971年11月的文艺副刊只有两期，一期一版，第一期就是发表陈忠实散文《闪亮的红星》的那一期，第二期是《延风》栏目登台亮相的那一期。而到了下一个月，即12月，整整一个月，一期副刊版也没有，一篇文艺作品也没有。所以，对于《闪亮的红星》引起的较大反响,陈忠实自己倒很清醒。他明白,在"文革"开始后的六年里,文学和艺术类杂志全都停刊,报纸上的文艺副刊也取消了,书店里除了浩然的小说再见不到任何文艺书籍了。与文艺几乎绝缘了六年的民众,在报纸上突然看到一篇散文,肯定会有一些新鲜感,这是对于文学形式的久别重逢的新鲜感,而不会是因为看到了什么佳作。

张月赓主持的《延风》越办影响越大,到后来,时在《人民日报》文艺部工作的傅作义的长女傅冬菊,还带了一位李姓编辑到《西安日报》,说《西安日报》办了副刊,办得很出色,《人民日报》也要办副刊。

陈忠实"文革"前最后一篇文学作品是散文《迎春曲》,发表于1966年4月17日的《西安晚报》。

《闪亮的红星》是陈忠实中断文学写作六年之后的第一篇文学作品。在陈忠实看来,这是恢复写作生命的一篇散文。这篇散文写得很是艰难,先是找不到文学的感觉。但是心里记着一件事,要写一篇散文,因此,思维也在慢慢地转变着,眼光也在渐渐地调整着。公文时论思维要转换成艺术的形象思维,眼光也要从政治与政策,转向生活和人,以及人的情感。《闪亮的红星》作成,成败并不足论,重要的是,陈忠实把截断了六年的那根文学神经接通了,干涸了六年的那根文学神经也润泽了,变得有些僵硬的思维也柔软了,灵活了,似乎跳跃着文学的浪花,重新流动起来了。

此后不久,他又写了一篇散文《寄生》,寄给张月赓。张月赓已经编好并排版,但在主编那里未能通过。主编认为这篇散文观念上有些问题。后由张月赓转投陕西省工农兵艺术馆编的《工农兵文艺》,《工农兵文艺》将原题改为《老班长》,发表在该刊1972年第7期的小说栏目头条。笔者见网上有些资料还记陈忠实有散文《寄生》,发表于1972年的《西安日报》,不准确。陈忠实在后来的各种文集、选集中未收此文。2011年9月15日,笔者查原始资料发现此文,询以陈忠实,陈忠实也只记得有散文《寄生》而不知有小说《老班长》了;陈忠实还对将原题"寄生"改成了"老班长"很惊奇，他想了想，认为可能是当时的编辑部认为"寄生"这个题目有些敏感，不那么"正面"，就把题目给改了。《老班长》所写的题材也是陈忠实那次和赤脚医生进山采药时发现的。陈忠实在秦岭山中发现了一种老树上的寄生物，这种寄生物没有树叶，长得很像小孩的手指头，靠寄食老树的营养维持生命。陈忠实在文中以"寄生"喻地主，所表达的主题是借对寄生物的批判，批判一切剥削阶级。

这之后，陈忠实又陆续写出并发表了革命故事《配合问题》，刊于1972年8月27日的《西安日报》；散文《雨中》，刊于1972年10月22日的《西安日报》。闸门一开，涌泉之水汩汩不息。

这些散文或革命故事发表之后，没有稿费。报社给他的报酬，有时是寄一些购书票。陈忠实当时收到的最高价码的购书票，是一元五角。然而拿着购书票去买书，却无可选择。他到西安城中最大的也是指定的钟楼新华书店去购书，却发现没有他想要的书。看来看去，看巴掌大的《新华字典》还算实用，就买回去供孩子念书。这样一来二去，买回了不少字典，多到自家用不完，又只好送给亲戚朋友的孩子。点灯熬油，自赔纸张，劳心伤神，稍有不慎还会惹来灾祸，写这些东西到底所为何来？陈忠实以为，全是因了个人的兴趣。再后来，这个问题一再浮出，始渐悟出，原来是有一根对文字敏感的神经在作祟。

有人的神经敏感于官，有人的神经敏感于钱，有人的神经敏感于声音与节奏，有人的神经敏感于线条与色彩，而他的神经，是敏感于文字。而且，写字作文，虽苦却乐。苦中自有其乐，甚至大乐。兴趣在也。

在重新对文学产生兴趣后不久，陈忠实的个人命运也发生了根本性的转折。1972年，他从农民身份变成了吃公家饭的人。

这一年，上面要培养一批毛主席革命路线的接班人，条件是：年龄限于三十岁以下，中共党员。人选定后，被任命为公社党委副书记或副主任。西安市郊区共有二十六个公社，这一次试点培养十个，毛西公社即在其中。陈忠实是毛西公社推荐的人选。他当时最大的人生考虑是，这一次如果被任命为公社干部，他的身份就变成公家的了，变成了干部。此前他一直是民请教师身份。民请教师，属于大集体性质，是民办公助。因此，这个公社副主任对他的人生非常重要。

负责这次干部选拔的，是中共西安市委郊区组织部，组织部部长叫来陈忠实谈话。谈话中，部长问了陈忠实一个问题，当时西安市有五个造反派组织，他问陈忠实认为哪一派好。陈忠实回答说，他认为西安交通大学工总司这一派好。陈忠实觉得，相对而言，其他四个造反派组织都很激进，而工总司这一派相对温和一些。不料，部长听了他的话，却很不以为然。部长说，交大工总司这一派是保皇派，而另外四派是革命造反派，组织上要用的是有造反精神的人。

陈忠实心里想，完了完了，这一下完了。组织上谈完话后，陈忠实回去把这个谈话结果汇报给毛西公社的书记。书记听了，沉吟了一会儿说，他去给组织上再做一做工作。

书记的热情陈忠实很感激，但陈忠实心里总觉得这事完了，自己的观点与组织上的用人要求不合，岂能被用？令他没有想到的是，他后来还是被选上了。在西安市郊区这一批任用的十个年轻公社干部中，从政治态度和观点上分，九个都是造反派，就他一个保皇派。

1973年，陈忠实被任命为毛西公社革命委员会副主任。这是他人生命运的一次重大转折，他由十一年民请教师的身份转为国家正式干部。

很多年后，陈忠实还说，他很感激这位组织部部长。

话说"文革"结束以后，上边查这个组织部部长如何执行"四人帮"路线的问题，办学习班，分期分批让干部揭发，通知陈忠实也参加了一期。陈忠实始终没有说这个组织部部长的问题，他说他与这个组织部部长只见过一面，工作上和私下都没有联系，也不了解。组织部部长当年和他谈话中说的关于造反派中哪一派更革命这个话他也没有说。陈忠实认为,当时的政治就是这么要求一个组织部部长的。

当年提拔陈忠实当革委会副主任的西安郊区组织部部长叫杨力雄。杨力雄后来从组织部门调到了另外一个局任局长。退休后,有一年春节,杨力雄携夫人到陈忠实家看陈忠实。杨力雄对陈忠实说:"当年调查我,找你谈话,你没有说过我一句不是,这事我知道。"陈忠实笑,杨力雄也笑。第二年春节,陈忠实也携夫人去看杨力雄。

第三章　戴着镣铐跳舞的业余作者

一、亮相《陕西文艺》

二、《接班以后》一炮打响

三、三见柳青

四、《无畏》之畏

五、"文革"后期的写作

六、《信任》获奖

七、大树的风格

八、在灞桥文化馆的日子

九、一个"业余作者"的精神面影

1980年，在家乡菜园和老农交谈

1980年7月，太白县招待所，《延河》编辑部召开的农村题材短篇小说创作座谈会。前排左起：京夫，蒋金彦，邹志安，贾平凹。后排左起：路遥，徐岳，陈忠实，王蓬，王晓新

1982年5月，延安杨家岭，与王汶石

一、亮相《陕西文艺》

陈忠实走上文坛，成为文学人物而引起全国性的关注，应该从他1973年亮相于《陕西文艺》开始。此前，他主要是在《西安晚报》或《西安日报》的文艺副刊上发表一些诗和散文，按当时的一般看法，这样的作者只属于地方性作者，准确说，属于西安地区的作者。而在《陕西文艺》发表作品就不一样了。《陕西文艺》是当时陕西省唯一的以文学为主的文艺性刊物，代表着当时陕西的文学形象。况且，《陕西文艺》又与此前陕西的文学杂志《延河》有着前后相承的关系，《延河》在二十世纪五六十年代是中国的文学名刊，而1970年代文学期刊也少。因此，能在这样的刊物上亮相，作品同时也有引人注目之处，就很容易被人记住或者说是"成名"。北京大学教授钱理群在《我的精神自传》中回忆说，"文革"后期他在贵州，常和一些志趣相投的年轻朋友谈论文学，交流思想，他们觉得当时特别引起他们注意的作家有三个，一个是陈忠实，另外两个是蒋子龙和克非。[①]

在这里，我们梳理一下陕西省作家协会的历史和《延河》与《陕西文艺》的关系，以明其在变化多端的当代政治风云中的流变和名称

---

① 钱理群：《我的精神自传》，广西师范大学出版社2007年版，第48页。

变化。"文化大革命"开始，1966年夏，成立于1954年11月的中国作协西安分会即处于瘫痪状态，作家搁笔，刊物停刊，由文革小组领导。1967年1月，"中国作协西安分会红色造反队"夺权，后成立"斗批改委员会"，直至1968年10月，工人宣传队进驻。1969年12月27日，陕西省革命委员会宣布：撤销原文化局、中国作协西安分会、中国剧协陕西分会、省剧目工作室、省音协、省美协等六个单位，领导和干部全部下放农村、工厂和"五七"干校劳动改造。1970年6月1日，陕西省革委会文化局及文化局领导小组正式成立，局机关设办事组、政工组、文艺组、出版组。1972年11月6日，陕西省文艺创作研究室成立，属省文化局领导的县级事业单位。《延河》于1956年4月创刊，为月刊，当时是由中国作家协会西安分会主办的文学期刊。1966年7月，"文革"兴起，《延河》停刊。《陕西文艺》于1973年7月创刊，为双月刊，当时是由陕西省文艺创作研究室主办的以发表文学作品为主的综合性文艺期刊。1977年1月，《陕西文艺》改出月刊，同年7月，恢复原名《延河》，为月刊。如此看来，刊物名字也有变，但实质未变，这就是《延河》或《陕西文艺》是陕西省的最高级别的文学刊物。

《陕西文艺》编辑部当年位于西安市东木头市172号，一座貌不起眼的小院。这里也是当时"陕西省文艺创作研究室"的办公地。当年西安城里像这样的老院子很多。大门是老式的高门槛木门，坐南朝北，院内有几进土木结构的房屋。这个院落，历经时代的变迁，在原格局的基础上或拆或盖，已不那么整齐了。有门窗敞亮的高大正房，也有低矮简易的青灰平房，这里凸出来，那里凹进去，与普通居民的大杂院差不多。院里有个东跨院，青砖铺地，老树葱郁，一排坐南朝北的老式平房古色古香，《陕西文艺》就在这个小跨院里办公。《陕西文艺》编辑部人员大多数是原《延河》的班底。主编王丕祥，副主编贺鸿钧、王绳武，编辑部主任董得理，副主任杨韦昕，小说散文组组长路萌，副组长高彬，诗歌组组长杨进宝，评论组组长陈贤仲。

1972年冬天，西安市的工人业余作者徐剑铭把陈忠实的一篇散文推荐给正在筹办《陕西文艺》的路萌和董得理。次年7月，这篇散文在《陕西文艺》1973年第一期亦即创刊号上发表，陈忠实由此跨进了陕西最高级别文学杂志的门槛，从而也进入了全省和全国的文学视野。

上海当时是中国文化和思想爆发新火花的重镇，文艺上也领先一步。1973年5月，上海文艺丛刊第一辑《朝霞》由上海人民出版社出版。1974年4月，《朝霞》丛刊第一辑《青春颂》出版。《朝霞》杂志1974年1月20日出刊。这个时期的文学写作也有所恢复，但作者基本上都是新人，称为"工农兵作者"。老作家不写或不能写了。以陕西为例，郑伯奇这样的在二十世纪二三十年代影响较大的作家新中国成立后就基本上不写了，柳青、王汶石这样的在二十世纪五六十年代红极一时、影响很大的作家也不写了，杜鹏程还没有被平反。但是文学要恢复，要有新人和新作品，与时代文化氛围相适应，"工农兵业余作者"就应运而生。"工农兵业余作者"中有的人从此步上文学之路，甚至成为后来中国文学的中坚。这是中国文学史上一个重要的现象。前无古人，也许后无来者。

1972年，陈忠实所在的西安郊区，由文化馆召集本区内的业余文学作者开会，大家热情很高，创办了一份自编自印的内部文学刊物《郊区文艺》。创刊号在1972年出版，陈忠实的一篇散文《水库情深》刊登其上。这一年下半年的一天，陈忠实收到徐剑铭的一封信。徐剑铭在信中说，他刚刚参加过一个重要会议，中国作家协会西安分会原来被下放到农村的作家和编辑又回来了，作家协会被改成了"陕西省文艺创作研究室"要恢复工作了；同时，《延河》也即将复刊，但是为了与当年的"文艺黑线"决裂，也不能用旧名，改名为《陕西文艺》。他参加的这个重要会议，就是"省文艺创作研究室"和《陕西文艺》共同召开的，与会者都是西安地区的一些工农兵业余作者。会议让与会者向新的编辑部推荐各自认识的业余作者。徐剑铭说，新刊物需要作品，那些声名赫赫的老作家有的虽然从流放地回来，但思想改造的过程还很长，有的未被"解放"，有的虽被"解放"了，但仍心存余悸，无法进入创作，能否重新发表作品一时还很难说。这样，工农兵业余作者就倍受重视，刊物主要靠他们写稿，业余的工农兵作者一下子成了香饽饽，极受器重。《陕西文艺》希望大家给刊物写稿，并推荐工人农民解放军（工农兵）新作者。徐剑铭在"文革"前已是西安地区卓有影响的工人诗人。他向董得理、路萌等编辑推荐了陈忠实，董、路两人此时均表示对陈忠实毫不知晓。徐剑铭同时推荐了陈忠实刊登在《郊区文艺》上的散文《水库情深》，他把这篇散文剪贴好送到了编辑部。陈忠实对此极为感动，感动这种文友间真诚而无私的帮助。

时隔不久，陈忠实接到《陕西文艺》编辑部的一封信，里边装着他的散文《水库情深》，这是发在《郊区文艺》上的剪贴样稿，在样稿的边角上，编辑用红笔做了很多修改和勾画，样稿呈现出一片红色。陈忠实当时刚刚从村子里下乡回到公社机关，看了附信，得知此稿将在《陕西文艺》创刊号发表，兴奋异常，下乡一天的劳累烟飞云散，饥肠辘辘的感觉消失了，居然情绪慌乱，无法坐下来阅读修改的文字。直到吃过晚饭，他才静下心来，把自己的作品再读一遍。对编辑那些用红笔修改过的字句，他更是细细琢磨，反复推敲，以求获得启示。同时，他也把自己的散文再行打磨，进一步完善。

两三天后，陈忠实借到郊区机关开会进城之机，顺便到《陕西文艺》编辑部送去他的修改稿。他兴奋而又有些惶恐地走进东木头市文创室的院子，问到一间屋子，见了董得理和路萌。董得理和他说了几句诚恳的见面话之后离开了，路萌和他谈稿子。陈忠实这时才得知，用红笔修改他散文的人，正是当面坐着的这个名叫路萌的编辑。陈忠实感觉路萌很客气、很和悦、很谦逊，文质彬彬又热情洋溢，总之，印象好极了。初中二年级的时候，陈忠实的语文老师曾把他的一篇作文亲自抄写并投寄给《延河》，后来音信全无，此后许多年，陈忠实在他的业余文学创作操练和投稿过程中,一直对《延河》怀着一种敬畏的心理,从来没有敢给《延河》投寄一篇稿子。陈忠实事后回忆说:"在我的感觉里,说文雅点,《延河》是全国大作家们展示风采的舞台;说粗俗点,那门槛太高了。"此时此刻,陈忠实最深切的感觉是:"我终于进了早就仰慕着的这个高门槛了。"

亮相《陕西文艺》之前,陈忠实共写诗和快板三篇,散文、特写共六篇,故事三篇,除两篇故事刊于陕西省工农兵艺术馆的内部刊物《工农兵文艺》之外,其余全部刊于《西安日报》或《西安晚报》。

《水库情深》虽然只是一篇散文,但意义重大。从此,陈忠实迈入了他向往已久而且对之颇感神秘的高门槛。仅从增强文学自信心一点来说,也是极其重要的。

二、《接班以后》一炮打响

紧接《水库情深》亮相《陕西文艺》,陈忠实的第一个短篇小说《接班以后》,又刊《陕西文艺》1973年的第3期,且发于小说栏目头条。

这篇小说一炮打响,反应强烈。

《接班以后》写于1973年的春天。当时,陈忠实到西安郊区党校参加为期一个月的"学习班",郊区党校位于纺织城。至此,由临时到正式,陈忠实已在公社机关工作五年,对关中乡村生活和农民世界有了进一步的了解。在公社的工作,除了参加会议,多是跑在甚至住在生产队里,一来忙,二来作息不由自主,很少有相对安定和清闲的日子。在学习班这一个月,作息规律,空闲时间较多,陈忠实利用早起的时间,利用晚上看电影的机会,躲开大厅通铺的人,写成了他平生的第一个短篇小说《接班以后》。这篇小说近两万字，首先在字数上突破了他以往单篇文章的字数，更重要的是，他在故事结构和人物塑造方面也完成了一次自我突破。此前，他写过叙事性的革命故事《春夜》《老班长》《配合问题》，其中《老班长》是当散文写的，后来被刊登在小说栏目。故事和小说是有区别的，故事基本是叙述，而小说要展开描写，前者重在情节，后者重在塑造人物。

《接班以后》寄到《陕西文艺》编辑部不久，陈忠实便收到编辑部主任董得理用毛笔写来的长信，信中对这篇小说完全肯定，多有赞美，还说被编辑部传阅，大家反应热烈。最后，董得理约陈忠实到编辑部交换一些细节处理的意见。陈忠实利用到城里开会的机会，走进东木头市《陕西文艺》编辑部的大门。陈忠实当时还弄不清董得理在编辑部的身份，但能够觉察到他在编辑部负有重要责任。董得理本身是作家，又是一位职业老编辑，他和陈忠实谈稿子，显得很兴奋，这是一个职业编辑发现一篇好稿子时由衷的欣喜。谈到小说存在的问题，董得理谈得又很仔细，他对小说的细部包括一些不恰当的字词问题都一一谈到，和作者陈忠实交换意见，以期修改。陈忠实发现，董得理很坦率，谈到了真正的文学和当下流行的"假大空"文艺的区别，与一个作者第一次谈话，董得理就敢对"假大空"文艺表示鄙夷，这让陈忠实感到此人真诚而有胆识。

陈忠实感觉很准，董得理确实是一位既懂文学又敢于直言并拍板的编辑部负责人。董得理原为《延河》老编辑，1972年9月至1978年底在陕西省文艺创作研究室工作，任《陕西文艺》编辑部主任。作家京夫回忆董得理说，他当年曾借调《陕西文艺》做见习编辑，实为文学创作见习。他说董得理："谈起当时全国的文学现状和潮流，他多是摇头。他常说，别看当前一些作品，小心误导了你，真正学习文学创作，必须认真读中外名著，文学按目前这种弄法，不行！'文革'尚未结束，能有如此清醒，并把对文学的清醒毫不遮掩地表达出来，告诫青年文学作者，匡正文学路子，也是一种勇气。当时陕西文研室有一批这样的老作家和资深编辑。他们对陕西文学走向不无积极的影响。"①

《接班以后》的插图是王西京所配，王西京其时供职于《西安日报》，为美术编辑。小说发表后产生了广泛影响。许多人读了，说陈忠实的语言像柳青。《陕西文艺》的编辑把这篇小说送给柳青看，柳青阅读的同时，对这篇小说有多处修改。关于柳青对《接班以后》的阅读修改稿，陈忠实回忆说，他是在张月赓那里看到的。张月赓告诉陈忠实，和他同一个部门的年轻编辑张长仓，是柳青的追慕者，也很得柳青的信赖。张长仓从柳青那里看到了柳青对《接班以后》的修改手迹，拿回来让张月赓看。陈忠实在张月赓家里看到了柳青对《接班以后》第一节的修改文字，其中大多是对不大准确的字词的修改，也划掉删去了一些赘词废话，差不多每一行文字都有修改圈划。陈忠实和张月赓逐字逐句斟酌掂量那些被修改的字句，深受感动，也深受教育。柳青追求文字准确、形象、生动的精神令他震惊。陈忠实认为，这应该是老师对学生的一次作文辅导，让他难忘。

新创刊的《陕西文艺》，很快团结起来一批青年作家。不过，这个时期的作家皆自称或被称为"作者"，同时在名字之前标明社会身份，如工人作者、农民作者、解放军作者等，以区别于"文艺黑线"，表明"工农兵"占据了文艺阵地。邹志安、京夫、路遥、贾平凹、李凤杰、韩起、徐岳、王晓新、王蓬、谷溪、李天芳、晓雷、闻频等，先后都在《陕西文艺》上崭露头角，进行了最初的文学操练。新时期开始，这些青年作者更加活跃，而各人都初具自己的文学姿态，一时成为荒寂十年之后文坛上耀眼的新星，形成中国文坛令人瞩目的陕西青年作家群。1981年，中国作家协会选择陕西和湖南两省，作为新时期中国南北两个形成作家群体的省份进行经验交流。

---

① 京夫：《董得理先生的清醒》，载《陕西文学界》，2000年第1—2期合刊。

陈忠实后来回忆总结认为,《陕西文艺》从创刊到恢复为《延河》的四五年间,即"文革"中后期,受极左政治及其文艺政策影响,他们这些青年业余作者由于文学基础薄弱,文化视野和艺术视野狭窄,均不同程度受到了当时的"三突出"观念的影响。所幸的是,《陕西文艺》聚集着一批懂得艺术规律的编辑,而其中有人又是作家,如董得理、王丕祥、路萌、贺抒玉等,有了这些编辑兼作家的指导,青年作者们得以在文学创作实践中不断摸索和体悟着文学的本真。陈忠实创作中最初的三篇小说,都发表于《陕西文艺》,1973年第3期发表《接班以后》,1974年第5期发表《高家兄弟》,1975年第4期发表《公社书记》,一年一篇。这些作品的主题和思想,都是按当时的要求跟着潮流走,都在阐释阶级斗争这个当时社会的"纲",陈忠实自己都说事后简直不敢再看。但是,这些写作实践让他锻炼了直接从生活中选取素材的能力,锻炼了语言文字的表达能力,更重要的是,演练了结构和驾驭较大篇幅小说的基本功。《接班以后》等三篇小说每篇都在两万字左右,写这样一些较长的短篇,单是结构这一点,陈忠实认为,对他来说都是一种前所未有的突破。

由此看来,《陕西文艺》是当年包括陈忠实在内的一批工农兵青年业余作者的文学演练场。戴着镣铐的演练。还好,指导演练的有一些人是行家。他们在此学习,在此演练,也从此起步。

三、三见柳青

陈忠实一直视柳青为自己文学上的老师。柳青生前,陈忠实前后只见过三次。三次见面,由于不在一个位置和层面上,两人没有对过话。柳青是文学前辈,陈忠实是文学后生,后生见前辈,印象深刻,内心的感受很多，影响也很深远。陈忠实走上文学之路，从文学的角度观察生活、认识社会、体味人生，后来再以文学描写生活、反映社会、表现人生，最初的文字中，都留有柳青的影子。

陈忠实第一次见柳青是"文革"初期。1967年春天一个寒冷的日子，他从乡下进城为学校养的几头猪买麸皮饲料，在大街上，偶然看到了柳青戴着纸糊的高帽子被押在卡车上游斗。

第二次见柳青，是1973年2月27日下午，在陕西省出版局召开的业余作者创作座谈会上。这是"文革"以来柳青第一次在公开场合讲话。柳青谈了自己近几年的生活、学习和思想，谈了自己关于艺术构思的见解，在谈艺术构思时他以《创业史》四部的总体安排为例展开。陈忠实当时只是一个听众，坐在人丛中用心地听，不敢问话，也不敢上前与柳青攀谈。柳青在这个座谈会上的讲话，后来经整理，题为《在陕西省出版局召开的业余作者创作座谈会上的讲话》，收入陕西人民出版社1991年5月第1版的《柳青文集》第二册和人民文学出版社2005年5月第1版的《柳青文集》第4卷。

柳青这次讲话，商洛籍学者高信2007年6月8日写了一篇回忆文章，叫《卅四年前画柳青》，写他当年参加这个会议所见到的柳青情况，当时还为柳青画了一幅速写像。高信回忆说，陕西省出版局当年召开的是"陕西省'三史'、小说、连环画业余作者创作座谈会"，"座谈会在当时最高等级的西安人民大厦举行，局长朱语今主持，从2月20日开始到28日结束，整整开了九天。因为是'文革'闹起来后的头一次创作大会，领导十分重视。省委常委项南、文化厅的厅长庚喆吉都亲临指导，先传达中央首长讲话精神，再宣讲国内外'不是小好'的大好形势，那时开会必先讲这两样，一样都不能少"，"主持大会的朱语今同志，曾是中国青年出版社的社长，在他任上，中青社出版了轰动一时的长篇小说'三红一创'：《红旗谱》《红日》《红岩》《创业史》。而《创业史》的作者就是柳青，这回邀请柳青出来和大家见面，很可能就是朱语今的面子"。2月27日下午,"柳青上台了,一身旧旧的黑裤褂,一顶旧黑布帽,脸黑且瘦","如果没有上唇留着的引人注目的一撮短须和那一副过时的黑框眼镜,也就是农村里到处可见的一个老汉。百十人的会场鸦雀无声。他讲话,没有稿子,提纲也没有,一口陕北吴堡的土腔,声又不高,有点难懂,表情严峻,眼镜下的双眼神色凛然,有威仪","柳青每讲几句话,就掏出口袋里喉头喷雾器,扬起头,张开嘴,一次又一次地喷药。显然气短,咽喉又发炎,说话困难"。①

据陈忠实讲,他第三次见柳青是1974年6月,陕西省文化局在西安西大街的省文化局招待所召开的一个文学创作座谈会上。柳青被请去在会上讲话,陈忠实是参加这个会议的业余作者。陈忠实说,他当时在延安南泥湾"五七"干校锻炼,接到上边通知,要他参加这个会。他特地赶到西安,听柳青谈文学创作。陈忠实说,这是一个配合当时形势宣扬"反潮流"精神的会,柳青的话,他记得很清楚。柳青先是引用毛泽东的话说,"潮流有正确潮流和错误潮流之分"。陈忠实分析说,柳青先引述毛泽东的话,别人抓不住把柄,找不出问题。然后柳青谈了自己的意见说,对正确潮流和错误潮流有没有认识,分得清分不清,这是一个认识水平问题;而认识到了错误潮流,反还是不反,这是一个品质问题。陈忠实说他对这个话印象极为深刻。因为当时"四人帮"在搞"反潮流",柳青说这个话,大家都可意会,但谁也挑不出什么毛病。陈忠实说,这一次,他仍只当了一个听众,不敢与柳青攀谈。

柳青的这次讲话没有见到收入公开出版物。据与柳青是忘年交的李旭东回忆,在陕西省出版局和陕西省文化局招待所召开的这两次创作座谈会,大会的发言都印成了材料,唯独柳青的讲话没有印。但是,参加这两次会议的人有记录。李旭东摘引了一些柳青在省文化局招待

---

① 高信:《书房写意》,上海远东出版社2009年版。

所会上的讲话：柳青说，"'实事求是'就是反潮流"，"革命工作者，无论搞什么的，包括搞文艺工作的，在任何情况下，要坚持实事求是。'实事'就是客观存在。不能不承认客观存在。要主客观一致，这是很不容易的事情。举例来说，要搞创作，就要深入生活，改造思想，这是'实事'，谁也脱不开。要扎扎实实、老老实实地去做，不要弄虚作假，不要欺骗自己和别人"，"要实事求是，有的时候比较容易，有的时候不容易，要牺牲自己的利益，甚至要牺牲生命。要坚持实事求是，有时剩下一个人了，也要坚持，不动摇。要坚持你自己认为是正确的东西。'识时务者为俊杰'这句话，在我看来，不符合实事求是，是带着市侩哲学气息的。凡是要实事求是，凡是不惜一切地坚持真理的人，就不能有投机心理。投机，有投大机的，有投小机的，投机心理是由个人主义产生的一种精神状态。两千年以前的诗人屈原，是封建社会的，他敢于坚持一种信念。要坚持真理，一定要是为人民的，而不是为自己的。如果为自己坚持什么，那是非倒霉不可。屈原当时是站在祖国人民的利益上的。我们今天要站在最大多数人民的一面。鲁迅在当时上海的文艺界中，他坚持真理，他完全是为人民和革命的。我也是一个文艺工作者，我觉得，像在泥泞道路上走着一样，要一步一个脚印，要经得起一切考验"。[1]这些话，在那个万马齐喑的年代，的确是空谷足音，给人以震撼，也促人深思。所以多少年以后，陈忠实依然能回想起当时的情景，说他印象极为深刻，对柳青极为敬佩。

三次见柳青，陈忠实都是一个观众或听众，没有和柳青直接面对面地交流过。

2005年5月21日，陈忠实写成了一个短篇小说，名为《一个人的生命体验》，这是他的"三秦人物摹写"系列小说之二，写的对象是柳青。这篇小说刊于当年的《人民文学》第11期，后来收入重庆

---

[1] 李旭东：《与柳青谈戏》，见《大写的人》，中国青年出版社1982年版，第204、205页。

出版社出版的《吟诵关中——陈忠实最新作品集》等多种个人文集中。小说写了柳青生命历程中的三个细节：一个是"文革"中被关在"牛棚"，手握电线企图触电自杀而不得；一个是被造反派押上批斗台批斗，造反派要他自报家门"反党反人民反社会主义的三反分子柳青"，柳青却报为"正在接受审查的共产党员柳青"，而且在拳打脚踢的暴力威胁下拒不改口；三是在1958年"大跃进"高潮中，文艺界人士也跟着开大会放"卫星"，柳青却一言不发，领导再三启发引导，他就是不表态。传神的细节是，柳青在听放"卫星"大会时居然自己把自己的手抠破了皮，露出红肉渗出了血，由此可见他当时的内心状况。领导发现了他的手，若有所思，再不逼他表态了。小说通过三个细节和一段关于"反潮流"的讲话，着力塑造的，是一个宁死不屈、坚守信念、坚持真理的人格形象。陈忠实虽然标明写的是小说，但显然是根据他所了解到的柳青的真实经历写出来的。三个生活细节，没有虚构，只是在具体的艺术描写和展开过程中，加入了小说家必要的合理想象。小说最后，陈忠实写到了他两次见柳青的情况，显然这是他的回忆性文字。从中我们可以一定程度还原他当时见柳青的情景。

这两次见柳青，考以我们已经掌握的史料，可以认定，第一次就是1973年2月27日下午那次，第二次就是1974年6月那次。

关于第一次，陈忠实写道：

> 大约是二十世纪七十年代初，"林彪事件"之后一年多，"文革"的气候似乎暂时缓和了一阵儿，出版界在西安召开第一次集会，我有幸作为业余作者参加了。得知这天下午柳青要来做报告，竟然兴奋得等不到开会。……柳青从会场的通道走向讲台，步履悠缓，端直走着，不歪向左边也不偏向右边，走上讲台时，我和

与会者才正面看清一张青色的圆脸,最令人惊讶的是那双圆圆的黑白分明力可穿壁的眼睛的神光。开头所写(笔者注:指小说开头)的十万人里也未必能找到这样犀利的一双眼睛的印象,就是我第一眼看见柳青时有感而出的。柳青还留着黑色整齐的短髭,和善而又严谨……他在不过一个小时的讲话过程中,有三次从黑色对襟棉袄里掏出一个带着尖头的圆形橡皮喷雾器,张大嘴巴,把尖头伸进嘴里对准喉眼,用手一捏一放那个橡皮圆球,发出哧啦哧啦的响声。整个会场里鸦雀无声,一声咳嗽都没有,空寂的会场里就响着哧啦哧啦的喷气声。百余双眼睛,紧紧盯着这个心中偶像的右手一捏一放的动作。他大约已经不足七十斤体重了,我记得我只看了他第一次往喉咙喷雾剂,到第二次第三次,他从口袋里掏出那个圆环尖头的器具时,我就低下头去了……那哧啦哧啦的声音无法躲避,一直到现在还清晰在耳。

关于第二次,他写道:

再见到柳青是两三年后(笔者注:应该是一年后),还是文艺界的一次会议,那时候不称会议称"学习班"。又有新的政治口号指示下来,"文革"又掀起一个新的浪潮,叫作"反潮流",反"复旧复辟"的潮流,据猜测是针对复出不久的邓小平的。柳青被请到场讲话,还是青布褂子,对门襟,不过是单衣,还是整齐的短髭,还是锐可透壁的眼光。借着时兴的"反潮流"的话题,柳青有几句话震响:在我看来,反潮流有两层意义,首先要有辨认正确潮流和错误潮流的能力,其次是反与不反的问题。认识不到错误潮流不反,是认识水平的问题;认识到错误潮流不反或不敢反,是一个人的品质问题……

语惊四座。会场里又是鸦雀无息的静寂。所有眼睛都紧紧盯着更频繁地从口袋里掏取喷雾剂的那只手,所有耳朵都接受着那哧啦哧啦的响声的折磨……

陈忠实通过所见柳青的形、神、话语与给口中喷雾的细节,着墨不多,就画出了一个独具风神的作家形象。

其实,陈忠实自己给人印象最深的,也是他那一双与其师"神光"相似的眼睛。

四、《无畏》之畏

1976年,这在中国历史上无疑是一个重要的年份。

就是在这一年的上半年,陈忠实写了一个短篇小说,名叫《无畏》,刊于1976年第3期的《人民文学》。这篇小说,随着当时政治形势的波诡云谲,先是被肯定,紧接着又被否定。甚至,它还成了陈忠实的一条"罪状",对陈忠实的个人命运,带来了非同寻常的影响。

当然,这篇小说,也被当作了"文革"后期文学上的一个代表作,成为人们研究的对象。时隔三十五年后,学人李清霞还写了一篇研究性的文章,发表在《唐都学刊》2011年第4期上,叫《历史的真实与悖谬——从〈机电局长的一天〉和〈无畏〉看"文革"后期的文学生态》。

陈忠实的第一个短篇小说《接班以后》发表以后,他每年都创作和发表一篇短篇小说,《无畏》惹事之后,他停了下来,几年未写小说。

《接班以后》发表以后,在当时引起较大反响,西安电影制片厂拟拍成电影,请陈忠实到西影厂改编剧本。据西安电影制片厂编的《西影30年》所载"大事记"所记,1975年"3月12日,文化部党的核心小组派钱筱璋等五人到达西安,当晚即向西影厂党委传达关于故事片创作生产的重要精神"。①可见当时因形势所迫,电影故事片的生产已成为当务之急。但陈忠实考虑再三,却对西影厂的人说,他不能去,原因有二:一是他对电影不熟悉,不会写剧本;二是他刚被提拔为毛西公社革委会副主任,紧接着又到南泥湾"五七"干校学习,刚学习回来,既然是毛西公社的人,就要好好为公社做一阵子工作,不然啥都没有干,说不过去。西影厂说服不了他,就找到中共西安郊区组织部部长杨力雄——陈忠实被提拔为毛西公社副主任,就是杨力雄主的事——让他给陈忠实做工作。杨力雄把陈忠实叫到组织部,说:"你咋还会弄这事,我咋不知道?你要去写剧本。公社干部要多少我都能配多少,但会写小说、写剧本的,郊区还没有一个人。你要去。"

既然是组织上的安排,1975年8月,陈忠实就名正言顺地到了西影厂,按西影厂的要求,将自己的两个短篇小说《接班以后》和《高家兄弟》改编为电影剧本。他被安排住在西影厂后边的简易招待所,进行改编工作。

《接班以后》从小说到电影剧本,陈忠实下了很大功夫。据陈忠实回忆,1976年年初,《接班以后》电影已经拍摄完成。根据资料,这一年的3月2日,文化部电影局艺术处向各电影制片厂传达了"要拍摄反映'文化大革命'新生事物,特别是反映和'走资派'斗争的影片"的指示。据陈忠实后来对笔者说,拍竣的电影送审后,西影厂的剧本责任编辑给他传达的审查意见是,电影里的"'走资派'怎么只是一个生产队长,官太小,'走资派'走不动",要求把"走资派"起码改成一个县一级的领导。陈忠实一听头大了,说,都已经拍完了,怎么还要改?原来的内容就是写的一个村子的事,现在要加县级领导,他改不了,怎么能这样改?厂方说不改上边通不过。陈忠实坚持不改。双方几乎闹僵,陈忠实要卷铺盖走人。这时,厂领导来了,找他做工作。

---

① 《西影30年》,西安电影制片厂1988年版,第227页。

来的领导叫田炜,时任西安电影制片厂革命委员会主任。田炜是一个老革命,原是新疆电影制片厂厂长,1964年底任西影厂党委书记兼厂长,是西影第二任厂长。他找到陈忠实,说:"你不改怎么办?我已经投入三十万了!只要通过就行,再加两个镜头补上一个大一点的领导就可以。"再劝陈忠实:这是陕西年轻一代作家中第一部根据小说改编的电影,大家都很关注,改好后上演了影响很大;改不好就通不过,通不过就发行不了,这个影响也是很大的,很不好啊!又慷慨许诺:"你改了,我让你坐飞机去一趟北京。"陈忠实对老厂长是尊重的,但对按上边要求修改还是感到很为难,所以没有松口。几经商量,双方达成妥协:作为编剧的陈忠实同意修改,但自己不执笔,由厂方找人改。

1976年3月,刚刚在1月20号才复刊的北京《人民文学》,办了一个短期创作培训班,通知陈忠实去参加。这个班共有八人,全是当时在全国有一定知名度的业余作者。名曰创作培训,实际上是应约给《人民文学》写稿。陈忠实当时正为电影改稿的事焦头烂额,不想去。当时的陕西文坛,在刚刚起步露头的青年作家中,陈忠实文学创作的综合实力还是很强的,他的几个短篇小说,影响很大,所以创作班一定要他去。陈忠实说,他不是那种坐下来就能写出小说的人;创作班说,小说写不了,写一篇散文也行。在与西影厂达成电影修改的妥协意见以后,厂里的同志也劝陈忠实说,你出去散散心也好。田炜主任还答应让他坐飞机去一趟北京。陈忠实还从来没有坐过飞机,图新鲜,也想坐一回,就去了北京。

陈忠实到北京的时候,《人民文学》办的这个创作班已经开办十天了。开头两天,因为说好的不写小说,陈忠实感觉很轻松,一直在闲转。转了两天觉得乏味,也觉得整天闲转不合适,他心想,既然来了,还是好好写篇东西。尽管说好的是只写一篇散文,但陈忠实当时的短篇小说影响很大,他原来也计划每年能写一篇小说,同时,《人民文学》极其响亮的牌子,对于一个业余作者来说,还是极富诱惑力的,能在上边发一个小说，效果自然要比散文好。因此陈忠实调整思路，重新构思，用了一个星期时间，写了一篇小说，题为《无畏》，交给创作培训班。

《人民文学》很快刊登于1976年第3期。位置显要，位于小说头条。

关于《无畏》的创作过程，以上说法来自陈忠实本人（陈忠实的档案中亦大体如是叙述）。

此外，还有一个说法（为了方便叙述起见，以下笔者以第一人称"我"讲述）：

2011年11月26日下午，我应《西安晚报》读书版之邀，在汉唐书店为读者做《中国书院的现代启示》讲座。这一天下午，还有一个活动，那就是画家江文湛先生在他的终南山沣峪口里边的红草园举办终南道院的首场讲道活动，江先生提前一个星期邀我参加。但因与《西安晚报》读书讲座的时间冲突，而且我的讲座已经先期登报预告，无法更改，我就先在汉唐书店与读者朋友座谈，5点结束后，我驱车到沣峪口外的吴胖子石锅鱼与参加终南道院活动的几位朋友见面。此行还有代江先生及夫人邀请的许埂和沈奇两位先生。

吃饭过程中，沈奇和大家聊起了他近期的诗歌创作。我说他早先就是写诗的，我在二十世纪七十年代中期也就是"文革"后期的《陕西文艺》上看到过他的诗作。沈奇讲，他1975年到1976年，在《陕西文艺》当过编辑（借用），还退过陈忠实的一篇短篇小说稿，叫《反击》，写反击右倾翻案风的。他当时在诗歌组看诗歌稿，但是这篇小说不知怎么分到了他的手里，也许是门房弄错了，他一看，觉得不行，就退了，还给陈忠实写了一封退稿信。后来，这篇小说在《人民文学》发了，还发了头条。主编王丕祥得知此事，很是恼火，批评沈奇擅自做主，把一篇头条稿子退了，弄得《陕西文艺》想找这样一篇稿子而不得。我听了奇怪,说,《人民文学》发的小说不叫《反击》,叫《无畏》,而且,陈忠实自己所讲的包括他的档案里所载的关于这篇小说的写作过程和你说得不一样,老陈说他是在北京《人民文学》办的创作学习班上用一个星期写的,没有说是旧稿。沈奇说,这事你不信,可以去问王丕祥,还有,那个退稿信,陈忠实当时还保存着,后来见了我还说起过这事。我说,怪不得,我还纳闷,陈忠实先给《人民文学》说,他不是那种可以在几天之内就能按命题作文的人,他去北京,先是闲转了几天,后来怎么就突然坐下来,一个星期就写成了一个小说,原来是有旧稿做底子。

据此可见,陈忠实创作的《无畏》,应该是先有一个旧稿,在北京又有所修改,最后成形的。

话说《人民文学》短期创作培训班的八名业余作者中,有一个是傅用霖,后来与陈忠实创作上还有来往。傅用霖是满族人,1941年生,比陈忠实长一岁,在工厂当过工人和工会干部,属于工人业余作者。在这个创作班上,傅用霖也许是住在其他地方比较方便,没有住编辑部安排的旅馆,因此陈忠实和傅用霖见面不多,但彼此之间的印象都非常好。陈忠实感觉傅用霖为人谦和,待人诚恳,可以信赖。到了后来,1979年,傅用霖调入《北京文艺》当了小说编辑时,写信向陈忠实约稿,陈忠实颇为激动,一来这是陈忠实生平收到的第一封约稿信,二来陈忠实当时处境不好,他写的东西正愁没处投寄,有人约稿,就有了着落。1979年4月,陈忠实将写成的短篇小说《徐家园三老汉》寄给了傅用霖,很快就在《北京文艺》1979年第7期发表了。这是后话。

1976年7月2日到4日,文化部电影局局长亚马到西安电影制片厂,审查了西影厂摄制的《接班以后》样片和另外几部准备上戏的剧本。《接班以后》的电影名字被改为《渭水新歌》。《西影30年》是这样记载的:"西影在1975年11月上报的1976年五部影片生产计划中,原来一部也没有写'走资派'",1976年7月,"当时的电影局长亲自赶来西影,审查了拍摄的影片和准备上戏的剧本,对西影进行了严厉批评",局长"指出:'写与走资派斗争是长期的斗争','在反击右倾翻案,深入批邓的斗争中,要考虑究竟电影的根本任务是什么','不能有了影片就算'。告诫西影'低调作品不行,反调作品更不行'。该电影局长还指示要把当年的电影生产扭到'写走资派'的轨道上去,'题材规划该变就得变,上影、北影、长影都改了计划,已经大变'"。《渭水新歌》本来"写的是农村干部接班以后,新老干部间的思想斗争",局长"指出影片中的阶级斗争'根子追到地主刘敬斋,这就有问题,而且问题就大了',要在'老支书身上做文章,省里、县里有人,往上捅一捅就好。时代背景上要加加工,特别是反击右倾翻案风以来,毛主席做了一系列重要指示,指出资产阶级就在共产党内。要有和走资派斗争这条线'"。① 关于亚马局长来西影审查以及所提意见,陈忠实后来回忆说,西影厂没有人告诉他。

《渭水新歌》几经周折,多次修改,最后终于在1977年1月正式发行。这部电影是彩色影片,编剧是陈忠实,导演是刘斌,摄影是林景,美术是王菲,作曲是李耀东,演奏、演唱是陕西省歌舞剧院,独唱是冯健雪。《西影30年》关于《渭水新歌》的发行情况有如下记载:《渭水新歌》《奥金玛》《长河奔腾》"这三部影片按照'四人帮'的'写与走资派斗争'的图谋改写拍摄后,弄得面目全非,不堪入目,于1977年先后完成后,其中两部不能发行,《渭水新歌》虽然勉强发行,效果极为不好。"②

1976年10底,《接班以后》已基本制作完成,根据《高家兄弟》

---

① 《西影30年》,西安电影制片厂1988年版,第43、44页。
② 《西影30年》,西安电影制片厂1988年版,第44页。

改编的电影剧本也写出了打印稿,任务完成,陈忠实回到了原单位毛西公社。

关于"写与走资派斗争的作品"的政治背景,1976年11月23日《人民日报》发表的署名"文化部批判组"的文章,对此介绍很清楚,从这篇文章的标题《"四人帮"鼓吹"写与走资派作斗争的作品"的反动实质》可以感受到当时的政治气候。也能理解陈忠实的《接班以后》电影拍摄中途为什么也会被要求写入"与走资派斗争"的内容,陈忠实在北京参加《人民文学》创作培训班,为什么会写出《无畏》。

……

粉碎"四人帮"以后,全国开始揭批"四人帮"。区委领导在揭批"四人帮"报告中说,"我们区有人以小说反党"。虽然没有点名,但谁都知道,本区除了陈忠实以外,没有第二个人。散会以后,区文化馆一位文学辅导干部见到陈忠实,显得比陈忠实还着急,说:"这是点你的名哩。"陈忠实说:"我也不知该怎么办?"该干部说:"咱们一起去找领导。"拉着他找到领导,领导对陈忠实说:"没有呀,我没有说你。"领导虽然不承认,但是各种压力都指向了陈忠实。区上还两次派人入京,到《人民文学》编辑部调查陈忠实写作《无畏》的政治背景。尽管调查无果,但在当年,一个人被组织进行调查,调查结果又不公之于众,人们不明真相,不知所以,于是各种传言乃至谣言就像蝙蝠一样趁着夜色向四处流窜。

陈忠实一时之间感到了无边的夜色和巨大的压力。

陈忠实回忆说,包括当时的中国作协西安分会对他的态度也明显冷淡了下来。

当时作协西安分会所有的文学活动,都不见了曾经相当活跃的陈忠实的身影。

俗话说祸不单行,雪上加霜的是,除了《无畏》之外,当年把陈忠实提拔为毛西公社副主任、找陈忠实谈话的那个西安郊区组织部部长杨力雄，如今也被上下串线，打成了"四人帮"的人。因此，凡是经他之手提拔的干部也都在被审查之列。

在陈忠实倍感压力和困难的时候，《人民文学》编辑部的编辑崔道怡到了西安。崔道怡先向西安市和西安郊区有关方面就陈忠实创作《无畏》的过程和背景做了解释，再到中国作协西安分会找到《延河》编辑路萌，由路萌陪同找到了毛西公社。崔道怡代表《人民文学》向公社领导把陈忠实写作《无畏》的情况进行了说明。他讲，当时《人民文学》就是搞了一个创作培训班，陈忠实在学习期间，自己构思，写了《无畏》。可以对《无畏》这篇作品进行批判，但这件事跟江青无关。这之后，崔道怡还找到陈忠实下乡驻队的村子，一边安慰陈忠实，一边说："如果有人再找你的麻烦，你打电话给我，我立即从北京坐飞机来向他们解释。"听了这话，陈忠实极为感动。

后来，经调查他与"四人帮"无任何干系，也未在其工作中发现有任何错误。中共灞桥区委对此事的考察结论是：这篇小说"有严重错误，但不属在组织上与'四人帮'帮派体系有牵连的人和事"。

尽管如此，这篇《无畏》在当时还是给陈忠实的工作和生活带来了巨大影响——他被撤销了公社党委副书记职务。

长期生活、工作于农村，陈忠实既是农村社会的一员，也对农民具有深厚的感情。当民请教师期间，"文革"特殊时期，学校停课以后，他投身于真正属于农民的田间劳作、翻地、拉车、割麦、打场……他成了生产队最壮的劳力。作为毛西人民公社基层干部的陈忠实，除了业余爱好文学并写了些作品外，在工作中踏实肯干、尽心尽力。当公社副主任和副书记期间，除了组织、人事工作他不负责，其他如大田生产、养猪、种菜等，他统统都要管。党在一个时期关于农村的大政策、小政策，他是最直接的贯彻执行者和参与者。1976年春节前，他组织社员拉着养肥的猪，到市里参加展示大好形势的游行。1976年冬天，为完成上级下达的任务，他带人进村收鸡蛋。别人为完成任务，在村里翻箱倒柜，弄得鸡飞狗跳；他看农民实在穷得可怜，前村进，后村出，只收了一个鸡蛋，说这是一只母鸡刚下的蛋，蛋还是温热的，上面带着血丝。1977年夏，他是公社平整土地学大寨的总指挥，整整三个月坐镇在第一线，带领一千多人，完成把跑水、跑土、跑肥的三跑田改造成蓄水、蓄肥田的任务。1978年上半年，作为工程副总指挥，他组织公社大量人力在灞河修筑河堤，多少年后，河堤还依然发挥着挡水护田的作用。

三十来岁，就被撤职，这样的经历，对依然年轻的陈忠实来说，无疑是相当重的打击。心理上的压力尤其大。从一个多年的民请教师，到借调到公社帮忙，多年后才成为正式的国家干部，当了公社副主任，再当了公社副书记，虽然陈忠实以文字工作起家，后来的工作中也多与文字打交道，但他一直只是把文学创作当成业余爱好，最多是当成改变个人命运的一个工具，并没有把文学看作一个可以安身立命作终身追求的大事业来对待。如今，公社副书记之职被撤，看似少了一顶帽子，其实背后的真实含义是，他的政治仕途就此被终结。不管事实是否真的如此，至少，陈忠实当时就是这么认识的。他认为，在一个强调政治甚至过度强调政治的体制内，一个人在政治上被组织质疑，他的政治前途还会有希望吗？当时，在毛西公社内部甚至整个郊区，关于陈忠实，也是议论纷纷。有些话难免飘到了陈忠实的耳朵里，这使陈忠实感到了空前的压力。

前途无望，继续待在公社，一种无形的压迫和尴尬的氛围，也使陈忠实感到极其烦闷。

陈忠实开始考虑他未来的出路和命运。

"此孰吉孰凶？何去何从？"

此时的境况是一种挑战，又何尝不是一个转机？

归去来兮，还是回到文学吧。陈忠实想来想去，觉得还是干一个接近文学的工作比较适合自己。

五、"文革"后期的写作

陈忠实文学之路的第二个阶段是"文革"后期,从1973年11月在《陕西文艺》第3期头条上发表平生第一个短篇小说《接班以后》亮相文坛,至1976年在《人民文学》第3期小说栏目头条发表短篇小说《无畏》,连续四年发表的四个短篇小说均在当时文坛和读者中引起较大的反响。《接班以后》《高家兄弟》《公社书记》和《无畏》这四个短篇小说,单从小说的结构、形象塑造和语言这些技术层面来看,都显得较为成熟,可以看作是陈忠实在文学创作道路上从前一阶段的模仿性习作提高为自觉创作时期的作品。

这几个短篇小说,在"文革"后期那样一种万木萧索的文化荒原上,显得异常醒目,当时在社会上和读者之间都引起了强烈的反响。从《接班以后》到《无畏》,陈忠实成为陕西省工农兵业余作者中的佼佼者,是最亮的一颗星。这个时期,陈忠实三十岁出头,他从"落第"青年、乡村民请教师变成国家干部,刚刚(1973年)被提拔为毛西人民公社革命委员会副主任,继而(1975年)又被任命为党委副书记,人生有了一个新起点,进入了一个辉煌期,也算青年得志。他精神焕发,意气昂扬,一年写一个短篇小说,篇篇紧扣时代的重要命题,发表后都引起强烈反响。短篇小说处女作《接班以后》,被西安电影制片厂看中,投入三十万元拍成电影,并请作者本人为编剧;第二个短篇小说《高家兄弟》也拟拍为电影,并请作者等人改编为电影文学剧本,只是后来因为政治形势突变而未能投入拍摄;《接班以后》还由茹桂、王韶之改编,华山机械厂王三县、《延安画刊》记者绘图,陕西人民出版社出版为连环画,1975年8月第1版第1次印刷,印数高达二十五万册;

《高家兄弟》也由何忠社、王永祥改编，陕西省艺术学院美术系连环画学习小组绘画，陕西人民出版社出版为连环画，1976年6月出版。

这个时期的文学写作，不单是陈忠实，几乎所有的文学作者都是戴着镣铐跳舞。陈忠实当然也不例外，他在当时一方面自觉地学习"三突出"写作模式，在表达既定政治与思想规范的同时，另一方面也表现了一定的对农村生活的观察，但是很少当然也难以表达属于自己的生活感受。

六、《信任》获奖

1979年的春天似乎来得早一些。刚刚复苏的中国文学界也像自然界一样春潮涌动。

春节刚过不久，农历还在正月里，公历的2月21日至27日，中国作家协会西安分会第二次会员代表大会，在西安市和平门外的胜利饭店召开。这里离建国路的作协西安分会大院很近。这是"文化大革命"之后，作协西安分会恢复工作以来的第一次会员代表大会。出席这次代表大会的代表共有八十三人。陈忠实是本次会议的代表。在这次会上，王汶石、杜鹏程分别致开幕词和闭幕词，胡采做了题为《解放思想，总结经验，更好地为四个现代化服务》的报告。中共陕西省委第一书记马文瑞、书记李尔重接见全体代表，发表了讲话。会议选举出理事二十九名以及王汶石、王丕祥、王绳武、杜鹏程、李若冰、胡采、张光、贺鸿钧、黄悌、寇效信、傅庚生、韩起祥、魏钢焰等十三名常务理事。理事会选举胡采为主席。王汶石、傅庚生、杜鹏程、李若冰为副主席，秘书长由李若冰兼任。作协西安分会恢复后，机构设置有办公室、会务工作室（后改名为创作联络部）、专业作家创作组和1977年7月原在陕西省文艺创作研究室时即已恢复原刊名的《延河》文学月刊编辑部。《延河》组成了新的编委会，王丕祥任主编，贺鸿钧、董得理、余念任副主编。专业驻会作家有王汶石、杜鹏程、李若冰、魏钢焰、李小巴、毛锜、任士增。

会议最后一天，陈忠实的会议住房里来了一位客人。此人是《陕西日报》文艺部编辑吕震岳。

"你是陈忠实吧？"吕震岳问过之后自报家门，"我是吕震岳，陕报文艺部的。"

陈忠实急忙让座倒水。吕震岳是老编辑，比陈忠实年长，头发已显得稀疏。头一次见面，陈忠实手忙脚乱的礼仪中显出了敬重。吕震岳坐下以后，没有寒暄，直接表明来意，约陈忠实给陕报文艺版写篇小说。吕震岳说："你以前的几篇小说我看过，很不错，有柳青味儿。"

陈忠实应诺下来。

吕震岳又叮嘱说："一版顶多只能装下七千字，你不要超过这个数就行。"说罢就告辞了。

吕震岳的约稿，让陈忠实心里暖暖的。三年过去了，《无畏》的阴影还多少留在心里，没有完全挥去。

1976年复刊①的《人民文学》是双月刊，逢单月出版。《无畏》5月刊出，10月"四人帮"被粉碎，在翻天覆地的政治变化中，小说《无畏》的遭遇和评价也经历了天翻地覆的变化，而陈忠实的心理，也经历了巨大的冲击。一方面是"四人帮"倒台之后普遍欢欣鼓舞的政治氛围和社会心理，一方面是因了《无畏》的写作而产生的严重挫败感，两者在陈忠实内心形成剧烈的心理冲突。这个心理过程很长，直到1978年的冬天，陈忠实在对自己创作的反思中，仍然陷入深深的自责和羞愧。

---

① 文化部的报告并获中央批准的决定，则是"创办"，意在明确"十七年"和"无产阶级文化大革命"时期的区别。

1977年冬天,陈忠实被任命为毛西公社灞河河堤水利会战工程的主管副总指挥,组织公社的人力在灞河修筑八里的河堤,住在距河水不过五十米的河岸边的工房里。这个工房是河岸边土崖下的一座孤零零的瓦房,他和指挥部的同志就住这里,生着大火炉,睡着麦秸做垫子的集体床铺。大会战紧张而繁忙,陈忠实一天到晚奔忙在工地上。冬去春来,1978年到来了。站在灞河河堤会战工地四望,川原积雪融化,河面寒冰解冻,春汛汹汹。紧张的施工之余,陈忠实在麦秸铺上读了《人民文学》杂志上的两篇短篇小说。第一篇是《窗口》,刊于《人民文学》1978年1月号,作者莫伸,陕西业余作者,时为西安铁路局宝鸡东站装卸工人;第二篇是《班主任》,刊于《人民文学》1977年11月号小说栏头条,作者刘心武,北京业余作者,时为北京一所中学的教师。莫伸比陈忠实年轻,刘心武与陈忠实同龄,两人都是崭露头角的文学新人。这两篇小说在当时影响都很大,陈忠实读了,有三重心理感受:一是小说都很优美;二是不由得联想到自己的写作,更深地陷入羞愧之中;三是感到很振奋。特别是读了《班主任》,他的感受更复杂,也想得更多。当他阅读这篇万把字的小说时,竟然产生心惊肉跳的感觉。"每一次心惊肉跳发生的时候,心里都涌出一句话,小说敢这样写了!"陈忠实作为一个业余作者,尽管远离文学圈,却早已深切地感知到文学的巨大风险。但他是真爱文学的,他对真正的文学也有感知力,真正的文学在表现生活和写人的过程中,那种对于现实和生活的思想穿透力量和强大的艺术感动力量,他也是有深切体会的。他本来是在麦草地铺上躺着阅读,读罢却再也躺不住了。他在初春的河堤上走来走去,心中如春潮翻腾。他敏锐地感觉到:文学创作可以当作事业来干的时候终于到来了!在陈忠实看来,《班主任》犹如春天的第一只燕子,衔来了文学从极"左"文艺政策下解放出来的春的消息,寒冰开始"解冻"了,预示着一个新的时代开始了。陈忠实望着灞河奔涌向前的春潮,明确地意识到,他的人生之路也应该重新调整了。

陈忠实后来称这个偶然的阅读，是引发他人生之路"关键一步的转折"的阅读。

1978年，陈忠实三十六岁。他对自己的前途和未来进行了分析和谋划，再三地审视自己判断自己，决定还是离开基层行政部门，放弃仕途，转入文化单位，去读书，去反省，从而皈依文学，真正全身心地进入文学领域。6月，在基本搞完灞河这个八里长的河堤工程之后，陈忠实觉得给家乡留了一份纪念物，7月，他就申请调动，到西安市郊区文化馆工作。

组织上经研究，安排他担任西安市郊区文化馆副馆长。

10月，陈忠实开始到文化馆上班。这个时期的西安郊区很大，含西安市城三区之外东南西北所有郊区，郊区党和政府所在地在西安南郊的小寨。郊区文化馆的驻地也在小寨，共有两处办公用房，一处在小寨工人俱乐部的小楼里，那里住着大多数文化领导和干部；另一处是"文革"前的老文化馆所在地，全是平房，在后来的陕西历史博物馆近旁。后一处房屋已经破落残损，院子里长满荒草。陈忠实图清静，选择了后一处。而这里好一点的房子也都被人挑走了，他便选了东南角一间无人居住的残破屋子。收拾好安身之处，陈忠实很满意，然后坐下来静心读书。

他从图书馆借来刚刚解禁的各种中外小说，从书店也买了一些刚刚翻译出版的外国小说，其中有一些是诺贝尔得奖作品，在破屋里从早读到晚。倦了，看看窗外，窗外是农民的菜地，生长着白菜，白菜地的畦梁上插长着绿头萝卜。读到后来，他的兴趣集中到莫泊桑和契诃夫身上。这一个时期，他的创作处于写短篇小说阶段，所以对短篇小说艺术非常重视。读遍所能借到的这两位短篇小说大师的短篇小说作品之后，他又把注意力集中到莫泊桑身上。他在阅读中比较了两位作家的艺术特点，认为契诃夫是以人物结构小说，莫泊桑是以故事结构小说并塑造人物，前者难度较大，后者可能更适宜于他的写作实际。

这样，他就在莫泊桑浩瀚的短篇小说里，选出十余篇结构形式不同的小说，反复琢磨，拆卸组装，探求其中结构的奥秘。这次阅读历时三个月，是他一生中最专注最集中的一次阅读。这次阅读，陈忠实提前做了时间上的精心规划和安排，是他在认识到"创作可以当作一项事业来干"的时候，对自己进行的一次必要的艺术提高。

陈忠实从《班主任》发表后得到的热烈反响中，清晰地感知到了文学创作复归艺术自身规律的趋势。"文革"的极"左"政治和极"左"文艺政策，对社会对人的精神破坏极大，早已天怨人怒；而"文革"前十七年愈来愈"左"的文艺指导教条，也需要一番认真的清理。他在这个时期冷静地反思自己，清醒地认识到，从喜欢文学的少年时期到能发表习作的文学青年时期，他整个都浸泡在这十七年文学的影响之中，而十七年的文学及其经验，现在极需认真反思了。因此，他认为，自己关于文学关于创作的理解，也应该完成一个如政治思想界"拨乱反正"的过程。他觉得，这个反思和提高的过程，最为得力的措施莫过于阅读。阅读很明确，那就是读外国作家作品。与世界性的文学大师和名著直接见面，感受真正的艺术，这样才有可能排除意识里潜存的非文学因素，假李逵只能靠真李逵来逼其消遁。他后来把这个过程称之为"剥离"。自我反思，自我批判，自我深化，是一个作家更新蝶变的最为有效的途径。

窗外的白菜日渐硕大，萝卜日见粗壮，陈忠实读书的收获也日渐丰盈。阅读使他进入了五彩缤纷的小说艺术世界，非文学的因素基本被廓清了，他正在逼近真正的文学殿堂。1979年春节过后，陈忠实觉得自己羞愧的心理得以调整，信心也恢复了，心中洋溢着强烈的创作欲望。他在那间小房子里重新开始了小说写作。

就在这个时候，吕震岳向他约稿。陈忠实感激的同时，自然十分珍惜，他想尽力写好一篇小说给吕震岳。此时他正在构思一篇小说，篇幅较大，计划写好后给《人民文学》，便想先写完这个短篇，接着为《陕西日报》写。不久，吕震岳来了一信，催问稿子。读罢信，陈忠实改了主意，决定把即将动笔要写的拟给《人民文学》的这个短篇给吕震岳。他按照七千字的篇幅，调整结构，锤炼语言，甚至一边写着一边按页计算字数，写完正好七千字。这篇小说就是《信任》。

稿子写成以后，陈忠实心里又有点不踏实，担心自己所写的内容不合时宜，进而引起误解。《信任》以后辈的恩怨矛盾以至殴斗为切入点，写一位曾经蒙冤挨整的农村基层干部，在新时期复出以后，以博大的胸襟和真诚的态度对待过去整过他的"冤家仇人"，意在化解过往政治运动所带来的人与人之间的怨恨情绪，团结一心向前看。这个小说的切点和主题，与当时的伤痕文学潮流形成反差，其时伤痕文学正势如怒潮，汹涌澎湃，文学在控诉"四人帮"祸国殃民罪行的同时，重在展现历次政治运动给人心灵带来的严重伤害，而社会情绪亦与此一致，平反冤假错案激起社会各阶层强烈的反应。在农村，包括当年"四清"运动的历史矛盾，在新时期又激起新的涟漪，矛盾复杂而尖锐。《信任》则是表现挨过整的农村基层干部重新掌权后却既往不咎，冰释前嫌，这与要清算历史旧账的控诉性时代情绪不大合拍。对这样的内容和主题，陈忠实一时把握不准，于是拿着稿子去找老朋友张月赓，想让他给把把关。

张月赓住在西安晚报社两层楼的简易居室里，一大间屋子，卧室书房会客三用。陈忠实到的时候，部队作家丁树荣已经在座。陈忠实先说了自己的担心，再拿出稿子，丁树荣和张月赓先后读罢，肯定了这篇小说。陈忠实看他们表情认真，心里有了些自信。丁树荣很热情，说他和吕震岳很熟悉，正好还要去找吕震岳，愿意替陈忠实捎带上稿子。陈忠实把稿子交给丁树荣，第二天就在自行车后架上捆绑着被褥卷儿，车头网带里装上洗漱用具，到西安北郊下乡参加夏收劳动去了。

一周之后，《信任》在《陕西日报》文艺版刊出，时间是1979年6月3日。

《信任》发表后，陈忠实听到周围一些熟识的行政干部对这篇小说赞扬性的议论,不敢完全相信,以为多是鼓励。过了十来天,他从乡下归来,到文化馆看到报上发表的《信任》,眼中不由得发热。这是他第一次在《陕西日报》文艺副刊上发表作品。但他的眼热并非因此,而是忽然间感慨习作的道路是如此艰难,自己这时多么需要得到鼓励,借以恢复写作的自信,而《信任》的发表无疑给了他最真实也是最迫切需要的信心。同时,他也接到吕震岳一封信,说作品发表后引起强烈反响,已收到不少读者来信,让他到报社去看看那些读者是怎么评说的。陈忠实很看重普通读者的意见,他骑上自行车沿着雁塔路直奔东大街,到了《陕西日报》社。吕震岳见了他很高兴,拿出一摞读者来信,高兴而感慨地说:"看看,刚发表十来天,来了多少信说这个作品。"

陈忠实一封一封读着来信,禁不住热泪盈眶。他这时的激动,固然源自读者对于小说的好评,但他感受更多更深的,是读者对他的信任,或者说,"信任"的恢复。此时的他,是太需要读者对他的肯定了。三年来,《无畏》造成的不良影响,陈忠实一直深以为耻,也深以为痛,他也一直期望着,能以新的创作来重新证明自己,挽回那些可能弃他而去的读者,重新建立他和读者真诚的信赖。此时此刻,陈忠实手中那一封封热情洋溢的信,就是在向他表明,他最期望的信赖,已经随着《信任》不期而至。

不过,还有一封信,是另外一种态度和调子。这封信以不屑的口气评说《信任》,更以不屑的口气讥讽陈忠实,说陈忠实在"文化大革命"期间写过一些跟风小说,现在却倒过来写什么《信任》,很不以为然。读了这封信,陈忠实心态平和,并没有不快或恼火,他真心认为,这个人所说的基本上是客观事实,这个人肯定读过他过去写的几篇以阶级斗争为主调的短篇小说。咎由自取,自作自受,怪不得别人。从这封表示不屑甚至讥讽的来信中,陈忠实也认识到,对人生和文学,自己还应该做更进一步的反省。

由于王汶石等人的推荐，7月号的《人民文学》迅速转载了《信任》。那时候，还没有《小说月报》一类选刊，《人民文学》辟有转载各地刊物优秀作品的专栏，每期大约转载一两篇。1980年的春天到来时，《人民文学》的女编辑向前给陈忠实写来一封信，告知《信任》已获1979年度全国优秀短篇小说奖。评奖采用读者投票的方法，计票结果一出来，前二十名得奖作品便被确定下来。全国优秀短篇小说奖作为新时期最早设立的全国性文学评奖之一（另一项是全国优秀中篇小说奖），1980年是第二届评奖。1978年是第一届，那一届获奖的陕西作者，一个是莫伸及其《窗口》，一个是贾平凹及其《满月儿》，这一届陕西作者只陈忠实一人。

颁奖仪式很隆重。但陈忠实因为夫人突然生病没有去成，他只是在报纸上看到了发奖的消息。

七、大树的风格

民间有一个说法：读万卷书不如行万里路，行万里路不如阅人无数，阅人无数不如高人指路。初学写作的人，除了观察、研究生活，认真读书学习，勤于思考，多写多练之外，还有一个非常重要的方面，那就是要开阔文化视野。开阔文化视野的一个重要办法，就是一定要与文学高人交流。高人如果还是一方的名望，则对后生小子更有荫庇之幸。名望高人，实为一方之大树，对后生小子，一可荫庇，不使太受风摧雨残；二来树立多项标高，风神独具，是为后进之所学所向；三来高可参天，自挡风雨，能安宁一方。

陈忠实在其文学追求过程中，主要是自学，但也不乏高人指点和关怀。他少年时期喜欢上文学，对文学有一定的认识，得之于赵树理和柳青，也得之于王汶石。王汶石是陈忠实自小崇拜的一个文学前辈，读高中二年级时，他与"文学摸门小组"的两个同学常志文、陈鑫玉合资订了一本《人民文学》，读到王汶石发表在该刊上的短篇小说《沙滩上》，激动不已，三人相约到灞河沙滩上，围坐一起，热烈讨论《沙滩上》，从中学习。1973年2月，在陕西省出版局召开的"陕西省'三史'、小说、连环画业余作者创作座谈会"上，陈忠实以"工农兵业余作者"身份见到了柳青、杜鹏程、王汶石等小说大家，极为兴奋。不过，这个时候，陈忠实与王汶石，一个在台下听讲，一个在台上讲课，受教是有的，交流还谈不上。

1979年6月中旬，陈忠实从西安北郊参加夏收归来，到《西安晚报》参加一个有关创作的座谈会，见到了杜鹏程。杜鹏程谈到他刚刚发表的《信任》，喜形于色，多有赞扬。末了，杜鹏程对陈忠实说，《信任》王汶石也看了，认为很不错。当天晚上，陈忠实回到郊区文化馆，看见自己门上贴着一张纸条，是《人民文学》编辑向前留的。向前是一位女编辑，与陈忠实同龄，1964年毕业于武汉大学中文系，慧眼识人，当年就是她从几麻袋的自然来稿中发现了莫伸的《窗口》，铁路装卸工莫伸因《窗口》为世人所知，走上文坛。向前留的这个纸条是想见见陈忠实。陈忠实按纸条所写找到向前来西安的住所。见了面，向前说，她见过王汶石，王汶石一见面就给她谈《信任》，肯定的同时建议《人民文学》转载。向前说，她已经找到《信任》，读了，感觉确实不错，也已经给编辑部打了长途电话，转达了王汶石、杜鹏程的意见。编辑部也找到了《陕西日报》，看过了《信任》，决定7月号转载。陈忠实算了一下日子，此时已是6月中旬，7月号的《人民文学》怎么来得及转载呢？见陈忠实疑惑，向前说，这很简单，抽掉一篇已排好的稿子就成了。陈忠实骑着自行车返回郊区宿舍的路上，心里一直不能平静，他着实被王汶石和杜鹏程这些前辈对他的关心感动了。

《无畏》之后，陈忠实一直感到一种无形的压力，自觉尴尬而羞愧。

《信任》是他沉寂三年后的一次重要的亮相,能得到陕西文学两棵大树的肯定,他心里感到一些踏实的同时,更多的是感动。他感到了老一辈作家身上那种令人敬重的人格魅力。

陈忠实自己也认为他是"走了弯路的青年作者",一个自学的文学青年,一个主要在农村基层工作的业余作者,确实就像在黑暗中摸索前行,个人和时代的多种复杂因素汇集一时,"走了弯路"几乎不可避免。世俗的嘲笑、冷眼甚至打击可以料到甚至也不可避免,但大树就不一样了。大树脚踩大地,头顶苍天,自然高瞻远瞩,胸怀博大。陈忠实由此而参悟到了作家的人格与境界的内在联系,境界与思想高度的内在关系。陈忠实后来形成的关于作家人格精神与思想境界密切关联的观念,大约就肇端于此时的感受和思考。

陈忠实后来回忆说:"我更想到另外一层,他们早已是文学大树,这样关注一个走了弯路的青年作者,在他最需要支持和处于羞愧心境的时候,做出如此热诚的举动,足够我去体味《风雪之夜》创造者的胸怀、修养和人格境界了;具有这样的人格境界的人,才能酿制出《风雪之夜》这样的蜜来。我要接受的显然不单是《风雪之夜》书的艺术,而是创造者本人的人格魅力了。许多年以后,我经历了更多的创作实践,也多多少少经历了新时期以来的文学进程,也许是增长了不少的年岁,愈来愈觉得作家自身精神境界和人格修养对于创作的关键性作用了。制约作家感受生活挖掘素材深层提炼的因素中之最关紧要的一条,便是人格精神;人格精神的错位,往往会把良好的艺术天性矮化了,令人惋惜。"①

王汶石对陈忠实创作的关注和关心不限于一时一篇。陈忠实历经数年、多次修改的中篇小说《初夏》在《当代》1984年第4期发表,

---

① 陈忠实:《为了十九岁的崇拜——追忆尊师王汶石》,见《陈忠实文集》第六卷,广州出版社2004年版,第137页。

王汶石阅读之后很快给陈忠实写了一封长信，细致地评说这部小说的优长与缺憾。1990年，陈忠实和田长山合作的报告文学《渭北高原，关于一个人的记忆》在《陕西日报》刊出以后，王汶石又以写信的方式给以评点。这一切，都如春风化雨，滋润着陈忠实的心田。

陈忠实从大树的身上不断汲取营养，并在大树的荫护下，以更稳健的姿态走自己的路，走向远方。

八、在灞桥文化馆的日子

1980年的春节刚刚过罢，西安市郊区被划分为雁塔、未央和灞桥三个区。陈忠实所在的郊区文化馆亦随之一分为三。陈忠实选择了离家较近的灞桥区文化馆。妻儿老小还在乡下，依赖生产队生活，他回到灞桥，关照家里方便。而且，家里的自留地还得他务弄。

新设立的灞桥区党政办公地在西安东郊纺织城，一时缺少办公房舍，就把文化馆暂且安排到距区政府机关约十里之外的灞桥古镇上。灞桥古镇有一家电影院，据说是1958年大跃进年代兴建的文化娱乐设施，是以木材和红瓦构建的放映大棚。放映棚后边，有一排低矮的土坯墙平房，是电影工作人员宿舍兼办公的地方。如今这里腾出一半，给文化馆干部入住。门前挂出一块白底黑字的招牌：灞桥区文化馆。陈忠实是副馆长，分到一间小屋，里边配备了一张办公桌，两把椅子，一块床板，宿办合一。陈忠实给自己买了一只小火炉，用以烧水做饭。煤按统购物资，每月定量，到灞桥南边的柳巷煤店去购买。陈忠实此时还兼着灞桥区文化局的副局长（西安市灞桥区党委1980年4月5日任命），本来可以在区政府给文化局分配的稍好的办公室办公，但他选择了和文化馆干部搅和在一起。

陈忠实选择到文化馆，一是图这里清静，二是喜欢这个千年古镇。此地乃古人折柳送别之地，能让人生出诸多文化联想。灞桥南头又是他的高中母校，他于此曾读书三年，平添了一缕温情。重要的是，陈忠实觉得这个古镇富有文学情调，合于自己的心性。

这个时期的陈忠实，虽然生活习性、生活方式与当地的农民差不了多少，但内心深处，却还是有一种不同于一般农民的文化情调。农民的生活基本上是实用的，而陈忠实，一般也讲究实用，但对自然与生活，无疑多了一重审美的眼光。早春时节，灞河刚刚解冻，陈忠实喜欢到长堤上漫步，探看杨柳枝条上春色着未。夏日傍晚，他喜欢把脚伸进水里，静静地看长河落日，看它如何由灿烂归于黯淡。深秋时分，他徜徉于灞河滩里，眼看着杂草野花一日一日变得枯黄，也会有悲秋之感。隆冬时节，柳细河瘦，望远处雪原茫茫，心绪亦随之悠远。而灞桥古镇每逢集日，男女乡民推车挑担，拉牛牵羊，拥挤着，吆喝着，又是一番生动的生活景致。时代刚刚跨入二十世纪八十年代，古镇周边的乡民有一种春回复苏的气象，他们纷纷聚集于集市，脸上有一种刚刚获得喘息的轻松，脚下却是奔向好日子的急迫。古镇也呈现着先前未有的活力，牛马市场，木材市场，小吃摊前，市声嘈杂，人声鼎沸，陈忠实时常徜徉于此，沉迷于此，内心激荡着，思绪飞扬着。

傍一弯灞河，依一堤柳绿，古镇灞桥近连城市，远接乡野，西望长安，东眺关外，闹中有静，僻而不陋，陈忠实觉得此地甚佳，非常切合他的生活习性和生存理念。

这一年的夏天，陈忠实落脚古镇半年之后，一个酷暑三伏最难熬的日子，有一个小伙子走进电影院后院的平房，来找陈忠实。此人是《北京文学》的编辑刘恒。一见之下，陈忠实急忙让座，递茶。陈忠实知道，从西安城里到灞桥，来一趟不容易。两者之间只有一条13路公交汽车，一小时一趟，人拥挤，路不平，行车很慢。一个来自北京的编辑，居然冒着酷热造访，陈忠实自是感动不已。刘恒喝着粗茶，说他来约稿,是《北京文学》小说组组长傅用霖让他来的。陈忠实与傅用霖1976年相识于北京的《人民文学》创作培训班。有了这层关系,陈忠实觉得与刘恒一下子亲近了许多。

俩人聊了一会,中午饭时,陈忠实说去吃牛羊肉泡馍,刘恒说好。陈忠实把灞桥镇上的吃店在心里盘算了一下,电影院对面,有镇上供销社开办的一家国营食堂,虽有几样炒菜,但味道不怎么样;然后就是面条了,有八分钱一碗的素面条和一毛五一碗的肉面条,镇上有多家,但拿不出手,不能招待远方客人;最有地方风味特点的饭食,在西安,那就应当数牛羊肉泡馍了。其时经济政策刚刚松动,古镇上先有了一副卖豆腐脑的挑担,紧跟着就是这家牛羊肉泡馍馆开张。这家仅有一间门面的泡馍馆乍一开张,就引起争议,而且这个争议旷日持久。所议者乃是重大是非,关乎两种制度和两条道路的问题。争议不断,而牛羊肉泡馍馆生意日隆,从早晨开门到天黑很久,食客盈门,排队编号,店伙计粗着嗓门呼喊着号码让客人领饭的叫声从早到晚响个不停。午饭时间,一间门面四五张桌子,无法容纳汹涌而来的食客,门外的人行道上,食客便或站或蹲,黑压压一片。

陈忠实领着刘恒走出电影院的敞门,走到熙熙攘攘吃着喊着的一堆人跟前。陈忠实要了优质泡馍,俩人便蹲在街道边的人行道上,掰馍,等叫,然后大热天吃泡馍,大汗淋漓,后来干脆站起来吃,十分畅快。事隔二十六年,直到2006年11月,在中国作家协会第七次全国代表大会期间,陈忠实和刘恒在豪华的北京饭店过厅相遇,双方刚握住手,刘恒便笑着说起这一顿午餐。正说着,围过来几位作家朋友,刘恒还向朋友们着意强调是站在街道边上吃的。

陈忠实在灞桥区文化局任副局长,分管的是农村业余文化,主抓农村业余文化创作活动。从1981年开始,他连续办了九期"文学创作讲习班",为灞桥区农村培养了一批业余创作人才。有一次,文化馆要举办一期创作讲习班,陈忠实到西北大学中文系去请蒙万夫来讲课。路上，陈忠实担心"庙小难安大神"，没想到给蒙万夫一说，蒙万夫满口应承。陈忠实又抱歉地说，文化馆没有车，他也借不来车，到时候只好委屈蒙老师坐公共汽车去。蒙万夫说："你这人，作那个难干啥哩！你给我说清去灞桥该坐哪路车，在哪儿乘车、换车就行了，再就甭管了，保证误不了讲课。"陈忠实一一说了。到了讲课的日子，陈忠实早晨起来还没有来得及吃早点，蒙万夫已经走进他的屋子。蒙万夫进门轻松地说："汽车方便得很嘛！路也不远。"陈忠实知道，蒙老师是以轻松的话来解除他的窘迫，他心里很感激。

蒙万夫的讲演大获成功。蒙万夫不用讲稿，不坐椅子，一直站着讲，一口气讲了三个多小时。蒙万夫从法国的巴尔扎克、雨果讲到俄国的托尔斯泰，然后又讲到中国的柳青，讲到1980年中国文坛那些活跃的中青年作家及其作品，陕西的中青年作家及其作品。蒙老师的课视野开阔，旁征博引，深入浅出，趣味盎然，艺术理论与创作分析紧密结合，非常适合业余作者的接受。灞桥地区的农村、工厂、学校等单位的五六十名文学爱好者听了这个讲演，感到很有收获。有几个学员还直后悔没带录音机，说把这场讲演录下来再整理出来，就是一篇很好的关于创作的论文。

日子是散漫的，但陈忠实心中有明确的目标。在文化馆，他的目标就是读书和写作。以下是一笔他在1981年的创作和与创作有关的流水账：

1月18日，写成短篇小说《短篇二题》。刊《延河》1982年第5期。

1月11日草，2月改，写成短篇小说《乡村》。刊《飞天》1981年第6期。

1月，写成短篇小说《土地诗篇》。刊《长安》1981年第6期。

3月26日，写成言论《短篇小说集〈乡村〉后记》。

4月,写成散文《面对这样一双眼睛》。刊7月12日《西安晚报》。

9月,写成言论《看〈望乡〉后想到的》。刊《银幕与观众》1981年第11期。

10月14日,写成报告文学《崛起》。刊《延河》1982年第1期。

其他具体月日不详,但是在本年写成的有:

特写《可爱的乡村》。刊11月8日《陕西日报》。

短篇小说《正气篇——〈南村纪事〉之一》。刊《北京文学》1981年第10期。短篇小说《征服——〈南村纪事〉之二》。刊《奔流》1982年第1期。

短篇小说《丁字路口——〈南村纪事〉之三》。刊《奔流》1982年第12期。

共计:短篇小说六篇,散文、特写两篇,报告文学一篇,言论两篇。

另有往年写的三篇短篇小说《尤代表轶事》《苦恼》《回首往事》于这一年分别刊于《延河》1981年第1期、《人民文学》1981年第1期、《长安》1981年第2期。

1981年4月中旬,陈忠实应邀参加由陕西评论界"笔耕组"组织召开的农村题材创作座谈会。他近年的小说创作受到陕西评论界的关注。老新闻工作者、评论家杨田农在发言中说:"究竟当前农村生活的主要矛盾是什么,'左'的东西还是不是主要的东西?应该说,当前生活中的种种矛盾,还是来源于'左'。陈忠实的作品,受到人们的重视,一个总的主题,就是批判农村中'左'的错误思想。前几年,他的作品揭露批判'四人帮'的'左'的路线的危害;这几年则是清理'左'的流毒,像最近发表的《第一刀》等就是这样。广大人民要求从中国国情出发建设社会主义,当然要清理这些'左'的错误思想。"陈忠实在发言中说,这几年在写作中,他最大的苦恼就在于对农村生活中主要矛盾和矛盾的各个方面摸不准,看不透,常常陷入就事论事的境地。他认为,只有更深入地认识我们这个变革的时代,才能更深刻地表现我们这个时代的变革。

6月25日,中国作家协会西安分会在西安举行茶话会,祝贺陕西三十多位作家的三十六篇(部)文学作品获奖。陈忠实近年获奖的作品是:短篇小说《信任》,原刊《陕西日报》1979年6月3日,获中国作协1979年全国优秀短篇小说奖;短篇小说《立身篇》,原刊《甘肃文艺》1980年第6期,获《甘肃文艺》1980年短篇小说奖;短篇小说《第一刀——冯家滩记事》,原刊《陕西日报》1980年11月2日,获《陕西日报》1980年好稿奖一等奖。陈忠实在会上发表了获奖感言《回顾与前瞻》。

夏天,陈忠实出了一趟远差,在与青岛隔海相望的黄岛上,参加了由《北京文学》小说组组长傅用霖组织的文学笔会,会上和会后都大有收获。

1981年,陈忠实三十九岁,临近不惑。他感觉生命已到了中年,自觉有一种紧迫感。他强烈地意识到,应该在文学上寻求一种突破了。

九、一个"业余作者"的精神面影

1982年11月,陈忠实调入中国作家协会西安分会(1993年6月,更名为陕西省作家协会)从事专业创作,成为一名专业作家。这一年,他四十岁。在此之前,也就是他四十岁之前,虽然写作,但他只是一个"业余作者",早年是"工农兵业余作者"中农民出身的"业余作者",

后来是农村基层干部中的"业余作者"。

"工农兵业余作者"是共和国独有的社会现象和文化现象，前无古人，这是共和国独特的政治、文化和思想需要而产生的。二十世纪世界历史一个重要的社会实践就是共产主义运动，共产主义的理想是打碎一个旧世界，创造一个人类历史上没有的全新的世界，这个全新的世界不仅有新制度，更有新思想、新文化和新道德，而要创造这样的新世界，关键是要靠具有共产主义理想的新人来创造，所以，无论是当时的苏联还是中国包括整个社会主义阵营，在进入社会主义阶段以后，培养"新人"就是一个重要而迫切的现实任务。1958年7月1日，《红旗》杂志第3期发表了毛泽东的秘书、《红旗》杂志总编辑陈伯达的一篇文章，题目叫《全新的社会，全新的人》，这是陈伯达在毛泽东于当年二三月间与他一次谈话的启发下写的一篇文章，是陈伯达按照毛泽东的旨意对当时社会和当时的人提出的一个理论概括和理想要求。在建设"全新的社会"、培养"全新的人"中，文学无疑起着重要的作用，而创作文学的作家更显得极其重要。作家的创作，不仅要求塑造社会主义"新人"形象，更要塑造"新英雄人物"。什么样的作家才能担当此任呢？旧文人不行，旧知识分子也不行，理想的作家当然是工农兵作家，即"自己的作家"。早在1942年，毛泽东《在延安文艺座谈会上的讲话》中就特别提出，文艺要为"工人""农民""武装起来了的工人农民即八路军、新四军和其他人民武装队伍"和"城市小资产阶级劳动群众和知识分子""服务"，更为重要的是"必须站在无产阶级立场上"为"工农兵"服务。1942年10月3日延安的《解放日报》发表了康生写的"代社论"，题目是《提倡工农同志写文章》，号召培养工农通讯员，帮助工农同志写文章，还号召文艺家要做"理发员"，替工农同志修改文章，提高工农写作水平。《解放日报》为此特辟"大众写作"一栏，经常发表工农创作。新中国成立后，培养新时代的作家特别是青年作家更是一项重要而迫切的任务。1956年2月

27日至3月6日，中国作家协会召开了第二次理事会会议（扩大）。出席会议的除中国作家协会理事外，还有一部分作家以及新疆、内蒙古、延边等地区的某些民族作家和各省、市文艺工作负责人。在这个会上，中国作家协会主席茅盾在《开幕词》中说："我们推进事业的重要原则之一，就是一切应当是有计划的，有远见的。"茅盾强调说，在这次会议上，希望大家着重讨论的两个问题中的一个是"培养青年作家"（另一个是"发展兄弟民族文学"）。他说，"大家都已熟知，加强培养青年作家"，"已经成为我们发展文学事业的日程表上最迫切的问题了"。他检讨说，在中国作家协会，"过去我们对这两项工作，注意得很不够"，然后着重强调，"今后必须把它们作为主要的工作"。①新中国成立后，在种种政策和措施的支持下，共和国的大地上雨后春笋般地成长起来了一大批"工农兵业余作者"和"工农兵作家"。陈忠实就是其中一员，历史地看，他无疑还是其中的一个代表性人物。他在文学上的起步和发展，从一个文学爱好者成为一个业余作者，再从一个业余作者成为一个专业作家（至1982年，陈忠实的创作成果主要是发表了三十余篇短篇小说），都得益于党和政府相关政策、措施的支持和扶持。因此说，陈忠实的生活道路特别是文学道路，打着鲜明的时代烙印，具有丰富的历史内涵。

分析"业余作者"阶段的陈忠实的精神面影，具有某种典型剖析的意义。

从中国文化和精神谱系上看，陈忠实既不属于传统意义上的文人，也不属于现代意义上的知识分子。四十岁以前，他的经历与农村密不可分。他在那个年代所受的教育，除了学校和读书略有一些现代意味，更多的和深层的还是来自农民生活和乡土社会的教育。他由经历和教

---

① 《中国作家协会第二次理事会会议（扩大）报告、发言集》，人民文学出版社1956年版，第2页。

育所形成的生活观念和思想观念,都更接近于中国农民的生活观念和思想观念。传统文人的生活方式、价值观念与艺术趣味,经过中国几千年历史的积淀,有源有流,自成一条源远流长、博大汹涌的江流,有自己的"文统",也有自己的"道统",上与朝廷官府迥异其趣,下与黎民百姓截然有别,它是"士"阶层的文化与精神。中国传统文人虽然也做官,成为朝廷官府之一员,但他们在思想和精神上与朝廷官府之习气始终保持着相当的距离,邦有道则仕,邦无道则可卷而怀之,他们在朝廷与山林田园之间进行价值选择,或进或退;他们也可能出自草野民间,但他们与普通百姓的生活方式和审美趣味也存在着一定的距离,这就使他们对普通百姓的态度,既有关怀、同情的一面,也有劝导、批判的一面。知识分子是一个现代性的概念,它与工具理性相区别,注重价值理性,是社会的良心,上对权力保持警惕和批判态度,下对民众负有启蒙和引导的责任。总之,无论是文人还是知识分子,都有一个共同点,那就是坚持独立之人格、自由之精神。说陈忠实既不属于传统意义上的文人,也不属于现代意义上的知识分子,着眼点就在于此。在四十岁以前,陈忠实基本上还没有或者说尚缺乏独立人格、自由精神。受自身的文化背景、教育以及时代观念的影响,他的意识中,还是觉得自己是人民大众的一员,即使是一个作家(作者),也应该是人民大众的代言人。他的眼光基本是向人民大众看齐的,对上则是要听从党的领导和指挥,而对于文学的认识,除了认同文学的"真"(真实地反映生活)和"美"(艺术地反映生活)这两条原则之外,也认同文学是党的事业,是代人民大众说话的工具,认同文学为政治服务、为人民服务这个时代的口号的。

他在当年的一些言论性文章中也鲜明地表达了这一点。

1976年9月9日,毛泽东逝世,陈忠实写了一篇怀念毛泽东的文章,题为《努力学习,努力作战》。学习当然是学习毛泽东思想,"作战"这个提法,一是当时阶级斗争观念的深刻反映,一是对当时针对"党内走资派"讨伐话语的套用。这篇文章的思想结构是当时那个年代的典型文本模式，虽然是对当年"文革八股"的因袭和套用，但其中的一些内容，也不全是虚言，有些话是"心里话"，而且很真挚。从中，我们可以看到作为一个普通人的陈忠实和作为一个业余作者的陈忠实，在那个时代较为真实和清晰的精神面影。

此文开头写道："伟大领袖毛主席与世长辞的噩耗传来，我无法控制自己悲痛的心情，与我身边的同志抱头放声大哭。抬头望着我们敬爱领袖慈祥的面容，我思潮如涛，有多少心里话要对毛主席讲啊！"接着是抒发自己对毛主席的感恩："是毛主席拯救了我这样一个贫农的儿子出火海，给了我做人的权利，祖祖辈辈如牛如马的奴隶子孙，开始呼吸自由的空气，可以大声说话，放声笑了。作为一个自由人，我才感到我们灞河两岸，是这样的美好。"他是"贫农的儿子"，"奴隶的子孙"，是毛主席救其出火海，"给了"他"做人的权利"。接着又是感恩："是毛主席给了我读书的权利，可以不再像父辈那样扛长工，打短工，或者卖身资本家去当'相公'，（而是）坐在党办的简易小学里去念书，识字。"他上初中一年级时，因家贫辍学，是他所在公社的党委书记给学校打电话让他上学，不仅上了学，从那以后，学校每个月还给他六元钱（后来又升为八元钱）的生活补助，后来多次转学但补助依然，一直到他高中毕业。这样的恩情他怎么能忘记呢？而且，"是毛主席教给了我做人的道理，指给我们青年生活的道路，革命的道路，我逐渐懂得了人活着为共产主义奋斗才有意义，要走与工农相结合的道路，当人民的勤务员，在毛主席的阳光雨露滋润下，我从一个只会割草、拾柴的小奴隶，成为党的干部。"然后，又"是毛主席给了我一支笔，一支在上层建筑领域斗争的笔"，"今天才能写出一点文艺作品"。总之，自己的一切，都是党和毛主席给的。

因之，他对毛主席自然就无限热爱，无限崇敬，"最难忘，一九六六年十一月，在伟大的无产阶级文化大革命的进军声中，我作为一个红卫兵,在天安门前,华灯之下,受到了伟大领袖毛主席的检阅","那是多么令人心花怒放的幸福时刻!""四时,广播里响起雄浑的《东方红》乐曲,整个广场变成一个欢腾的海洋,毛主席来了!""我看见毛主席了!我看见日夜想念的毛主席了!""我踮着脚尖,不住口的呼着'毛主席万岁'的口号。""我看见毛主席满面红光,向我们微笑着,不禁热泪盈眶,幸福的泪水挡住了视线。我一直目送着毛主席向东长安街的红色波涛中驶去……"然后,"我坐在地上,打开语录本,在毛主席像下,记下了这一永生最难忘的时刻:'敬爱的伟大领袖毛主席,一九六六年十一月七日(笔者注:应为十一日)下午四时十七分,我在天安门广场东侧的华表下,看见了您慈祥的面容。'"这是那个时代,一个普通青年对毛主席最真实也最为普遍的感情。

他对文学是怎样认识的呢?在这篇文章的后边,他回到了文学,说,"作为一个业余作者",我们要"充分发挥革命文艺团结人民、教育人民、打击敌人、消灭敌人的有力武器的战斗作用"。文艺是"有力武器",因之要发挥它的"战斗作用"。然后发誓:"牢记毛主席'为工农兵所创作,为工农兵所利用'的教导,努力塑造无产阶级英雄形象,鼓舞人民,团结人民,同心同德地与党内外阶级敌人作坚决的斗争!""牢记毛主席'到火热的生活中去'的谆谆教导,永远扎根农村,投身三大革命斗争的火热生活,首先做一个与贫下中农实行三同的基层干部,才能使自己获得取之不尽、用之不竭的创作源泉,也才能使自己不断改造世界观,防止演变为资产阶级的俘虏。"再表态:"我要努力学习,努力作战,沿着毛主席指引的革命文艺的方向,坚定不移地前进!"

陈忠实这样的认识和思想,是当时那个时代,一个工农兵"业余作者"普遍的认识和思想。它是真实的。

他在另一次颁奖活动中的表态性发言,也能映现他当时的精神面影。1981年6月25日,中国作家协会西安分会在西安举行茶话会。参加会议的"文革"结束后几年间获得全国优秀短篇小说奖、中篇小说奖和新诗奖的中青年作家,有莫伸、贾平凹、陈忠实、京夫、路遥、李凤杰、毛锜、刘斌等,还有获得各省(市)、有关系统文学创作奖的作家贺抒玉、李天芳、王晓新等。陕西省党政领导对会议十分重视,省委常务书记章泽、省委书记陈元方、省委常委兼宣传部部长黄植、省人大常委会副主任孙作宾、省人民政府副省长谈维煦到会祝贺。参加会议的还有省委宣传部、中共西安市委、《陕西日报》、省文化局、省出版局、省社会科学院、《西安晚报》、省美协、省音协、省剧协、《延河》编辑部的负责人以及省工、青、妇、文艺宣传单位的负责人或代表。正在西安访问的中国科学院文学研究所涂代生、《光明日报》记者李准、《文学报》记者陆行良也应邀出席了会议。参加会议的共有一百多人。会议可谓隆重热烈。

  章泽、陈元方、黄植在会上做了讲话。章泽在讲话中提出三点要求:"要很好地培养扶植中青年作家,希望有更多的中青年作家成长起来,接好我们文学事业的班;作家要意识到自己责任的重大,当提笔写一部作品的时候,要想到这部作品告诉群众什么?应该供给群众高质量的精神食粮;在新的历史条件下要很好学习、提高文学创作水平。"陈元方在讲话中说:"一个作家在创作中付出了辛勤的劳动,创作了有益于人民的作品,产生了好的社会效果,就应该受到鼓励。批评是一种武器,奖励也是一种武器。文艺之需要批评犹如人们之需要洗脸。希望今后的文艺批评犹如真正的洗脸一样,洗了之后,被洗者感觉良好,感到是对他的帮助与提高,而不是'伤脸''丢脸'。"陈元方强调指出:"陕西地区在中国历史上曾长期是政治文化中心,有着光辉灿烂的古代文化。特别是我党中央在延安时期,创造了优秀的革命文化,我们要很好地继承这个传统。"黄植说:"我省的文学作品生活气息较浓,有浓厚的泥土味,这个特点要继续保持下去。我们的作品有泥土味,还要有时代味,要深刻地反映我们的时代,正确深刻地表现我们新的时代精神和新时期的新生活、新矛盾,塑造社会主义新人的典型形象,塑造四化建设中创业者的形象。要发展提高作家队伍,办好文学刊物,培养更多作家,创作出更多更好的文学作品。"中国作协西安分会主席胡采代表协会讲话,肯定几年来陕西文学创作所取得的成绩,介绍培养中青年作家工作的主要方法和经验,然后对作家和文学工作者提出希望。胡采说:"我们面临着社会主义现代化的伟大任务。广大人民群众向我们提出了更高的要求。我们相信有党中央的英明领导,有我们省委的热情关怀与支持,有我们同志的紧密团结和同心协力,我们今后的创作一定会更加繁荣,更加旺盛。希望大家以更好的成绩,来回答新的历史时代对我们所提出的新的要求。"①

陈忠实、贾平凹、路遥代表获奖作者发表获奖感言。陈忠实的题目是《回顾与前瞻》。他说:"我的创作,无论数量或质量,都是令人脸红的。作品少,思想艺术水平也不高,基本上属于习作的小故事,还不是真正剖析生活,剖析社会的艺术品。但不管怎样,我这样的'丑小鸭',能够写出这样一些作品,却是我的父母那一辈庄稼人无论如何无法做到的。这不是他们没有天资,而是他们没有我这一代人的学习和追求某种事业的社会条件。而这个条件,是中国共产党领导中国人民,经过半个多世纪的浴血奋战取得的,这是铁铸一般的事实。人总不能忘本。"先是客观地认识自己,剖析自己,然后话题一转,开始感恩。紧接着一段又是感恩:"在纪念我们党诞生六十周年的时候,回顾自己成长的历史,自然地想到党的恩情。没有党所领导的中国革命的胜利,我的一切,包括现在从事的文学事业,都是无法设想的。"

谈到对于文学的认识,陈忠实谦卑然而又是不无坚定地说:"在文学创作这条道路上,我是一个初学者,谈不到什么经验,但亲历的事实和教训,却一再启示和教育我,使我深信,在一些基本问题上,不能任性,不能动摇。否则,是会吃大亏的。"他接着谈了"一些基本问题",

---

① 中国作家协会西安分会:《文学简讯》,1981 年第 3 期。

这其实也是他在当时关于文学创作的一些基本认识。

第一,要"坚持我们文学的鲜明的党性原则"。认为"我们的文学事业,是我们党的事业的一个组成部分,这就规定了它的社会主义的性质,无产阶级的性质"。接着,也人云亦云地讲,"我们的先辈们,譬如鲁迅、郭沫若、茅盾等等,他们的光荣道路,他们的不朽业绩,可以说是坚持文学的党性原则的道路,是实践这个原则的业绩"。然后说,"我们今天的社会主义文艺,是他们事业的继续和发展,理所当然地要申明它的为社会主义服务,为人民服务的性质。马列主义、毛泽东思想,作为党所领导的各项事业的指导思想,当然也是我们文学事业的指导思想。这是中国革命历史发展选择的结果。谈出这个结果,不能认为是老生常谈的套话。"接着,他强调了文学创作要关心政治,认为社会政治"是人们生活的重要的甚或是核心的影响一切的内容",作家要离开政治是困难的,也是不可能的。他其实强调的是,"文学家不一定要做政治家",但是要以政治的眼光看待生活、描写生活。

第二,要"坚持深入生活"。"离开生活,无法创作","我至今信用不惑"。"回想起来,自己虽然生活在农村,但自幼就上学,一直上到成年,对农村和农民的了解,仅仅是一些表象而已。真正对农村,对农民有一点了解,那还是在公社工作的十余年间。这段生活是难忘的。如果没有这一段生活阅历,很难想象我能写出现有这些作品来。"

第三,要"永远虚心学习"。都要学习什么呢?他说,"学习社会,学习马克思主义,学习我们民族文学的优秀传统,学习'五四'以来现代和当代的优秀文学作品,学习外国著名作家的优秀作品,加以消化,为我所用,不断地永不满足地丰富自己的文学库存,加深文学修养,提高艺术技巧,走出自己的路子,闯出自己的风格"。

最后,他借用柳青的一句话说,"文学是愚人的事业",认为创作要"老老实实,埋头苦干,不务虚名,更不能投机取巧。谁以为自己已经得到了'宝葫芦',洋洋自得,不可一世,那么文学生命就可能是短暂的"。①

陈忠实这里所谈，虽然可以说全部是当时的流行话语和主流观念，但是可以看出，在这个隆重而热烈的奖励性的茶话会上，他当着一百多位文学同行、各界人士以及有关领导，显然还是要谈出一些真正属于自己的心得。说的是"套话"，但却也是"加以消化，为我所用"的。因此，也可以说，这里所谈应该就是陈忠实当年作为一个工农兵"业余作者"，关于文学的一些基本见解。

文学是党的事业的一部分，作为一个工农兵"业余作者"，自然是党领导下的一兵，属于整架革命机器上的一颗"螺丝钉"。传统文人和知识分子认为"人"或"我"是独立的"个人"，而作为工农兵"业余作者"时期的陈忠实认同的是那个时代的普遍意识，没有独立的"个人"的存在，只有作为"人民"一员的"群众"的存在。文学当然也不是甚至绝对不是关于"自我"的表现，而是革命事业的一部分，是党的事业的一部分，因之，文学创作，要服从党对革命事业的统一领导和指挥。文学是按照党的意志对人民生活和群众"意愿"的反映，当群众的"意愿"与党的意志一致时，它就是正确的，反之，就是错误的甚至是反动的。而在当时的文化语境里，任何背离党的意志，表达自己所认为的群众"意愿"，要么被认为是"不真实"的，要么被视为"自我""小我"的表现，是要受到批评甚至批判的。这种关于文学的认识，在当时，不仅仅是陈忠实一个人的理解，它简直就是一个时代的文学意志。

这个时期以至以后的陈忠实，反复强调文学与生活的关系，认为生活是创作的唯一源泉，因此，特别强调要深入生活。比如他在1980年4月写的《我信服柳青三个学校的主张——〈信任〉获奖感言》，1982年5月写的《和生活的创造者一起前进》，1982年12月写的《深

---

① 中国作家协会西安分会：《文学简讯》，1981年第3期。

入生活浅议》，都从不同角度反复地谈到了这一点。他的这个观点或者说是认识，主要来自两个方面。一个是理论方面，源自毛泽东的《在延安文艺座谈会上的讲话》。毛泽东在这个《讲话》中说："一切种类的文学艺术的源泉究竟是从何而来的呢？作为观念形态的文艺作品，都是一定的社会生活在人类头脑中的反映的产物。革命的文艺，则是人民生活在革命作家头脑中的反映的产物。人民生活中本来存在着文学艺术原料的矿藏，这是自然形态的东西，是粗糙的东西，但也是最生动、最丰富、最基本的东西；在这点上说，它们使一切文学艺术相形见绌，它们是一切文学艺术的取之不尽、用之不竭的唯一的源泉。这是唯一的源泉，因为只能有这样的源泉，此外不能有第二个源泉。"另外一个是创作实践方面，陈忠实在很长一段时期特别是早期一直以柳青为榜样，而柳青为实践毛泽东《在延安文艺座谈会上的讲话》精神，从北京到西安，再从西安城市到了长安县农村，扎根农村十四年写出了《创业史》，《创业史》对陈忠实影响极大极深，同时也令陈忠实钦佩不已。陈忠实认为，《创业史》的创作成功，一个重要的原因就是柳青坚持了"深入生活"。文学与生活的美学关系问题，文学艺术源于生活高于生活理念的普及，始于二十世纪四十年代的延安时期，新中国成立后更是成为权威的文学观念。这个观念追根溯源，乃是源自周扬翻译的俄国文艺理论家车尔尼雪夫斯基的《艺术与现实的审美关系》，这本书早期也被译为《生活与美学》。《艺术与现实的审美关系》提出"美就是生活"的论断，要求文学再现生活，说明和评判生活，作"生活的教科书"。陈忠实对车氏的理论知之不多，但对吸取了车氏理论某些重要观点的毛泽东的《讲话》，则是要时时学习，至少在那个年代，每年到了5月23日前后，文艺界都要掀起一个学习或者是重温《讲话》的热潮。因此，对其内容无疑极为熟悉，其中的基本观点应该是耳熟能详，牢记在心的。潜移默化，影响自然就深了些。

假如我们把"美就是生活"，简单地理解为艺术要反映或者表现生活,其实是没有真正地理解毛泽东的讲话。毛泽东讲话中所说的"生活",是有特定指向和范畴的。它不是一般所言的泛泛的生活,也不是胡风所言的"到处都有生活"的"生活",它指的是中国共产党领导下的工人、农民、士兵以及"革命的干部"的生活,特别是人民革命"火热的斗争"生活。这是写什么的问题。接下来是为谁写的问题。毛泽东指出,"我们的文艺,第一是为工人的,这是领导革命的阶级。第二是为农民的,他们是革命中最广大最坚决的同盟军。第三是为武装起来了的工人农民即八路军、新四军和其他人民武装队伍的,这是革命战争的主力。第四是为城市小资产阶级劳动群众和知识分子的,他们也是革命的同盟者,他们是能够长期地和我们合作的"。一句话,它不是为所有人的,更不是为地主阶级和资产阶级的,而是为中国共产党领导下的"革命的阶级"和"革命"的"同盟军""革命战争的主力"以及"革命的同盟者"的。明白了这些,才算是基本读懂了毛泽东的讲话。而毛泽东所要求的文艺家也不是一般的文艺家,而是在中国共产党领导下的"革命的文艺家"。

第四章　文学自觉与文学理想

一、"剥离"与"寻找"

二、读书兴趣和文学接受

三、寻求艺术突破的"蓄意"阅读

四、西蒋村老屋的藏书

五、蛰居乡村的写作生活

六、从追踪政治与人到探寻文化与人

七、《人生》的"打击"与《康家小院》的"新生"

八、生命的警钟与"枕头工程"

1990年代初,在西安街头小吃

1986年春,西蒋村,陈忠实正在拆旧房建新房。左起:蒙万夫,张月庚,陈忠实

1988年,太白山,参加作协陕西分会组织的长篇小说研讨会。右一为陈忠实

一、"剥离"与"寻找"

从一个业余文学爱好者,变为体制内的专业作家,是一种幸运,同时,也带来了压力。明白人都知道,在文学创作上,作家身份的变化并不能代表创作质量和作品达到的艺术高度。从爱好文学,到写出了一些有影响的作品,包括引起一些批评的作品,陈忠实对于文学的理解渐趋深化。他明白,他需要一个蜕变,一个文化心理和艺术境界上的深刻蜕变。

这个蜕变是自觉的,但需要一个过程,一个生命和精神的演化和蜕变的过程。这个过程用陈忠实自己的话来说,就是"剥离"与"寻找"。

"剥离"与"寻找"是陈忠实后期创作,特别是《白鹿原》创作必要的艺术创造心理过程。没有这个"剥离"与"寻找",就没有后来的作家陈忠实,当然也就没有《白鹿原》。"剥离"与"寻找",是一个问题的两面,没有洗心革面、脱胎换骨的"剥离",就没有真正意义上的"寻找";而要"寻找"——陈忠实借用海明威的话来表述是"属于自己的句子",就必然要经历"剥离"过程,"剥离"是"寻找"的必要前提。因之,陈忠实的"寻找"过程,同时也是一个"剥离"过程;"剥离"的过程,同时也是一个"寻找"的过程。

1985年11月，陈忠实写成了八万字的中篇小说《蓝袍先生》。这部小说与他此前创作的小说的区别是，他一直紧盯着乡村现实生活变化的眼睛转移到了1949年以前的原上乡村；由关注新的农业政策和乡村体制在农民世界引发的变化，转移到了关注人的心理和人的命运的思考。他认为，这是他思想上的一次突破和创作上的一个进步。关键是，他在创作过程中解析蓝袍先生的精神历程并揭示其人生轨迹时，也在解析自己；他以蓝袍先生为参照，透视自己的精神禁锢和心灵感受的盲点和误区，为的是"打开自己"，进行自己的"精神剥离"。

他的这种"剥离"意识始于1980年代初。从1982年春节因现实生活触动开始，尔后则贯穿整个八十年代，"这种精神和心理的剥离几乎没有间歇过"。当胡耀邦总书记在中央会议上号召党的各级领导带头脱下中山装换上西装，他看着电视荧屏上胡耀邦着西装打领带的形象，脑海里浮现出毛泽东等第一代领导人一律着中山装的形象，意识到这不仅仅只是换一身装束；灞桥古镇上，逢集时那些牵牛拉羊挑担推车卖货买货的男女农民中，突然现出三四个穿喇叭裤披长发的男孩女孩，他们旁若无人地晃悠，引发整条街上的行人驻足观赏，惊呼为怪物；无主题无情节无人物甚至无标点小说和朦胧诗在文坛引发激烈争议，则使陈忠实和灞桥镇上第一次出现喇叭裤时乡民的惊诧联系起来；他被朋友引去看摇摆舞，第一次看见屁股绷紧胸部更为绷紧的妙龄女子疯狂地扭摆肢体的时候，他发胀的脑子里忽然浮现出"文革"中跳"忠字舞"的场面；而看到县长给全县第一个"万元户"披红戴花的电视画面时，他则又一次想到吃着自带干粮为农业社换稻种的梁生宝，想到梁生宝的生活原型王家斌，也想到柳青；当城市和乡村刚刚冒出一批富裕户，引起"造导弹的（收入）不如卖茶叶蛋的"惊呼，以及文坛上关于"文人要不要下海"的争论。如此等等，这些生活事象触动着他，引发他持续的思考。"这些接踵而来撞人耳眼的事，在我都发生着'剥离'的过程,首先冲击的是我意念里原有的那些'本本',审视,判断,肯定与否定,淘汰与选择,剥离就不是轻易一句话了,常常牵动感情。以上不过是随意列举八十年代发生的生活事象,我既不能看了听了权作不见不闻,甚至没有一件会轻易放过,曾经怀疑自己心胸是否太窄,有些毫不关涉自己的事又何必较真;又怀疑自己是不是因为既有的'本本'影响太深,剥离就显得太艰难,甚至痛苦。"改期开放初期各种新生的社会事象和生活变革都给陈忠实的心理、情感和思想以巨大而深刻的冲击,可谓"触目惊心",并让人不得不思考。这种思考由此及彼,由现实生活事象进入历史的深层和思想的深层,"还有比这些生活事象更复杂也更严峻的课题,譬如怎样理解集体化三十年的中国乡村,譬如如何理解1949年新中国之前的中国乡村,涉及思想、文化、革命、传统与现代,社会主义和资本主义,等等"。这个"剥离"也真如陈忠实自己所说是"一种剥刮腐肉的手术","剥离这些大的命题上我原有的'本本',注入新的更富活力的新理念,在我更艰难更痛苦"[①]。这个不断"剥离"的过程,是作家面对新的时代而发生的思想观念的改变和更新,通俗地说,就是"思想上的转弯"。当然,比单纯的思想观念发生改变和更新更为深刻和复杂的是,这种"思想上的转弯"连带着感情的转弯。思想上通了,感情上未必通,感情上的转弯和通过需要有一个过程。

尽管陈忠实一再说这个过程很"痛苦",但还必须"剥离",何以如此?因为陈忠实明确意识到"剥离"与创作的进步有着密切的关系,"剥离的实质性意义,在于更新思想,思想决定着对生活的独特理解,思想力度制约着开掘生活素材的深度,也决定着感受生活的敏感度和体验的层次","是二十世纪八十年代不断发生的精神和

[①] 陈忠实:《寻找属于自己的句子——〈白鹿原〉创作手记》,上海文艺出版社2009年版,第102、103页。

心理的剥离,使我的创作发展到《白鹿原》的萌发和完成"。①陈忠实明白,如果没有这个"剥离"或"剥离"不够彻底,对他能否成为一个真正的作家和成功的作家影响巨大。对此,他有着清醒的认识。他说,这种"精神和心理剥离""既涉及现实和历史,也涉及政治和道德,更涉及文学和艺术"。"我此时甚至稍前对自己做过切实的也是基本的审视和定位,像我这样年龄档的人,精神和意识里业已形成了原有的'本本'的影响,面对八十年代初生活发生的裂变,与原有的'本本'发生冲撞就无法逃避。我有甚为充分的心理准备,还有一种更为严峻的心理预感,这是决定我后半生生命质量的一个关键过程。我已经确定把文学创作当作事业来干,我的生命质量在于文学创作;如果不能完成对原有的'本本'的剥离,我的文学创作肯定找不到出路。"②这个"剥离"过程,其实我们还可以用西方宗教上的一个词语来表述和理解,这就是需要经过"炼狱"的洗礼。"炼狱"一词有精炼之意,在西方教会的传统中,"炼狱"是指人死后的精炼过程,是将人身上的罪污加以净化,是一种人经过死亡而达到圆满的境界——天堂过程中被净炼的体验。当然,这里所说的经过"炼狱"的洗礼,是指作家的精神和心灵,而非肉身。

陈忠实第一次产生"剥离"意识是1982年。这一年早春,陈忠实到渭河边的一个人民公社协助并督促落实中共中央1982年"一号文件",这个文件的精神用一句话概括就是"分田到户"(包产到户)。一天深夜,他一个人骑着自行车从村子往驻地赶,突然想起了他所崇拜的柳青,想起了记不清读过多少遍的《创业史》。一想之下,忽然惊诧得差点从自行车上跌下来。一个巨大的疑问号和惊叹号横在他的

---

① 陈忠实:《寻找属于自己的句子——〈白鹿原〉创作手记》,上海文艺出版社2009年版,第103页。
② 陈忠实:《寻找属于自己的句子——〈白鹿原〉创作手记》,上海文艺出版社2009年版,第104页。

心里：你在干什么？你如今在渭河边的乡村里早出晚归所做的事，正好和三十年前柳青在终南山下长安乡村所做的事构成一个反动！这是怎么回事？为什么会这样？他思考着，追问着，一时想不清晰，就索性推着自行车在田间土路上一边走一边任思绪漫卷。

从合作化到人民公社化，这是农村走向繁荣富裕的康庄大道和必由之路；单干，私有，这是资本主义落后的东西。陈忠实这种思想认识与情感认知，既得之于当时的观念教育，更得之于赵树理、柳青和李准有关小说作品的教育。陈忠实喜欢上文学，就是因为读了他们的作品受到了感动，才决心走上文学之路的。而他后来这二十年的农村基层工作，主要就是为人民公社体制服务。现在，时代变迁，人民公社消亡了，这对他来说，确实是一件意想不到的大事，而要思想特别是情感转过弯来，一时还不是那么容易。直到第二年，看到分给自家的地里打下来那么多麦子，他心中那些困惑了很久的疙瘩才有所解开。这个"剥离"的过程生动而具体，也很说明问题。观念的转变不是说变就变，它需要反思，也需要时间。关键是，由于对这个巨大转变事先既缺乏思想准备，事后思想和情感又一时未能转过弯，陈忠实显然对自己思想的某些"迟钝"或者说是"滞后"有所警觉。他坦然承认，他的"剥离"性反思都是在现实生活的触动下而发生的，而且"几乎都是被动的"[①]。这说明，对于生活和历史，他并不是一个先知先觉者，他甚至还深切地感到了自己"思想的软弱和轻"。细味"思想的软弱和轻"这个形象化的表述，其实就是指思想对现实缺乏穿透性，对历史缺乏前瞻性。而这对于一个必须具有思想深度的作家来说，特别是对于一个仍然要坚持现实主义创作方法的作家来说，显然是一个致命的软肋。反映历史，穿透现实，走向未来，是现实主义文学作品的基

---

① 陈忠实：《寻找属于自己的句子——〈白鹿原〉创作手记》，上海文艺出版社2009年版，第104页。

本要求。经过反省，他深刻地意识到，自己从精神到心灵都需要经历一个自觉的"剥离"过程。犹如蛹之蜕变为飞蛾，不完成这个过程，只能是一条爬虫，长不出翅膀，也就飞腾不起来。

陈忠实当年同时具有三个社会角色：农民，农村基层干部，作家——业余作者。陈忠实说他时常陷于三种角色的纠缠中。分田到户后，他有疑虑，直到亲眼看到自家地里打下了那么多意想不到的麦子。那一夜他躺在打麦场上，却睡不着，听着乡亲们面对丰收喜悦的说笑声，"我已经忘记或者说不再纠缠自己是干部，是作家，还是一个农民的角色了"①。三种角色对待生活的态度和看取生活的视角不同：农民，是生活者；农村基层干部，是党的政策的执行者；作家——业余作者，则要对生活进行冷静地观察和深入地思考，更要有思想的穿透性和前瞻性。不必讳言，在 1980 年代初以前，陈忠实作为作家的思想者素质还相当薄弱。正因为如此，他后来才对作家的思想者素质极其看重。从陈忠实自述的在八十年代引起他产生"剥离"意识的生活现象，诸如穿西服着喇叭裤等现象看，陈忠实当年要"剥离"的，第一是狭隘的农民的精神视野，不能仅仅以一种传统的农业文明思维看取生活，一个现代作家同时还要具备一定的都市视角和现代文明意识。第二要"剥离"的是政策执行者角色，还自己一个作家的角色。政策执行者角色，从某种意义上说，是一个"君要臣死，臣不得不死"的角色，这是被动的和被支配的，容不得有自己的个性和思考。第三，要"剥离"非文学的和伪文学的文学观念。第四，还要"剥离"如同他已经意识到的比生活事象"更复杂也更严峻的课题"，诸如"思想，文化，革命，传统与现代，社会主义和资本主义，等等"。在这些问题上，由于几十年来因袭的观念根深蒂固，"剥离"起来复杂严峻，也不是

---

① 陈忠实：《寻找属于自己的句子——〈白鹿原〉创作手记》，上海文艺出版社 2009 年版，第 99 页。

说"剥离"就能"剥离"净的。无论如何,应该说陈忠实还是比较早地意识到了"剥离"这个问题,而且是"自觉"的。

"剥离"是精神和心理上的"洗心革面"和"脱胎换骨"。陈忠实说:"我相信我对乡村生活的熟悉和储存的故事,起码不差柳青多少。我以为差别是在对乡村社会生活的理解和开掘的深度上,还有艺术表述的能力。"①"艺术表述的能力"与文学禀赋和艺术经验的积累有关,而"对乡村社会生活的理解和开掘的深度"则无疑与作家的思想素质和思想能力有关。而这思想素质和思想能力的培育,对陈忠实个人来说,就非得经历"剥离"这个"脱胎换骨"的过程不可。陈忠实反思,他从1973年到1976年四年里写了四篇小说,这几篇小说都演绎阶级斗争,却也有较为浓厚和生动的乡村生活气息,当时颇得好评,第一个短篇小说处女作《接班以后》还被改编为电影。但是随着时间的推移,这几篇小说致命的问题就暴露出来了,不用别人评价,陈忠实自己都看得很清楚,问题在思想,那是别人的时代的思想,而不是自己的思想,自己只不过做了传声筒。

站在历史的角度看,1970年代末到1980年代初,确实是一个大转折的时代。在代际转换的重要时刻,从过去时代一路走过来的作家,精神和心理上"剥离"与不"剥离",对其后来创作格局与发展的作用,效果是不一样的。有的老作家,在1950年代,写过一些引起广泛影响在当时也颇获好评的歌颂合作化、人民公社化的文学作品;到了1980年代,面对时移世变,思想认识和感情态度基本上还停留在当时的基点上,而且对新的东西一时接受不了,对现实失语,对历史和未来失语,也就很难再进行新的创作,只好写一写艺术技巧谈之类的文章。这说明,不是任谁都能"剥离",也不是任谁都愿意"剥离",更不是任谁都有这

---

① 陈忠实:《寻找属于自己的句子——〈白鹿原〉创作手记》,上海文艺出版社2009年版,第9页。

个必须"剥离"的思想自觉。笔者和陈忠实闲谈得知,陈忠实对于有的作家在新时代面前无法适应,思想和创作陷入进退两难,看得很清楚,他以这些作家为镜,反思,自审,再一次确认自己的"剥离"很有必要。

"剥离"也不完全是放弃、扔掉,有的则是坚持中有所更新,类似哲学上的一个概念"扬弃"。比如对待现实主义创作方法。1984年,陈忠实参加中国作协在河北涿县召开的"全国农村题材创作座谈会",会上关于现实主义和现代派的讨论和争论就对他极有启示,现实主义创作方法可以坚持,但现实主义必须丰富和更新,要寻找到包容量更大也更鲜活的现实主义。这之后,陈忠实开始自觉地反思自己的现实主义写作历程。他想到了柳青和王汶石,这两位既是他的文学前辈,也是当年写农村题材获得全国声誉而且影响甚大的陕西作家,陈忠实视二人为自己创作上的老师。但当他自觉地回顾一检讨以往写作的时候,首先想到的就是必须摆脱柳青和王汶石的影响。"但有一点我还舍弃不了,这就是柳青以'人物角度'去写作人物的方法。"①

对陈忠实来说,"剥离"之后的"寻找",主要是重新寻求意义世界,包括艺术的意义世界。"寻找属于自己的句子",既寻找属于自己的艺术表现方式,也寻找属于自己的意义世界。小说,特别是长篇小说,最重要的还是写人。陈忠实在小说艺术上寻找的结果,最终问题的归结点,还是集中在人物描写上。新文学从1942年即从毛泽东发表《在延安文艺座谈会上的讲话》以后,文学作品描写人物,主要是把人物简单地进行阶级划分,一类是剥削者、压迫者,一类是被剥削者和被压迫者,然后按"剥削压迫,反抗斗争"的模式结构情节,设计人物冲突。陈忠实在"寻找"之后认识到,写人要从多重角度探索人物真实而丰富的心灵历程,避免重蹈单一的"剥削压迫,反抗斗争"的老路,

---

① 陈忠实:《寻找属于自己的句子——〈白鹿原〉创作手记》,上海文艺出版社2009年版,第44页。

要从过去的主要刻画人物性格变换为着重描写人的文化心理,从写"典型性格"转变为写人物的文化心理结构。过去的小说是以塑造性格为目的的,他现在要以挖掘和表现人物的文化心理为目标,在挖掘和表现人物文化心理的同时塑造人物性格,写出真实、完整而且丰富的人。

二、读书兴趣和文学接受

陈忠实谈到自己的阅读时说,"几乎所有阅读都不过是兴趣性的阅读而已,都只是为了增添知识,开阔视野,见识多种艺术风格的作品"①。对于一个作家来说,阅读既是一种生活兴趣,同时也包含着关于创作的准备。要完全弄清一个作家的阅读情况是困难的,因为他的一生阅读范围可能很广,根本无法准确把握。但是,通过对这个作家曾经产生过特别影响的阅读进行一定的梳理,可以看出文化传统、文学传统以及时代的文化背景和氛围是如何对一个作家产生重大影响的,可以探知这个作家的某些精神来源和脉络。

2008年10月16日,笔者和陈忠实一起去宁夏银川,一路闲聊。笔者问他对中国古典名著的看法。他说他不爱看《三国演义》,因为"不喜欢看打仗的故事";《水浒传》也不喜欢,同样的原因,"不喜欢打打杀杀"②;对于《西游记》这样的离现实生活更远的神魔小说那

---

① 陈忠实:《生命里的书缘》,载《海燕》,2008年第9期。
② 2010年11月22日晚上,为中央电视台《大家》栏目的记者钱行,席间聊到读书情况,陈忠实谈对《水浒》的印象是:前边写鲁智深、武松、林冲等人的情节觉得还好看,后面主要写怎么把一些有本事的人"日弄"上梁山,给人"挖坑",不是逼上梁山了,就觉得没有意思,没有好好看。

就更不用说了，不喜欢；至于《红楼梦》，陈忠实老实说他没有看完过，因为那种写贵族生活、爱情生活的小说，距离"咱的生活太远"。这样看来，他不喜欢中国古典小说，那么中国古典小说的艺术传统对于他的影响应该说是微乎其微。

他在创作《白鹿原》之前，对于中国古典文学中的诗词文章接受得也不多。阅读过一些，但显然不是太感兴趣，也没有下过功夫琢磨研究。《白鹿原》之后，他也写一些旧体诗，填过词，但没有下过太大的功夫研究旧体诗词的形式特点，只是利用旧体诗词这种形式来表达他当下的思想感情。由此对照陈忠实一贯的文字风格，可以看出，中国古典文学对陈忠实的文学思维和文学创作没有太大的影响。

陈忠实生长于他的故乡西安灞桥农村，也是在乡村读的小学和中学，他对乡村生活有特别深刻的体验和感情。一个人的阅读兴趣，与其生活经历和生命体验有着密切的内在的关系。早年，陈忠实由于时代背景、文化视野和生活范围的限制，除了上学的课文之外，他自己选择阅读和接受的都是当时描写农村生活的小说。赵树理、刘绍棠、柳青、王汶石等，都是他喜欢的作家。现代作家作品也读过一些，高中时期到毕业回乡，他先后读过茅盾的《子夜》《蚀》、巴金的《家》《雾》《雨》《电》、郭沫若的《少年时代》，还有李广田的散文集等。

值得注意的是，陈忠实早年的阅读主要以小说为主，很少见他提过散文、诗歌和戏剧，更不要说文学理论、文学批评以及历史、哲学、文化一类书籍了。诗歌和散文或者干脆说诗文，从某种意义上说，更多的属于知识分子型作家的雅好。陈忠实的文学趣味不在这里。他似乎从一开始，就在潜意识里给自己定位为一个小说家。

陈忠实早年的文学阅读塑造了他的文学理想，也塑造了他的文化心理和审美心理。他的文化心理和审美心理最终凝结为一点，那就是乡村——乡村生活和乡村情结。1982年7月，陈忠实结集出版的第一本书也是第一部短篇小说集就名为《乡村》。

　　陈忠实对世界文学的关注自少年开始，1958年的暑假，陈忠实阅读的第一部外国长篇小说是肖洛霍夫的《静静的顿河》。这也是一部与乡土有关的小说。肖洛霍夫及其创作的顿河哥萨克乡村小说给陈忠实的文学思维和文学气质以极其深刻的影响。

　　进入青年，1962年，陈忠实高考名落孙山，回到老家做乡村教师。当确定把文学创作作为理想追求的时候，他从灞桥区文化馆图书室借到肖洛霍夫的另一部长篇小说《被开垦的处女地》。这部描写苏联实行农业集体化生活故事的作品，陈忠实读起来感到一种可以触摸的亲切，其中一些情节常常让他与身处的农业合作社的人和事联系起来，设想如果把作品中人物的名字换成中国人名，似乎完全可以当作写中国农业合作化的小说。

　　由此陈忠实的阅读视野从苏联移往西欧：法国，西班牙，英国。没有目的的阅读给他的审美判断和艺术思维带来潜在而深远的影响。

　　"文革"中期，陈忠实被借调到公社帮忙，遇见了上初中时的地理科任老师。这位老师已经升为他们公社唯一一所中学的校长，但在"文革"中惨遭批斗。公社现在要恢复瘫痪多年的基层党支部，这位老师也被借调来公社帮助工作。闲聊时，这位前校长说，来此之前一直没有被重用，在学校当图书管理员。听到这里，陈忠实心里一动，提出借些书阅读。老师说学校的图书早已被学生拿光了。陈忠实不甘心，说总还剩一点吧？老师不屑地说，偷剩下的书在图书馆墙角堆着。陈忠实说服了老师，晚上骑着自行车悄悄进入校园，打开图书馆的铁锁，也不敢拉亮电灯，用事先备好的手电筒照亮，找到墙角那一堆大多已被撕去了书皮的书。结果喜出望外，陈忠实居然翻拣出了《悲惨世界》《血与沙》《无名的裘德》等世界名著。他把这些书装入事先准备好的装过尿素的塑料袋，拿出来后捆绑到自行车后架上，骑车出了学校大门，一如做贼得手似的畅快。老师再三叮嘱他，绝对不能让任何人看见这些书。陈忠实发誓，即使不慎被谁发现再被揭露，绝不会暴露书的真实来处，打死都不会给老师惹麻烦。

这个时候，样板戏的头几个样板已经推了出来。整个社会都挥舞着一把革命的铁扫帚，"封资修"已被全面扫荡。陈忠实后来回忆说，一天忙完之后，晚上洗罢脚，插死门扣，才敢从锁着的抽屉里拿出一本被套上"毛选"外皮的翻译小说，进入一种最安静也最冒险的阅读。院子里不时传来干部们玩扑克为一张犯规的出牌而引发的争吵声。最佳的阅读，则是下乡住到农民家里的时候。那时候没有电视，房东一家吃罢晚饭就上炕睡觉了。在前屋后窗此起彼伏的鼾声里，他毫无戒备地进入并畅游于小说世界。就是在这种没有功利之心而又颇具冒险意味的阅读中，他读完了《悲惨世界》《血与沙》《无名的裘德》这些世界名著。

这一阶段的阅读，陈忠实认为是他文学生涯里"真正可以称作纯粹欣赏意义上的阅读"。因为此前和此后的阅读，对他来说至少有创作"借鉴"的职业目的。陈忠实说，从"文革"开始，他就不再做作家梦了，四五年过来，没有写过任何与文学有关的文章。读这些世界名著的时候，也没有诱发他的写作欲望，他只是喜欢阅读。当他阅读这些当时被斥为"封资修黑货"的小说时，耳朵里灌进的是毛主席语录歌以及样板戏唱段，乡村树杈上的高音喇叭从早到晚都在向田野和村庄倾泻着红色音符，这两种不同的东西交织于陈忠实的心里，正好构成无产阶级文艺和资产阶级文艺全面对抗、尖锐冲突、"你死我活"的交战场面。这真是一个有趣的画面。陈忠实那时并不是一个自觉地对当时主流文化进行反抗的人，也不是一个自觉的反思者和批判者，但两种不同的艺术——"红"艺术和"黑"艺术同时作用于他的时候，一个强势到白天黑夜铺天盖地，一个则属于被遮蔽的地下状态，一个推之以势，一个动之以情，最后居然是后者影响深刻和久远。陈忠实说他那时不能判断以"样板戏"为代表的中国无产阶级文艺发展前景怎样,他只是从常识层面思考,从自己的阅读体会思考,《悲惨世界》《血与沙》《无名的裘德》这一类作品,都是为劳动者呐喊的,而且被欧洲的无产阶级和穷人喜欢着,关键是这些作品和他的情感"发生过完全的融汇"。对陈忠实的审美判断来说,这可能是一次不自觉的关于真艺术和伪艺术的心理接受实验过程。

柯切托夫与其他苏联作家对陈忠实的影响,使陈忠实在文学与现实的关系和文学如何反映现实这样的问题上有了深切的阅读体验并引发一系列思考。而柯切托夫创作上的几次巨大转变,更令陈忠实惊讶,这让他进一步思索一个作家的责任和使命,思考为什么写、写什么、怎样写等问题。

1975年春天,陈忠实因改编剧本到西影厂以后,有业余作者给他透露说,西影厂图书资料室有几本"内部参考"小说,是供高级领导干部阅读参考的,据说这几本小说揭露了"苏联修正主义"的内幕。陈忠实经过申请,得到有关领导批准,作为写剧本的业务参考,破例破格阅读"高干"的参考书。

让陈忠实阅读之后感到震撼和兴奋的小说是《州委书记》[①],作者柯切托夫。这部小说写了两个苏共的州委书记,一个实事求是做着一个州的建设和发展工作,另一个则欺上瞒下虚报成绩搞浮夸风。前者不断受挫,后者不断得到表彰和升迁,结局是水落石出,后者受到惩治,前者得到伸张。

1975年,已到"文革"末期,多年的社会动乱已经使中国社会濒于崩溃边缘,而这个时候一再加压的政治气氛,也已无法堵住国人私下的议论。夜色依然浓重,但是人们渐渐觉醒。人们在私下对于社会各个方面的黑暗已经有了一些直白的诅咒和谩骂。在陈忠实看来,这

---

① 〔苏〕柯切托夫:《州委书记》,孙广英、潘安荣、佟轲、斯仁译,作家出版社1962年版。

应该是施虐近十年的极"左"路线走向穷途末路的一个征兆。陈忠实这个时候也在私下里和几位朋友谈论《州委书记》。在陈忠实看来，如果把这部苏联小说中的人物名字换成中国人的名字，把集体农庄换成人民公社或生产队，读者会感觉这些事情就发生在我们身边。柯切托夫当时所揭示的苏联社会问题，在中国的现实生活里更普遍也更尖锐，而中国社会当时却把一切问题归结于"路线斗争"。陈忠实惊讶的是，《州委书记》是作为揭露苏共修正主义的一个标本译介到我国的，但它在苏联却照常销售，大家能普遍阅读，如果中国有作家写出类似作品，不仅不能出版，肯定连性命都难保全。

眼界打开了，陈忠实的阅读兴趣随之由作品转移到作家本身。他发现，柯切托夫创作历程中的几次转折似乎对于他更富于参照意义。他连续在西影厂图书馆借到了柯切托夫的两本长篇小说《茹尔宾一家人》①和《叶尔绍夫兄弟》②，都是"文革"前翻译出版的。这两部作品从城市家族角度，描写产业工人在社会主义劳动中的英雄主义精神。这个以写和平建设时期的英雄而在苏联和中国都很有名气的作家，到二十世纪六十年代，却把笔锋一转，换了一个视角，揭示苏共政权机关里的投机者，以至他的《州委书记》等长篇成为中国"高干"了解"苏修"社会黑幕政权质变的参照标本。柯切托夫为什么会发生这样的转折？在陈忠实看来，这显然不是艺术形式追求引起的变化，而是作家的思想发生了变化。是什么东西促成了柯切托夫的这种变化和视点的转移，陈忠实当时没有找到可资参考的资料，也没有寻找到答案。他当时能做出的判断是，这既需要强大的思想穿透力，也需要具备思考者的勇气。

一是思想，一是勇气。这两点给陈忠实的启发甚大。

---

① 〔苏〕柯切托夫：《茹尔宾一家人》，金人译，人民文学出版社1959年版。
② 〔苏〕柯切托夫：《叶尔绍夫兄弟》，龚桐、荣如德译，作家出版社1961年版。

二十世纪八十年代初，柯切托夫的作品重新出现在新华书店的书架上，包括曾经作为"高干"内参的《州委书记》。陈忠实买这本书时，有一种无名的感叹，不过六七年时间，世事竟有了如此巨大的变化。不久又见到柯切托夫的《你到底要什么》①，这是柯切托夫直面现实的思考和发问，尖锐而又严峻，令人震撼。"你到底要什么"这个书名也很快在中国传开，并被广泛使用。随后又买了柯切托夫的《落角》②，柯切托夫在这本书里的变化再一次令陈忠实惊讶。陈忠实发现，无论是思想还是艺术形式，那个他曾经熟悉的柯切托夫的风格几乎找不到了，这本小说写得有点隐晦，有点象征，更多着一层迷雾，几乎与他以前的作品割断了传承和联系。面对这一切思想和艺术上的巨大转变，陈忠实思考，柯切托夫自己"到底要什么"？陈忠实说他虽然没有找到确切的答案，但却清楚地看到一个作家思想、情感以及艺术上的探索轨迹，柯切托夫从早期立场鲜明情绪饱满地歌颂英雄人物，变而为对生活里虚伪和丑恶的严厉批判与揭露，再到对整个社会和人群发出严峻的质问——"你到底要什么"，最后发展到晦涩的《落角》。这一切变化无疑是作家的思想和情感发生了变化，然而是什么东西促成了这种变化？陈忠实说他的直觉是，由热情洋溢思想敏锐转而为晦涩，柯切托夫可能太累了，也许还有某种深深的失望。让陈忠实同样印象深刻的是，柯切托夫逝世时，苏共"党魁"勃列日涅夫亲自参加了他的追悼会。

二十世纪八十年代初，小到陕西作协院子大到国内，出现过一阵苏联文学热。当时中苏关系解冻，苏联文学作品被大量译介。国内编辑出版了《苏联文学》和《俄苏文学》两份专门译介苏联文学的杂志，陈忠实把这两本杂志连续订阅多年，直到苏联解体杂志停刊。陈忠实

---

① 〔苏〕柯切托夫：《你到底要什么》，上海新闻出版系统"五·七"干校翻译组译，上海人民出版社 1972 年版，内部发行。
② 〔苏〕柯切托夫：《落角》，草婴等译，上海译文出版社 1985 年新版。

通过这两本杂志和阅读苏联作家作品，结识了许多苏联作家。他这时候住在乡下老家，到作家协会开会或办事，常常在《延河》编辑兼作家王观胜的宿办合一的屋子里歇脚。路遥也是这个单身住宅里的常客。他们的话题总是集中到苏联作家的议论和其作品的阅读感受上。艾特玛托夫、舒克申、瓦西里耶夫以及神秘的索尔仁尼琴，苏联与中国，他们与我们……关于这些作家和问题，陈忠实、路遥等作家互相交流阅读感受，互为补充，互相启发，倾心而谈。陈忠实认为这种作家朋友间的互相交流得到的收获，胜过那些正儿八经的研讨会。陈忠实印象深刻的是，当大家谈到兴奋处时，王观胜会打开带木扇的立柜，取出珍藏的雀巢咖啡，这在当时称得上是最稀罕最昂贵也最时髦的饮料，犒赏给每人一杯。烟气弥漫的小屋子里，咖啡浓郁的香气也浮泛开来，其乐融融。

阅读这些苏联作家作品，给陈忠实最直接的感受是，面对苏联的历史和现实，苏联不同的作家以其不同的思想视角和艺术形态，展示出各自独立的艺术思维和生命体验，因而也呈现出各自独有的艺术风景，柯切托夫即属于其中的一景。陈忠实开始意识到，要尽快逃离同一地域同代作家可能出现的某些共性，寻求属于自己的生活体验和艺术体验，这样才有可能发出自己富于艺术个性的声音。

三、寻求艺术突破的"蓄意"阅读

二十世纪八十年代中期，当陈忠实的创作酝酿着重大突破时，文学阅读给他带来了思想和艺术上的重大启迪。这个时期他的阅读主要分为两个方面，一方面是当时广被介绍的拉美文学以及捷克作家米兰·昆德拉，一方面是国内的"寻根"文学创作以及有关的文艺思潮。

二十世纪八十年代中后期，读者对中国文学包括小说的阅读兴趣大大减弱。究其原因，既与社会文化时尚的转变有关，也与当时中国文学太多形式和写法上的探索，与一般读者的阅读习惯和欣赏趣味拉开了较大距离有关。很多作家出版的小说甚至没有基本的订户，更不要说可观的销量。小说应该好读，书出版了必须能卖得出去，这是陈忠实当时的一个基本认识。思想上的探索，艺术上的创新，这都是必要的，但还得考虑小说的可读性。小说的可读性或者悦人之处在哪里呢？为此，陈忠实有选择地阅读了一些"好看"或者具有畅销因素的小说。

陈忠实阅读了马尔克斯的《霍乱时期的爱情》，此作于1985年问世，没有用《百年孤独》（1967年）时期的魔幻现实主义手法，这部小说"一切都是严肃的，有分寸"。小说写一个男人和一个女人之间爱的故事。他们在二十岁的时候没能结婚，因为他们太年轻了；经过各种人生曲折之后，到了八十岁，他们还是没能结婚，因为他们太老了。在六十年的时间跨度中，马尔克斯展示了所有爱情的可能性，所有的爱情方式：幸福的爱情，贫穷的爱情，高尚的爱情，庸俗的爱情，粗暴的爱情，柏拉图式的爱情，放荡的爱情，羞怯的爱情……甚至"连霍乱本身也是一种爱情病"。透过这些爱情，小说表现了哥伦比亚历史。陈忠实阅读了二十世纪意大利著名小说家阿尔贝托·莫拉维亚（1907—1990）的《罗马女人》，这部长篇小说于1947年出版，当时我国国内有几个译本，在读者中较有影响。他还专门选读了美国作家西德尼·谢尔顿的几部长篇。西德尼·谢尔顿（1917—2007），五十二岁时才开始尝试小说创作，1970年，他的长篇处女作《裸脸》问世，次年就获得"爱伦·坡奖"提名和《纽约时报》最佳小说奖。从此，每隔几年都要发表一部长篇小说，其中许多作品名列畅销榜首。他的小说被翻译成五十多种文字，遍布世界一百八十多个国家，全球总销量逾三亿册。西德尼·谢尔顿的小说大多以西方上流社会的活动为背景，早期作品主角都是年轻美丽而聪明的坚强女性，着重描写她们混迹演艺圈的经历。自1978年的《血缘》起，西德尼·谢尔顿开始扩展自己的创作领域,描写社会的各种层面和各种人物。1985年的《假如明天来临》被认为是西德尼·谢尔顿的女性暴露小说的代表作。以后的作品多以女性为主人公,既有细腻的情感描写又充满了冲突悬念。西德尼·谢尔顿的小说具有极强的可读性,故事跌宕起伏,情节一波三折,悬念丛生,时空跨度大,人物多,涉足领域广,读起来酣畅淋漓。根据吉尼斯世界纪录的记载,他是世界上作品被翻译得最多的作家,同时也是唯一集奥斯卡奖、托尼奖和爱伦·坡奖于一身的人。他共出版了十八部小说,我国陆续全部翻译,同一作品还有多个译本,当年流行的有《裸脸》《子夜的另一面》《血族》《天使的愤怒》《假若明天来临》等。陈忠实认为谢尔顿的作品不能称作俗文学,至少与中国当时那些所谓的"俗文学"——"地摊文学"不可同日而语。陈忠实认为他所读的几部小说不仅可读性强,而且对社会和人性的揭示相当深刻。陈忠实还读了当时刚被解禁的劳伦斯的《查太莱夫人的情人》。社会与道德,暴力与犯罪,人性与感情,性与情色,这些西方文学喜欢表现的元素,对陈忠实原来的文学观念有所冲击并引发他的思考。写什么是要考虑的,陈忠实有自己的取舍,而通过对这些可读性强的小说阅读,陈忠实对怎样写也有了更多的艺术体悟。

二十世纪八十年代中期的文坛,主义、流派、方法异彩纷呈,"各领风骚一半年",而其中的"文化—心理结构"创作理论,使陈忠实茅塞顿开。"文化—心理结构"这一概念,在我国大陆,最早是由李泽厚提出。李泽厚在美学、哲学和思想史诸方面进行研究时,提出有关"主体性"的理论和"心理积淀""文化—心理结构"等学术概念,对于我国的美学、哲学、思想史、文化以及文艺理论诸领域的研究都产生了很大的影响,直接或间接地引发了新时期美学和文学理论的更新和突破。"文化—心理结构"说最初与心理史学的研究有关。心理史学是一门结合历史学与心理学的跨学科研究,它利用现代西方心理学理论,特别是精神分析学说,根据集体的行为来解释历史现象和历史进程，进而推断社会未来的发展。十九世纪末到二十世纪初产生于西欧各国的新康德主义就充分肯定心理与精神分析在史学研究中的重要作用。二十世纪初出现的法国年鉴学派，以其"精神状态史"的研究范式对心理史学研究产生了相当大的影响。法国年鉴学派出于对历史研究中那种只关注政治史、制度史或战役史的不满，主张扩大史学的研究范围并使用多学科的研究方法，认为可以在跨学科研究的基础上进行"长时段""总体史"的综合性研究，形成包括社会、经济、文化乃至心理的"全面的历史学"。心理史学理论真正付诸具体实践，是在二十世纪六七十年代以后。台湾学者殷海光是这方面最早的实践者，他在1965年出版的《中国文化的展望》中，运用文化心理学的分析方法，对传统社会与近代社会进行了深刻的分析。此后，他以同样的方法对"五四"以来的思想文化变动，进行了一些有益的探讨。他开始注意到"历史中之心理的、文化的、性格的成因"，尤其是对于"五四"以来的"偶像破坏"与反传统的文化现象，注重从民族心理、民族性格入手去做深层的分析。殷海光晚年关于"文化大革命"的同步研究，在运用心理史学方法的同时，还兼采文化人类学和精神分析学的方法，对"文革"的结局做出了前瞻性的评估。1980年，李泽厚在《中国社会科学》第2期发表《孔子再评价》一文，首次提出"文化—心理结构"概念，认为孔子学说为汉民族的文化心理结构奠定了基础，在当时引起了很大的反响，对以后的思想文化研究以及美学、文艺学和文艺批评也影响深远。二十世纪八十年代中后期，一批具有革新意识的文学研究者如刘再复等人，把李泽厚在哲学、思想史、美学研究中提出的"主体性""心理积淀""文化—心理结构"等概念和理论引入文学研究和文学批评领域，对我国当时的文艺理论研究和文学批评形成强大的冲击，引起强烈的反响。刘再复在《人民文学》1988年第2期发表的《近十年的中国文学精神和文学道路》一文中描述中国文学的演进过程，认为1977年之后的文学是反思文学，从政治性反思到文化性反思，再发展到自审性反思。在文化性反思的阶段，文学的眼光开始渗透到民族的传统文化心理结构和当代中国人的文化心理结构，探入中国人的集体无意识层次。而在自审性反思的阶段，达到了与民族共忏悔的精神层次。同时学界在研究人的现代化和国民性等问题时，也有人认为所谓国民性其实就是人的文化心理结构。陈忠实了解并接受"文化—心理结构"说，源自他对李泽厚的《美的历程》和余秋雨的《艺术创造工程》以及当时的有关文学评论的阅读。陈忠实并不一定要深入了解这个理论学说的来龙去脉及其理论价值和意义，他得到的创作启悟是，人的心理结构是有巨大差异的，而文化是人的心理结构形态的决定因素。认识到这一点，陈忠实的创作思想就从人的性格解析转为对人物心理结构的探寻。探寻对象就是他生活的渭河流域，这块华夏大地上农业文明出现最早的土地，它的历史和现实的文化对人的心理结构的塑造。"文化—心理结构"说影响陈忠实小说表现技巧的一点是，他在《白鹿原》创作中，摒弃了传统现实主义小说对人物肖像的外在描写，而注重刻画人物的文化心理和精神气质。

作家对同时代作家作品的阅读应该说是很有必要的，一来可以对当前文学形势有所了解和把握，二来互相之间也有一种良性的促进作用。陈忠实在几篇文章中谈到阅读同代作家作品对他思想上的启迪作用。

1982年，读了路遥的《人生》，他的文学观念发生了重要变化，开始思考小说如何写人。

1988年7月，作协陕西分会在秦岭山中的太白县召开长篇小说讨论会，陈忠实向一直关心他创作的蒙万夫透露了他写《白鹿原》的情况。蒙万夫对他写《白鹿原》的构想只谈了一个意见：长篇小说要重视结构艺术。长篇小说如果没有好的结构，就像剔了骨头的肉一样，提起来是一串子，放下来是一摊子。陈忠实觉得蒙万夫所谈，正好切中了他当时正在困惑并思考着的长篇小说结构问题。为此，他有目的地阅读王蒙的长篇小说《活动变人形》和张炜的长篇小说《古船》，着重看这两部作品的结构方式，研究结构如何使多个人物的命运逐次展开。同时，他也阅读并研究了一些外国长篇小说的结构。最后得出的结论是，没有一个最好的结构，只有适合自己小说内容和人物的结构，并且，小说的内容决定结构方式，而《白鹿原》必须有自己的结构形式。

一个具有丰富性和博大感的作家，仅仅阅读文学作品显然是远远不够的。作家之创作，主要凭的是生活阅历、生命体验和社会经验，这就是所谓的"生活"；艺术经验也很重要，同时主体的思想水平、认识水平、知识结构和人格境界也极其重要。思想水平、认识水平、知识结构乃至人格境界都与作家的读书生活密切相关。读书，就是与高人相遇，人之要读之书，必有自己所缺之处，而著此书之人，必有高出自己一筹之处。因此，读书即为遇高人，倾听高人之高论，接受高人之教诲，同时也与高人进行对谈和交流，进而广视野，调思维，增见识，高境界。

陈忠实文学之外的阅读，据他所述，多与他的创作和写作准备有关。这其中，他为写《白鹿原》而读的历史、哲学著作最为广泛。所读之书大略为：

1、陕西关中地区的地方志、地方党史、文史资料。

2、中国历史研究著作，特别是地域历史研究著作。如《崛起与衰落——古代关中的历史变迁》。此书为王大华著，陕西人民出版社1987年9月出版，全书十六万字，算一个小册子，但是内容却不单薄，该书在对关中以及古代中国史实的精当分析中详细地论述了陕西关中在中国历史上的"三起三落"，上起"周族的崛起"，下迄"唐末天下大乱"，最后落笔于对关中实乃中国西部第四次崛起的历史展望。贯穿全书的基本观点，一是历史跳跃式发展论，一是历史东西南北观。这种从地域文化的深层起因及其发展和影响来看社会变化的观点，对陈忠实的创作思想产生了潜在的影响，同时也帮助他更为深入地把握关中农村社会的历史和现实。

3、张载及关学有关著述的阅读。陈忠实是关中人，他的几乎所有小说包括《白鹿原》描写的都是关中农村生活和关中农民,因此,陈忠实对关中学派的创始人张载及其后来的关学代表人物,就有所关注。①

4、其他关于历史、心理、艺术的理论著作。如范文澜的《中国现代史》,美国历史学家埃德温·赖肖尔的《日本人》,奥地利犹太人、精神病医生西格蒙德·弗洛伊德的《梦的解析》以及著者不详的《心理学》《犯罪心理学》等。

四、西蒋村老屋的藏书

一般而言,作家读书,一是由着兴趣,看起来信马由缰,散漫无羁;二是根据自己创作的需要,有选择地读,看起来又有些偏窄,至少在某一个阶段偏于一隅。在藏书方面,作家不像学者和研究者,专博兼备,作家是实用主义者居多,他们的藏书一般都与自己的创作追求有关。因此,研究一个作家的藏书情况,既能看到一个作家的兴趣所在,也能发现一个作家的精神来源。

陈忠实有三个存书之所:西蒋村老家,西安建国路省作协他的办公室,西安石油大学他的工作室。后两个所在,一是他1993年以后进城,在省作协办公室所放之书刊,多为各方所赠;一是从2003年起,在西安石油大学工作室所放之书刊,亦多为各方所赠。他真正意义上的书房,还是西蒋村老家那个。这个书房,是他1992年底回城之前,也就是写完《白鹿原》之前,他的读书创作之地,其中存放着他数十年间所购、所藏之书刊。这个书房共有三个两开门书柜,其中两个样

---

① 据笔者对陈忠实著作阅读和同陈忠实接触得来的印象,没有发现陈忠实谈论过老庄著述和佛禅著述,道、佛、禅似乎与陈忠实的思想和人格关系不大甚至没有关系,陈忠实思想观念中更多的是儒家的思想影响。

式一样，稍宽一些，上边是花纹玻璃推拉门，里面分为三层，下边是木拉门；一个较窄，上边是木框镶透明玻璃拉手门，里面分为四层，下边是木拉门。他的藏书大致有一个归类，如中国文学、外国文学，但总体上没有很细致地分类存放。从藏书来看，书多刊少。书主要是文学书，文学书里又多是外国文学作品。

　　陈忠实没有多少藏书意识，他的藏书主要是为了自己开阔视野和文学上的探索。当然，他的阅读范围绝不止于自己的藏书。陈忠实五十岁以前基本上一直住在乡下即西蒋村老家，即使当了陕西作协的专业作家也是如此。他当年生活上还是比较贫困的，应该没有多少闲钱去买书。六十岁以后，他在西安位于二府庄的西安石油大学为自己安了一个工作室，读书兼写作，屋里堆了不少书刊，但多是别人送的，估计他看的时间也不会多。藏书意识可能仍然没有或没有多少。当然，有人送给他的一些书，很有收藏价值，如清代孙温绘图的《红楼梦》，作家出版社出的，但送了也就送了，他未必就像藏书家那样特别当一回事。

五、蛰居乡村的写作生活

　　陈忠实曾经说，他的人生理想就是能当一个专业作家。调入中国作家协会西安分会从事专业创作之后，这个理想实现了。户口和人事关系都进了城，陈忠实决定，还是回到原下的祖居老屋。写作，特别是写农村题材，原下的祖居老屋接地气，也更安静。没有人要求他这样，他是自己深思熟虑之后决定的。

　　此前，陈忠实是灞桥区文化局的副局长兼文化馆副馆长。区委领导关心、爱护他的创作，只让他参与文化局大事的决策和研究，他可以把更多的时间用在创作上。在文化馆期间,陈忠实的创作,实际上已处于半专业状态,读书和写作的时间是比较充裕的。因此,这个时期,他对自己的生活和创作状态颇为满意。

1981年,中国作协西安分会党组决定调进三个青年作家到创作组(专业作家部门)搞创作,其中有陈忠实。陈忠实知道后,喜忧参半,喜的是能进作协大院搞专业创作,忧的是万一创作难再发展提升,坐在专业作家那个位置上很难受。然而就在他得知这个消息几天后,西安市文联一位素未谋面的领导驱车来到灞桥文化馆,见了他,握手之后便直言相告,要调他去西安市文联。不待他表态,领导又直言不讳地说,得知省作协要调他,当即和相关领导交换了意见,要调他到市文联。陈忠实表示不愿去市文联。领导听后呵呵一笑,说他已经给人事局交代过了,不许放走陈忠实;说你如不愿去市文联,也去不了省作协。陈忠实为其坦白直率所折服,回话:"那我待在文化馆也挺好。"事情就搁了下来。1982年秋末的一个晚上,一位在灞桥区委工作的老同学到文化馆来,高兴地对陈忠实说,市里要下属区县为他们推荐两名年轻的备选干部,本区推荐的人中有陈忠实。老同学向陈忠实祝贺,这无疑是一个难得的提升良机。老同学走后,陈忠实却陷入慌乱,他早已确定以写作为终生事业,根本不想再回到行政部门。他担心一旦调令下达就麻烦了,当即决定到省作协通报此事。第二天一早,他进城找到省作协秘书长王绳武,说了他的情况。王绳武很热情,也说了调人的问题,说他到市人事局调人遭到拒绝,暂时还没有好的办法。这时有人给指出一条道,说王汶石的老师、作曲家张寒晖的夫人是市人事局局长,可找王汶石给其说说话或写封信。王绳武当即找到王汶石,如此办理,陈忠实调动的事很快就办妥了。

11月,到作协西安分会报到后,分到创作组,陈忠实觉得,这就是他最理想的人生位置,也是后半生的位置。然而欣喜之情很快过去,那个写不出好作品怎么办的忧虑又涌上心头。思来想去,"便决定回归原下老屋,那是一个清静的所在,有利于读书,也有利于回嚼曾经经历的生活"①。

陈忠实从1964年离开老家村子,近三十年间,单位和职业都换过几个,但都是星期六下午放假回家,周日晚必须回到供职单位。如今当了专业作家,时间是充分的自由了,他非常珍惜这个难得的自由支配时间的权力,觉得要尽量避免没有实际意义的应酬。在新时期跃上文坛的青年作家群中,他觉得自己的年龄是偏大的,适值文艺复兴时期,不抓紧不行。在乡村工作整整二十年了,必须安静下来,细细回嚼乡村生活的体验,反刍积累的素材,争取多出作品。他决定要认真读一些书,进一步开阔艺术视野,调整艺术思维,争取更上一个境界;要躲开热闹,也要躲开文坛的是是非非,保持思考必需的沉静心境,以把精力和用心都专注于对问题的思考和艺术的探索上。

成为专业作家的最初一年,陈忠实自己的户口进城了,但妻子儿女的户口还在农村乡里,他除了写作,还要作务庄稼。农业生产队实行大包干责任制以后,分给陈家五六亩地,其中一半是原坡地。陈忠实的母亲和妻子有病,儿女还小,作务庄稼全靠陈忠实干。家里没有成年男劳力,养不起牛,耕作是相当困难的。1982年的10月,陈忠实自己在地里拉犁,播完了小麦。1983年5月,根据"专业技术干部的农村家属迁往城镇"的相关政策,陈忠实的妻子和子女一共四人的户口由灞桥农村迁到了西安市,生活好转了一些。

这一个时期,陈忠实的级别为行政二十三级,月工资是五十二元。

此时陈忠实依然住在农村。他的生活与普通农民没有什么不同,唯一不同的是他与农民作务的工作不同,农民是种地,他是写作和读书。

1985年4月下旬,作协陕西分会三届二次理事会(扩大)在咸阳召开。在这次会上,陈忠实被增补为副主席。同时增补为副主席的,

---

① 陈忠实:《神秘神圣的文学圣地》,载《黄河文学》,2014年第7期。

还有路遥、贾平凹和杨韦昕。陈忠实的行政级别成为副厅级，工资达到一百五十八元，这使他一直过得很紧的生活一下子宽松了很多。这一年的夏天，作协陕西分会发扬作家挂职深入生活的传统，安排一批新时期出现的青年作家到农村和工厂去任职，陈忠实不想离开自己的生活基地，被任命为中共灞桥区委副书记。

又回到老家的辖区挂职，陈忠实原想多参加一些区上的工作，充分感受正处于农村变革最活跃时期的生活脉动，但是这一年的秋末冬初，他在写中篇小说《蓝袍先生》时，萌生了创作一部长篇小说的意向，便调整自己的安排，打算重点做长篇小说的先期准备工作，同时也不完全放弃对当下生活变化的关注。他同区委书记交换意见，就他挂职参加区上的工作提出自己的意见：一是每个星期一参加区委常委会，了解区委的工作计划和大事；二是每开区乡村三级干部大会，他到各个小组听大家的发言，以便直接了解农村的发展动态和问题；三，区上的重大活动，争取参加；四，区上的日常事务不参与，以腾出时间写作。区委书记支持他的安排。

陈忠实不论挂职不挂职，其实都住在老家的村子里。在乡党眼里，陈忠实就是村子里的一员，只是工作特殊一些。大家种地，他是"作家"，坐在家里的凉房底下耍笔杆子就能挣钱，干的是一个省力的好事。至于陈忠实当副主席还是当副书记，还是当着副主席又兼着副书记，他们觉得和自己的关系不大，也不关心。乡村社会是一个小的自足社会，遇事乡党都要互相帮忙。乡党要办事，凡是想到陈忠实能办的，就径直进门找他说事。先是在破旧的厦屋，后来是在新建房子的写作间里，不管陈忠实是忙着读书思考还是弄他的"枕头工程"《白鹿原》，突然会有一位乡党走进来，眉眼里洋溢着不加掩饰的喜悦，以不容置疑也不许推辞的口气说："明日给咱那个大货（大儿子）办事哩，今黑请执事，你今黑就得去。"作为乡党的陈忠实，不容许说半个"不"字，必得立刻应诺，还要表现出积极的情绪。乡党再叮咛一句"你还干你那一摊子事"，就又喜滋滋地忙着邀请别的执事去了。顷刻之间，陈忠实脑子中的有关文学的形象或思绪，统统消失，他当即要做的最切实的事，是给一家为儿子娶媳妇的乡党去做帮忙的执事，"那一摊子事"就是去做账房先生。

乡俗，村人红白喜事所请的账房先生一般要由村里最有文才、会计算而且正派公道的人充任。陈忠实做这个账房先生，从一个侧面说明了村人对他的认可。结婚喜事，他先一天下午要写好对联，并贴好。按讲究，一般需给临街大门、院子正屋和新房贴上三副对联，内容各有区别。大门对联是向全村的人宣示这户人家的某个小子结婚的喜事，正屋的对联一般是农家院主人胸怀和姿态的表白，新房对联则是对两个新人未来美满婚姻的祝福。再一个任务是协助总管安排好执事分工，总管一般由村子的书记或村长担任，喜事需要的挑水的、洗菜的、端饭的、烧酒的、洗碗的等等活路，都要落实到人，然后由账房先生写到红纸上贴到院子最显眼的墙壁上，各司其职，哪一个环节出现漏洞，就可以找到具体的人。除此之外，先一天晚上，乡党好友接二连三向主家送礼祝贺，或一段布料，或一床被面，或不等数量的现金，他都要一一登记，再用红纸书写了张贴到主屋正面墙上，这个工作需要持续到深夜，直至再无送礼者上门。最忙活的时段，是结婚这一天的上午，各路亲戚来参加婚礼，送来的既有传统的各色花馍，又有绸缎被面、布料和现金，偶尔还有城里人时兴的花篮，他一件一件登记，再用红纸写了贴在墙上。账房先生经管的最复杂的事，是对烟酒糖果的支配，虽然喜事不能扫了乡亲的兴，不能伤了朋友的面，但为主家特别是家境不太宽裕的主家着想，这些东西都要合适地控制发放，以免支应不到终场。陈忠实洞明世事，人情练达，处理这种事原则中又有灵活，善于应对，主家满意，乡亲也都高兴。

埋葬老人的白事要复杂一些。从逝者咽气倒头直到下葬完毕，短则三天，隆重一些的要持续五天或七天。这种复杂，一是要以对联的形式对逝者进行概括评价。把逝去老人一生的功德与性情概括在一副对联里，用白纸写了，张贴到大门门楼两边的门柱上，给以彰显。这样的对联往往能赢得乡村那些识字人的赞赏。他们看了以后常常赞叹说，逝者能得到陈忠实所写对联的表彰，死亦瞑目。陈忠实每每听到村人这样的赞叹与言说，甚感欣慰，自己的一篇小说得到了好评也无非就是这样的感觉。甚至有些村里的老人一边感慨地评说陈忠实所写的对联如何之好，一边半开玩笑半认真地说："到爷（或叔）闭眼的时候，你给爷（或叔）也写上一副，爷（或叔）一辈子受的苦就算没白受。"陈忠实在感动的同时也深深地意识到：语言和文字的力量确实是很强大的，即使一个最普通的农民老人，也需要在告别这个世界时获得一种客观的评价。复杂之二是，白事期间，主家多年因诸种原因甚至琐事累积的矛盾往往在老人去世后爆发出来，有的还发生打骂。陈忠实就得参与调解，以便逝者能如期入土为安。

乡党建房，陈忠实也被请去当账房先生。盖房对于农民来说，是一件大事。中国农村，在二十世纪的五十年代到八十年代前期，建房的人家还是很少的，很多人住的还都是中华人民共和国成立前盖的房。1980年代中期至1990年代初，只有六七十户人家的西蒋村迎来了建盖新房最红火的时期。以前的房屋，好的是青砖青瓦房，次一点的是土坯墙青瓦房，最穷的是土坯墙茅草房。这个时期兴起的新房，一是红砖红瓦砖木结构房屋，一是红砖立墙水泥板盖顶的平房。农村盖房，破土动工和上大梁（或吊装水泥楼板）是两个重要日子，主家一般都要庆祝。陈忠实自然又受邀成为账房先生，"管那一摊子事"。

除此之外，乡亲们偶尔遇到一些急事，想着他有着"官家"的身份，外边关系广，人熟些，能帮忙，也会找他。谁家酒酿好了，猪养肥了，要给儿子结婚，不料却因这因那领不来结婚证，要他去给乡政府领导说情；或者是女方家里又提出来了不能接受的物质要求而陷入僵局，要他去给女方家长做调解工作，诸如此类，陈忠实都不推却。刚给一个女方家做了调解,又回到作家协会参加文学作品研讨会,同作家朋友交流创作体会,议论某个新的艺术流派,他既能自然地适应生活赋予他的若干反差颇大的角色,也更有对比之后的新鲜感。

1986年春天,陈忠实自己建房,满村的乡党几乎全部都来帮忙了。陈忠实一方面还做"管那一摊子事"的账房先生,另一方面在活路紧张人手短缺的时候,也当一个劳力,或抬木头或搬砖瓦。西蒋村老家新房建成,他为自己辟出了一间书房,约有十多平方米。新房建设时,他还在屋后廊沿两边的石子墙上,以深色石子各画了一幅画,一边是山,一边是水和海燕,算是山水画吧,镶在墙上。这是陈忠实平生第一次也是唯一一次作画。

在区上挂职期间,他除了每周一次要参加的区委常委会之外,其他诸种社会角色,一年也就是一二十回,不算什么负担。但是到了1988年春节过后,构思完成的长篇小说《白鹿原》即将动笔,他请求终止了中共灞桥区委副书记的挂职。其他的文学活动该参加的还得参加,账房先生的角色是不能免除的,陈忠实也乐于继续其职。

删繁就简三秋树。蛰居乡间,陈忠实自觉心境踏实,心思只集中在写作上,几乎没有什么别的欲望。尤其是在《白鹿原》的构思完成开始动笔以后,他更是觉得,他对这个世界几乎再无任何个人的欲望了。

事后回顾,从1982年到1992年,陈忠实认为这是他写作生涯中最好的十年。四季流转,心情恬静,偶尔忙一下,帮乡邻当一下账房先生,更多的时候是自己独处一室,面对自己笔下纷繁的人物世界和文学世界,上天入地,闪转腾挪,这里另有一个世界,别有一个宇宙。

生活是闲散的,从容不迫的。气定神闲,写作起来更为心神投入。

冬来了,忽然一夜大雪,漫天皆白。陈忠实起床之后,顾不得洗脸,先掂起长柄竹条扫帚扫雪。扫了院子,再扫大门外的道路。出门听到的第一句话是邻家扫雪的人不由自主地赞叹:"好雪!"雪于麦子的生长太好了。扫了雪,回到小书房,赶紧捅开火炉烧开水。洗罢脸,水开了,沏上新茶,喝上一口,身热神爽。面对窗外白鹿原北坡上覆盖的耀眼的白雪,创作的激情便潮溢起来,他铺开稿纸,开始写作。

春天的一个早晨,打开窗户,忽然看到院子里自己手植的那株梨树花儿开了,心不由得一阵悸动。跑到树下,点一支烟,久久不忍离去。春来第一次开花,不过十来串,却粉白娇丽,点缀在枝杈绿叶之间,竟是世界上最让他动心的花朵了。这以后就有了牵挂,梨树成为每天必赏的风景。眼看着一个个弹球大的小梨一天天长大,然后变成拳头大的青梨,再由青梨变成灿灿的黄梨,陈忠实认识到生命成长是怎样的一个过程。

三伏酷暑是一年里最难熬的季节。在乡下,不单空调是一个陌生的机器,电扇也是一种奢侈装备,趁着前半天凉快,陈忠实抓紧写作,午后便无法捉笔了。天太热时,他给桌下放一盆凉水泡脚降温。有时这个办法也不行,手心手背手腕上尽是汗水,弄湿了稿纸,无法写字,便只好等待次日早晨再写。这个时节,每当傍晚日落时分,他就到门前的灞河里先洗个痛快,再走上村背后的白鹿原北坡,择一处迎风地坎坐下,点一支烟。这里,顺坡而下的微风不时拂过,蚂蚱在整个坡地里此起彼伏地大声歌唱着呼应着,间或有一两声狐鸣,仿佛一种变奏,偶尔还会看到一团鬼火忽起忽落飘移游走,像是逐声而去。陈忠实抽着烟,静静地沉浸在这野风和天籁之中。

1991年春天的一个早晨,中央人民广播电台在早间新闻联播中公布了第三届"茅盾文学奖"的评选结果,路遥的《平凡的世界》名列榜首。这天上午,陈忠实从乡下风尘仆仆赶到西安市北大街,参加陕西人民出版社召开的一个文学创作座谈会。由于路远,他晚到了一会,坐在会议提前安排好的位子上,就在路遥旁边。身旁的路遥正在发言,路遥那边是评论家李星。李星见他来了,从路遥背后侧过身子将早晨刚听到的路遥获奖消息告诉他。陈忠实早上走得急,没有听广播,听到这个消息,他说:"这是大好事。"他想等路遥发言完毕即表示祝贺,李星又从路遥背后侧过身来,问他:"你的长篇写完了吗?"他回答:"还没有。"李星说:"几年了,你躲在乡下都干了些啥,咋还没有完?"他说:"不急。"停了一会儿,路遥还在发言,李星又招手让他俯过头去说:"今年再拿不出来,你就从这七楼跳下去。"陈忠实没有说什么。直到1993年,《白鹿原》火了之后,陈忠实才几次旧话重提:"李星让我从出版社七楼跳下去,心急我了解,但我是不以为然的。自己还不满意的作品,匆忙拿出来又有什么意思?只能是又多了个印刷垃圾。"

陈忠实当了专业作家蛰居乡间写作的十年之中,最初是一家六口都住在农村。他的妻子和子女户口迁往西安之后,陈忠实和妻子基本住在农村。后来,老母亲陪着陈忠实的大女儿陈黎力在城里读书,二女儿和小儿子在中学寄宿读书。1991年深冬,在西安城里陪陈黎力读书的老母亲双腿因老年性病变,行走不便,无法支应买菜做饭的家务,妻子王翠英就进城代替老母亲,原下的小院便只剩下陈忠实一个人。陈忠实依然投入地写他的《白鹿原》,生活自己料理,自己打火做饭,洗锅刷碗。为图方便,王翠英走的时候给他擀下并切好一大堆面条,陈忠实吃饭时只需把面条下到锅里煮熟就行了;还留下不少馍,饿了在火炉上把馍烤得焦黄,陈忠实感觉味美无比。得着空闲,王翠英还回来给他送馍,同时再擀些面条。王翠英如果太忙,陈忠实便赶到城里家中,再背馍回原下。陈忠实感慨,自己与背馍结下了不解之缘,少年时为读书从乡下把馍往城里背,中年时为写作又把馍由城里往乡下背。

1991年农历腊月,王翠英最后一次回原下给陈忠实送面条和蒸馍。临走,送妻子出小院时,陈忠实说:"你不用再送了,这些面条和馍吃完,就写完了。"王翠英突然停住脚,问:"要是发表不了咋办?"陈忠实没有任何迟疑,仿佛考虑已久地说:"我就去养鸡。"王翠英没有再说话,转身出门，进城去了。

陈忠实给妻子说的长篇小说如果发表不了他就养鸡，不是一句随便说的话，他深思熟虑已久。《白鹿原》已经写了四年，到了这一年的冬天，快接近完成，胜利在望了。但是，有一个问题，陈忠实不能不认真考虑，那就是出版的可能性。用他的话说，他很清楚，他"弄下了一个什么"。在当时的文学环境里，能不能出版真是一个谁也说不准的问题。陈忠实就得从最坏处着想。他暗自决定，假若不能出版，不管是因为作品本身不够出版水准，还是因为出版政策的原因，他都不会继续过以写作为专业的生活了。四年期间没有稿费收入，生活很艰难。有一年，三个孩子相继上高中、上大学，暑假拿不出他们的学费。一位朋友听说后送来了两千块钱，这个朋友曾经跟他在乡下一块搞过文学，后来搞乡办企业赚了钱。陈忠实当时感觉，农民企业家真是厉害，两千块钱就给你摔在桌子上了。专业作家已经当了整整十年，摸上五十岁了，年过半百，就算老人了，写出的长篇小说出版不了，一个专业作家就得考虑自我调整。靠写作过不上像样的日子，那就以养鸡为专业或者说主业，而把写作只当一种爱好。

人都有思退路的时候。退路已经想好，陈忠实的心态反而更为沉静了。

乡村十年，除了创作《白鹿原》，他创作上的其他收获也是不小的。这十年中，他出版了六本书：

1982年7月，短篇小说集《乡村》由陕西人民出版社出版。印数：3000册。定价：0.66元。这也是陈忠实出的第一本书。

1986年6月，中篇小说集《初夏》由上海文艺出版社出版。印数：3400册。定价：1.95元。

1988年4月，中篇小说集《四妹子》由中原农民出版社出版。印数：5460册。定价：3.50元。

1991年1月，文论集《创作感受谈》由陕西人民出版社出版。印数：1500册。定价：3.15元。

1991年1月，短篇小说集《到老白杨树背后去》由陕西人民教育出版社出版。印数：4600册。定价：2.70元。

1992年12月，中篇小说集《夭折》由陕西人民出版社出版。印数：1000册。定价：4.75元。

六、从追踪政治与人到探寻文化与人

中国文学经过1970年代后期和1980年代初的思想反思与艺术转型，到了1980年代前期，作家的创作开始进入艰苦的艺术实践与艺术探索。

陈忠实创作的第二个时期，大约为1979年到1986年。这一个时期陈忠实的创作也在进行着突破前的艰苦探索。这个时期的创作特点，大致可以概括为从追踪政治与人的关系到探寻文化与人的关系。

1978年春天，陈忠实读了刘心武的短篇小说《班主任》，受到极大震动，他敏锐地感觉到：文学创作可以当作事业来干的时候终于到来了！这一年的10月，他由毛西公社调到西安市郊区文化馆工作，开始有目标地认真读书和思考，并把对生活的观察和思考提炼为小说作品，写了大量的短篇小说和中篇小说。

短篇小说《南北寨》（刊《飞天》1978年第12期），通过北寨的社员到南寨社员家里借粮引起的风波和故事，讲述了因两个村寨以支书为首的干部领导作风和工作思路不同，南寨主抓农业生产，北寨紧跟政治形势，坚持搞阶级斗争和两条路线斗争，热衷于写诗唱戏，不抓农事，导致了南、北两个村寨社员不同的生活境况和水平，南寨社员有粮吃反而被上级领导批评，北寨穷得借粮却被树为"样板"，小说意在批判极左政治思潮对农村社会和群众生活的破坏。

《小河边》（1979年）写了三个人物：一个是老九，搞科研的知识分子；一个是老八，走资本主义路线的当权派；一个是老大，原来是村支书，为大队围滩造田，被划成地主成分。"文革"后期，三人都无所作为，老九钓鱼，老八摸鱼，老大搬石头修河堤。小说重点写三个难友在困难时期互相激励的情谊。在周恩来总理逝世后，他们在小河边给总理遗像敬献鲜花，表达了特殊环境中几个不同身份的人共同的坚定的政治态度。

《幸福》（1979年）写幸福与引娣这两个同村的中学同学的故事，幸福为人实在，引娣喜欢弄虚，热衷于参加各种会议和学习班，喜欢在各种会议上代表贫下中农发言，表态积极，批判激烈。两个本来要好的同学有了分歧。谁是谁非？幸福劝导引娣，农民讲究实在的，可是引娣却因其所作所为入了党。公社原拟推荐幸福上大学，引娣揭发了幸福和她私下的一些言论，取而代之。后来幸福自己考上了大学。小说通过两个同学的为人和命运，揭示了扭曲的时代对人格的扭曲和对人物命运的捉弄，表明生活中最后的得益者还是老实人。

《徐家园三老汉》（1979年）描写徐长林、黑山、徐治安三个同年龄段的老汉，性格各异，"俩半能人"，都是务菜能手，同在大队苗圃干活。徐长林性子沉稳，智慧。黑山老汉是直杠子脾气。徐治安自私，有心计，人称"懒熊""奸老汉"。徐治安起初一心想来苗圃干活，想方设法来了，干活却不下力气，看园子时偷懒睡觉，让猪拱了菜园子。徐长林是老共产党员，帮助他，教育他，使徐治安有了大的转变。小说写农业集体化时期三个老农对待集体的不同心态和行为，把公与私的心理和诚与奸的人格联系起来写，是那个时代较为普遍的文学意识。陈忠实写了三个农村老汉，意在塑造三种不同的性格，此作在《北京文艺》1979年第7期发表后，受到称赞，陈忠实被誉为写农村老汉的能手。

《信任》（1979年）写时代转变时如何对待过去的矛盾和问题。小说中的主要人物有四个，第一个是"四清运动"中被补划为地主成分、年初平反后刚刚上任的村党支部书记罗坤，第二个是其子罗虎，第三个是"四清运动"的积极分子罗梦田，第四个是其子罗大顺。在当年的政治运动中罗梦田整了罗坤，罗虎觉得如今时代变了，为了报复，寻衅找碴打了罗大顺。子辈的打架事件是现时显在的矛盾，背后折射出的是父辈在过去政治运动中的恩怨情仇。如何对待今与昔的矛盾，罗坤的处理方法：一是看望并精心照顾被打的罗大顺，二是将打人的儿子交给派出所处理。罗梦田父子受了感化，全村人也更为拥戴罗坤。小说在当时普遍写历次政治运动给人心留下的深重"伤痕"的时代文学风潮中，另辟蹊径，表达了要化解矛盾、克服内伤、团结一心向前看的主题。

《七爷》（1979年）写生产队长没有人愿意当，主人公"我"只好当了，可是没有生产经验，一个被叫作"七爷"的富农分子则在向"我"汇报思想时夹上条子暗中帮助指导怎样抓农业生产。这个"七爷"原名田学厚，原来是田庄的农会主任、农业社社长、人民公社田庄大队的党支部书记，在"四清运动"中被错划为富农。陈忠实多年在农村基层生活和工作，他认为"四清运动"普遍打倒农村基层干部和农民中的积极分子，对农村社会破坏性极大。这篇小说着重写的，是一个在"四清运动"中被错划为富农的农村基层干部、农民积极分子在身不由己的困难环境中的积极作为。

《心事重重》（1979年）写老汉方老三的儿子准备结婚，女方提条件，要男方进了社办工厂才行。老汉只好去找公社林书记"走后门""塞黑拐"，起初送两斤点心一瓶酒被点名批评，后来送了两根木头就把事办了。老汉心事重重，不断进行自我道德谴责，借此表现社会风气变坏。

这一时期陈忠实的小说创作，总体特点是紧紧追踪时代的脚步，关注时代中政治与人的关系，注重描写政治与政策的变化给农村社会特别是农民生活、农民心理带来的变化，又通过农民生活特别是农民心理的变化来反映政治革新和时代变化。小说侧重塑造典型环境中的典型性格，在性格描写中，着重展示人物的道德品质。道德品质是那个时代对人物的一种强调和评判。

中篇小说《初夏》在陈忠实的创作中是一个里程碑，也是一个重要的过渡。里程碑是说这是他的第一部中篇，过渡是说这部小说既有以往写作的惯性延伸——如注重塑造新人，又有新的社会问题的发现和强烈的现实关怀。这部小说共十二万余字，是陈忠实写得最早的一部中篇小说，也是最长的一部中篇小说，发表却在中篇小说《康家小院》之后。《初夏》写的是改革开放初期一个家庭父与子的故事。离开还是坚守农村，只考虑个人前途和利益还是带领大伙走共同富裕之路，在人生选择问题上，父亲这个农村的"旧人"与儿子这个农村的"新人"发生了激烈的无法调和的冲突。父亲冯景藩，是冯家滩的老支部书记，他创办了家乡的第一个农业合作社，当年真诚地拒绝了当脱产干部转换身份的机会，几十年来一直奋斗在农村基层，把一切都献给了党在农村的集体化事业。如今，农村实行了家庭联产承包责任制，面对这一颠覆性的历史巨变，他觉得以前的工作白干了，努力白费了。特别是看着当年的同伴冯安国，此人曾和自己一同搞合作社，后来顶了自己让出的机会当了国家干部，一家人的日子从此过得要风得风，要雨得雨，很是舒心，而自家的生活不仅一仍其旧，而且受人欺辱。思前想后，他感觉自己忠诚地为集体化工作是吃了大亏，亏了自己也亏了家，从而有一种强烈的幻灭感。冯景藩的心理活动和精神状态极具时代的典型性。醒悟之后，他走冯安国的后门，决定让儿子到城里当司机，离开农村。不料，儿子冯马驹却重蹈他的覆辙，居然放弃了他多方奔走弄到的进城机会，决心留在农村创办农办工厂和副业，带领大伙"共同富裕"。这是一个中国社会历史转型初期的故事，陈忠实的思想观念和艺术观念也正在转变的过渡之中。他在与著名的写合作化题材的作家王汶石的通信中说，他写这部小说，期望"用较大的篇幅来概括我经历过的和正在经历着的农村生活"[①]，但他写得很艰难。陈忠实说："这是我写得最艰难的一部中篇，写作过程中仅仅意识到我对较大篇幅的中篇小说缺乏经验，驾驭能力弱。后来我意识到是对作品人物心理世界把握不透，才是几经修改而仍不尽如人意的关键所在。"[②]他于1981年元月写了《初夏》第一稿，写好后寄《当代》杂志编辑何启治，何认为"有基础"，对小说中冯景藩和彩彩这两个人物很感兴趣，希望陈忠实能"充分"写他们，基本肯定后提了一些意见退回让他修改；他再改后，《当代》主编秦兆阳阅后指出，"冯景藩等人物身上有很大潜力可挖掘"，让他再改。他在三年多时间里三次修改始得完成。《当代》杂志于1984年第4期刊载，后获1984年《当代》文学奖。陈忠实写冯景藩，集中笔力写的是这类人物在特定历史时期的"思想负担"和失落情绪。小说中写的这个人物是真实的，颇有时代的典型意义和相当的思想深度，也反映出作者对于生活的敏感。但是，陈忠实这时的艺术思维，受"十七年"文学影响所形成的心理定式还未完全冲破，他还习惯以对比手法塑造与"自私""落后"的冯景藩对立的另一面——乡村里的新人形象冯马驹。冯马驹是一个退伍军人，年轻的共产党员，对于进城他虽有犹豫，但最终还是心明志坚，主动放弃了进城机会，矢志以同村六十年代初放弃高考、回乡建设奋斗的冯志强为榜样，扎根农村，带头与青年伙伴一起改变农村的落后面貌，共同致富。冯马驹这个人物不能说现实生活中绝无仅有，但他显然是作者艺术固化观念中一个想象式的人物，缺乏历史的真实感和时代的典型性。

　　《初夏》以及陈忠实这一时期的相当一部分小说，如短篇小说《枣

[①] 陈忠实：《关于中篇小说〈初夏〉的通信》，见《陈忠实文集》第二卷，广州出版社2004年版，第492页。
[②] 陈忠实：《在〈当代〉完成了一个过程》，见《陈忠实文集》第六卷，广州出版社2004年版，第264页。

林曲》（1980年）、《丁字路口——南村纪事之三》等，都把青年人进城与留乡的行为选择、为公与谋私的个人打算作为衡量、评价人物的一个标尺，有时还给人物涂上或浓或淡的先进与落后的政治色彩，笔下自觉不自觉地对人物进行着高尚与低下的道德人格评判。在《初夏》中，与冯马驹有特别关系的两个农村女性人物，一个是嫌农爱城进而毁弃婚约的女教师薛淑贤，一个是暗地里爱着冯马驹矢志不移的乡村赤脚医生冯彩彩，也在这个标尺之下被衡量着。两人在道德人格上的孰高孰低，经过对比手法的描写，非常鲜明地表现了出来。而且，在陈忠实的《初夏》以及同类小说中，往往还表明了这样一个认识：农村的贫穷，主要是因为没有或缺乏好干部的领导。所以，陈忠实在多篇小说中，都在着力塑造好干部的形象。这样的好干部差不多都有着与冯马驹一样的性格特征：年轻，党员，公而忘私，能舍弃个人利益一心扑在集体事业上；肯吃苦，脑子也灵活，最终成为农村走共同富裕之路的带路人或榜样。由此表明，陈忠实这一时期的创作中，有一个顽强的思维定式，那就是塑造不同时期农村好干部的新人形象。这样一来，作者所塑造的人物性格，特别是正面人物形象和作者心目中的新人形象，都有着或浓或淡的某种既定概念的影子，人物往往只是表达概念的工具，而不是艺术的目的。所以，这些人物的性格在艺术上都显得比较单薄甚至纯粹，往往是非此即彼，缺乏性格的丰富性和复杂性，这在一定程度上反映了作者艺术思维的简单化，或者说受"十七年"文学观念的影响过深，思想缺乏必要的前瞻与超越。

《初夏》的艰难写作以及此一历史时期诸多社会和思想的变化引发了陈忠实的文学反思，他后来称之为思想和艺术的"剥离"。陈忠实于1982年的9至11月间，写了中篇小说《康家小院》，发表于上海文艺出版社主办的《小说界》杂志1983年第2期，这是陈忠实发表最早的一部中篇小说。陈忠实写这部中篇，至少受到两个外部因素的影响，一是1981年夏，他参加由《北京文学》组织的黄岛文学笔会后，去曲阜参观了三孔——孔府、孔庙、孔林，在那里，他对文化与人的关系深有感触，由此生发而孕育出了这部小说；二是路遥的中篇小说《人生》在《收获》1982年第3期发表后，他于当年的6月间读了，为其人生主题、人物的真实准确描写和艺术感染力而深受震撼，触动他深入思考文学如何写人。《康家小院》开始关注文化与人的内在关系。小说在写真实人物和真实人物命运的过程中，触及了文化与人的关系这一重大命题。陈忠实此后的小说不断触及这个命题，最后走向《白鹿原》并在《白鹿原》中全面地完成了他关于文化与人的文学思考。

中篇小说《最后一次收获》（1985年），写一个即将举家迁往城市而最后一次回到家乡收获庄稼的文化人的生活经历和人生感悟，该作深刻地融入了陈忠实自己的人生经历和生命体验。一般作者选择这样的题材，可能会简单地处理，写成一种抒情性的感慨之作。陈忠实显然不是一个仅仅喜欢抒发个人感慨的作家，他正面切入这个题材，"硬碰硬"地展开描写，而且进行了深入开掘，人物性格真实、准确、生动，乡土生活气息浓郁，是一部艺术魅力极强的小说。

写于1985年夏秋之季的《蓝袍先生》，探讨文化观念对人行为的影响，特别是传统礼教与政治文化对人的束缚。中华人民共和国成立前的徐慎行，是在乡村坐馆的私塾先生，思想上受到了封建礼法的束缚。新中国成立后的徐慎行，因为一次不自觉的言论——批评他的同学兼校长刘建国有些"好大喜功"，被打成"中右"分子，一顶右派帽子对他的思想特别是行为产生了巨大的影响。不敢言，不敢动，甚至主动提出与他心爱的同学田芳分手，还写出了恶毒咒骂田芳的信。其实，文化人的言行相对粗野之人显得有些"拘谨"，正是因为被"文"所"化"，他的内在思想和气质有一种"文"在支撑，是一种修养，一种已然内化为生命的精神气质，而非像只披了一件蓝袍那样的外在和简单。小说虽然以较长的篇幅写乡村的小知识分子，也触摸到了文化人的一些特点，但陈忠实对文人和知识分子还是多少有些隔膜，不如对农民那样了然于心，对文化人精神世界的把握还未能深入内里，多少有些外在和表面。由于把握不到位，写出来的蓝袍先生的性格，前后有些不够连贯，甚至有不太协调的地方。

写于1986年夏天的中篇小说《四妹子》，是陈忠实第一次从地域文化入手写人。小说描写来自陕北农村的女子嫁到关中乡村的生活，其爽快、敢作敢为的行为方式与关中人的因循守旧形成鲜明对照，也因此产生了陕北人的大刀阔斧风格与关中人的谨小慎微风格的冲突、陕北女子的性格与关中女人性格的冲突，以及因性格冲突引发的生活矛盾。《四妹子》鲜明地体现了陈忠实当时的一个认识：人的性格是由其文化心理决定的，而地域文化更是一种深厚的源远流长的文化，这种文化影响甚至塑造着一方人的文化心理，从而形成特定地域人的性格。人的文化心理不同，性格也就相异，思维方式、办事态度、行为习惯也就不一样，做事的结果当然也就不同。

从1978年到1986年，八年时间，陈忠实在时代巨变和文学演进的惊涛骇浪中，自觉不自觉地完成着自己的文学蜕变。文学是人学，围绕文学如何写人，他的一篇篇作品，一步一个脚印，清晰地显示出陈忠实步履维艰地从文学是狭隘政治的工具、是一时政策的传声筒中走了出来，走向了广阔的生活和文学。关键是，他认识到了文化与人的重要关系，也开始了文化与人的艺术探索与文学表现。

七、《人生》的"打击"与《康家小院》的"新生"

作家、文人是以其个性立足的。有些作家或文人，尽管可能同属于一个时代，一方地域，但是细察他们的作品，还是大有分别的。但是，在一定的因缘下，作家或文人也还喜欢结为团体。古代的文人，基本上是以志趣抱团，比如"竹林七贤"，他们性格各异，但在一个时段里志趣相投，这就是都崇个性，好山林。民国时期，那些现代作家或文人，多以社会思想、文学主张相近而结为团体，办报办刊，互相鼓吹，与世争锋，如"文学研究会"诸君，"创造社"诸人。当代作家也有团体，这种团体大多不是以个人的趣味和志向结合在一起，而是在党统一领导下的文学组织，比如作家协会。所以，作家协会内的各个作家，在个人性格、思想倾向和艺术趣味等方面都差异很大。在这样的体制内，各个作家在一个大的规划内进行组织化的文学生产，比如在有限的时段内被要求拿出几部作品。组织上会提出一个总的创作思想方向，视作品生产状况，组织发表或出版，组织讨论或宣传，组织评奖或颁奖等。如此进行的一系列的组织化行为，其目的还在于引导，为的是不出问题或不出大问题，从而保持文学思想上的相对统一性。这样的团体基本不问文学和艺术本身的问题，作家之间也缺少真正的文学交流和艺术对话。所以，关于文学和艺术本身的探索和思考，基本上都是作家个人的事。这样一种文学团体内的作家关系，虽然被称为"同志"，但实质上是一种同行关系。

这种同行关系，借用陈忠实一篇文章的题目来概括——"互相拥挤，志在天空"，比较恰当。2001年8月，中国作协第二届鲁迅文学奖揭晓，陕西的两位作家叶广芩和红柯榜上有名。作为省作协主席的陈忠实，欣喜之余，写了一篇祝贺性的文章，题为《互相拥挤，志在天空》在10月30日的《文艺报》刊发。一年后，陈忠实在六十岁生日之前，回答李国平的采访时，谈到了他写此文时的一些内心感受。陈忠实说："《白鹿原》离不开当时陕西文坛氛围的促进。我后来写过一篇文章叫《互相拥挤，志在天空》说的就是当时的文学氛围。那时候我们那一茬作家，几十个，志趣相投，关系纯洁，互相激励，激发智慧，不甘落后，进行着积极意义上的竞争。可以说每一个人哪怕一步的成功，都离不开互相的激励。"①这里所说的"志趣相投"恐怕只是就共同爱好文学而言，非指艺术趣味，而"竞争"与"激励"两个词，实为核心概念，也应该看作是陈忠实数十年身处共和国文学团体之内，对同行关系的积极意义上的真切感受。共一个团体，比如在陕西作协，陈忠实和路遥，互相之间的"竞争"与"激励"，与对方的人格与思想有关，更多的是与作品有关。陈忠实阅读同行特别是阅读同代作家的作品，用他的说法，对他的文学观念和文学创作具有某种"摧毁与新生"的作用。1982年5月，中国作协西安分会在延安举行毛泽东《在延安文艺座谈会上的讲话》发表四十周年纪念活动，分会主席胡采率领七八个刚刚跃上新时期文坛的陕西青年作家赴会，陈忠实为其中之一。这一年，陈忠实已届不惑。关于这一次去延安，陈忠实有一篇《延安日记》，还有一篇《万花山记》，后一篇其实也是一篇扩展的当作散文写的日记，都发表了。从陈忠实当时所记日记可以看出，他去延安和在延安的心情是兴奋的，轻松的。目的也很明确，是"寻根"来的。他们是5月6日出发去延安的，路上经过一个叫介子河的地方，介子河是共产党在陕北时期红区与白区的分界线。同车坐了四位老作家，"都是二十上下从秦晋两地的乡村奔到延安寻求光明和进步的青年"，其中一个是杜鹏程，一个是王汶石，两位老作家看到介子河，都激动地话起当年。陈忠实在这一天日记的末尾，感慨地写道："我来到这个世界的时候，正是老一代共产党人在延安处境最困难的时候。我是属于第一代享受革命胜利成果的青年。我切切感到，今天去延安，在我，是'寻根'来的。"5月8日，参观王家坪。陈忠实在日记中写道："参观完延安革命纪念馆，站在王家坪的坪场上，我在思索'革命'这两个字的含义。"5月9日，参观杨家岭。日记中写道："这是杨家岭，两壁土墙围成的小院，一幢灰砖砌成的小楼，上刻'中共中央办公厅'。

---

① 陈忠实：《关于45年的答问》，载《陕西日报》，2002年7月31日。

哺育了一代又一代中国无产阶级艺术家的《讲话》，毛主席就是在这里演讲的。"5月10日，"坐在延安剧院里看历史文献片《延安散记》"。5月16日，去万花山，参观花木兰故里，感叹"万花山美，牡丹花美，万花山的传说更美"。

这一次去延安，作为一个共产党员除了"寻根"之外，对作家陈忠实影响或者说是震动最大的，当是路遥《人生》发表这一件事。不过，陈忠实的"延安日记"中对此事没有记载。多年以后，他回忆了此事，谈到当时对自己的"震动"。

胡采主席带着赴会的包括陈忠实在内的几个青年作家，散居于陕西各地，平时难得相聚，如今一见，便在参观路上，吃饭桌上，抓紧时间交流。晚上，他们喜欢聚在某一个人的房间，谝着闲传，同时也交流创作信息，议论新发表的小说。这几个人中，路遥谈得最多。有一天晚上，路遥说他的一个中篇小说《人生》将在《收获》杂志第3期发表，这一个月即五月份就会出来。路遥先向大家介绍了这部小说的梗概，又讲了《收获》责任编辑对这部中篇的高度评价。《收获》杂志，是中国文学的名牌刊物，作为一个青年作家，能在上边发表一个中篇小说，而且评价又是如此之高，确实是一件喜事，也是一件了不得的事。而且，几位青年作家都是文学行内之人，一听路遥所述的小说故事梗概，便能感到其中的分量和某种文学突破的意义。陈忠实记住了《人生》，着急想看，但在延安没有找到。

纪念《讲话》的活动结束，陈忠实一回到灞桥镇，当天就到文化馆，拿到馆里订阅的第3期《收获》。然后迫不及待地回到自己的房间，一屁股坐在椅子上就没有起来，几乎是一口气读完了这部十多万字的中篇小说《人生》。读完之后，陈忠实坐在椅子上，"是一种瘫软的感觉"，这种"瘫软的感觉"不是因了《人生》主人公高加林波折起伏的人生命运，而是因为《人生》所创造的"完美的艺术境界"。

这是一种艺术的打击。陈忠实很受震撼，他当时创作激情正高涨着,读罢《人生》之后,却是一种几近彻底的摧毁。此后连续几天,陈忠实一有空闲便走到灞河边上,或行或坐,却没有一丝欣赏的兴致,思绪翻腾,不断地反思着他的创作。《人生》中的高加林,在陈忠实所阅读过的写中国农村题材的小说里,是一个全新的人物形象。高加林的生命历程和心理情感,是包括陈忠实在内的乡村青年最容易引发共鸣的。陈忠实真诚地认为,《人生》是路遥创作道路上的里程碑,也是中国当代小说史上的里程碑。

《人生》发表之后,引起了热烈的反响,说成"轰动"也不为过,一时洛阳纸贵,人们争相阅读,文学界也是好评如潮。陈忠实周六骑自行车回西蒋村老家的路上,遇到了中学时一位也喜欢文学的同学,这个同学见了他,挡住去路,问他:"你咋没有写出《人生》?" 1982年,路遥三十三岁,比陈忠实小七岁。陈忠实明晰地感觉到了他和这位比他小七岁的同行之间在创作上的距离。

陈忠实在灞河沙滩和长堤上的反思是冷峻的。他重新思考怎样写人。思考的结果是,人的生存理想,人的生活欲望,人的种种情感情态,只有准确了才真实。而一个真实的人物形象,可以超越时空,不受生活地域文化背景以及职业的局限,可以和世界上一切种族的人交流。

这一年,从 9 月 18 日起,至 11 月 3 日止,由秋入冬,陈忠实凭着在反思中所形成的新的创作理念,写成了他的第一个篇幅不大的中篇小说《康家小院》。此作后来在上海的《小说界》1983 年第 2 期发表,并获得了《小说界》首届文学奖。需要说明的是,陈忠实写的最早的一部中篇小说是《初夏》,1981 年初动笔,比《康家小院》早,但是《初夏》他写得很苦,几经修改,直到 1983 年才写完,后刊《当代》1984 年第 4 期,发表也是在《康家小院》之后。

《康家小院》是一部写人的作品。以人为本,人是中心,也是重心。小说的核心人物有四个:农民康田生,康田生的儿子康勤娃,勤娃的新媳妇吴玉贤，冬学教员杨老师。康家小院的故事就在这四个人中间展开。康田生，是一个老实、厚道、本分的男人，生活教给他的，一是忍耐，二是倔强。所谓倔强，并不是与人过不去，而是硬撑着不被生活压垮。他三十岁上死了女人，留下两岁的独生儿子勤娃，靠给人打土坯挣钱，谋算着能续上弦。十几年过去，弦没有续上，儿子勤娃成人了。勤娃也是一个老实、厚道、本分的男人，"生就的庄稼坯子"，也跟着父亲给人打土坯。乡邻吴三看上这父子俩的厚诚和实在，想着这样的人家是不会亏待人的，主动提出把女儿玉贤嫁给勤娃。接着新中国也成立了，新政权建立的同时，康家小院也终于有了女人，一个普通农家的生活自此有了生机。玉贤孝敬公公，心疼勤娃，勤娃爱着玉贤，拼命打土坯挣钱，想着把日子过得更好。新政权给村上派来了冬学教员，教妇女认字学文化，当然，也传授新思想：妇女解放，男女平等，婚姻自由，同时介绍一些外面的世界包括世界上的大事，如苏联妇女和男人一样上大学啦，在政府里当官啦，等等。十八岁的漂亮新媳妇玉贤，遇上了二十岁左右的长着白净脸膛的冬学教员，被其所带来的新生活气息迷惑，也被其迥异于农民勤娃的文化气质迷住。就在玉贤迷迷糊糊之时，这个冬学教员趁着在康家吃派饭的机会，与玉贤有了私情。面对这样的事，十八岁的"庄稼坯子"勤娃的反应一是无论如何想不通，二是怒火万丈，康田生则是张皇无措。老实的康家父子在勤娃舅父的劝导下，明白此种家丑只能捂住，然后就只能是忍，继续过日子。出人意料却也符合人物性格逻辑的是，玉贤在挨了丈夫勤娃的打骂、父亲吴三的打骂、母亲苦口婆心的生活劝导之后，却去找杨老师，希望他能给她一句靠得住的话，她就和勤娃离婚，和"可亲"的杨老师结婚。此时县文教局已经风闻杨老师的问题，正在派人查他，这个宣讲婚姻自由的冬学教员面对天黑来访的玉贤，显出了叶公好龙的本相，唯恐躲避不及，说他与她不过是玩玩。这里有意味的是，当被启蒙者真的觉醒后，"启蒙者"却以自己的行为否定了自己的"启蒙"之说。小说对玉贤的心理刻画相当深入,她本来是按农村传统的生活方式和生活观念生活,一切都相安无事,但与冬学教员相遇之后,接受了一些文化教育或者说是简单意义上的思想"启蒙",她精神深处某些沉睡的意识开始觉醒。还没有等她完全想明白就经历了一系列的突然事变,她一下子陷入了亲人的痛责之中。但她还是坚持按自己觉醒后发现的一点精神亮光勇敢地向前摸索,结果却发现是黄粱一梦。经历了这一切,她有所觉悟,觉得自己错了,应该悔过。她又去找勤娃,觉得"死了也该是康家的鬼"。玉贤由精神的某种程度的觉醒,到经历了人生的痛苦和迷乱,而后又有所觉悟,历经生活的否定之否定之后,从人生轨迹来看,似乎是画了一个圆又回到原点,其实她是在精神上跃向了新的层面,看到了生活的本相,也真切地认识到了自己人生的位置。小说是一个悲剧,吴玉贤的悲剧是双重的:没有文化的悲剧和文化觉醒之后又无法实现觉醒文化的悲剧。勤娃的情感经历了深爱与大恨,生命情态从勤谨到发狂再到隐忍,都是性格使然,生活使然。所以说,这部小说写的是人,主题是人生。

《康家小院》叙事从容,人物语言是地道的生活用语,极具表现力,小说准确地写出了不同人物的生活态度、不同人物的心理变化过程及其性格特点,真实地再现了二十世纪五十年代前后特别是新中国成立初期的农村生活氛围,那些人物,那些人物的心理和观念,那些生活,都是特定时代才有的,给人一种文学活化石的感觉。2009年10月25日,上海文艺出版社副总编、《小说界》主编魏心宏来西安公干,陈忠实晚上在荞麦园请其吃饭交流,魏心宏提起了《康家小院》,称赞这部小说内蕴丰厚,说过了多少年回头再看,还是有持久的艺术魅力,如果拍成电影,容量恰好,内容也非常精彩。

陈忠实读了路遥的《人生》,受到沉重的艺术"打击",从而促使自己进行艺术上的深刻反思,进入新的境界,更上层楼,这也许就是同行之间"竞争"与"激励"的积极结果。

八、生命的警钟与"枕头工程"

1986年,陈忠实四十四岁。这一年,陈忠实很清晰地听到了生命的警钟。

这生命的警钟并不仅仅是在这一年敲响。早在1981年,他临近四十岁的时候,就已经有了一种人到中年的强烈的紧迫感,他考虑着要在文学上寻求一种更大的突破,只有如此,才能不辜负自己。

四十四岁这一年,生命的警钟再次敲响,而且是那样的强烈。四十四岁,是生命的正午。已过不惑,迫近知天命之年。陈忠实遥望五十岁这个年龄大关,内心忽然充满了恐惧。他想:自己从十五岁上初中二年级起开始迷恋文学至今,虽然也出过几本书,获过几次奖,但倘若只是如以前那样,写写发发一些中短篇小说,看似红火,但没有一部硬气的能让自己满意也让文坛肯定的大作品,那么,到死的时候,肯定连一本可以垫棺材做枕头的书也没有!而且,到了五十岁以后,日子将很不好过。这种"不好过",乃心理压力,乃一个作家特别是专业作家将要承受的心理和责任的压力,没有一部硬气的作品,不要说对世人交代,关键是如何对自己交代?陈忠实此时的心境,倒确实有一些"昨夜西风凋碧树,独上高楼,望尽天涯路"的况味。

也是在1986年,三十七岁的路遥在这一年的夏天,完成了他的第一部长篇小说《平凡的世界》第一部的创作。这一年的11月,广州的《花城》杂志在第6期刊载了这部长篇小说;12月,北京的中国文联出版公司出版了该书的单行本。陈忠实与路遥同在作协大院工作,都是专业作家,路遥的创作情况如果对陈忠实一点触动都没有,似乎不大可能。但已经四十四岁的陈忠实,对于文学创作,有自己的体会和见解。

他认为，创作是作家的生命体验和艺术体验的展示；别的作家的创作，写的是别的作家的生命体验和艺术体验。羡慕也好，嫉妒也好，对自己的创作都毫无用处，关键是，要寻找属于自己的句子。对自己来说，也不能视文友们的辉煌成果而感觉压力在顶，心理要平衡，心态要放松。

1985年8月20日至30日，中国作协陕西分会在延安和榆林召开长篇小说创作促进座谈会。陈忠实和路遥、贾平凹、京夫、王宝成、李小巴、王绳武、董得理、任士增等三十多位作家和评论家与会。召开这个会议的起因，是连续两届"茅盾文学奖"评奖，陕西省都推荐不出一部可以参评的长篇小说，所以要开会促进一下。会议讨论了国内长篇小说的发展状况，深入分析了陕西长篇小说创作落后的原因，制定出三五年内陕西长篇小说创作发展的规划。会上，有几位作家当场表态要写长篇小说。会后,路遥就留在了延安,开始写《平凡的世界》第一部。陈忠实在会上有一个几分钟的简短发言，一是明确表态，尚无写长篇小说的丝毫准备，什么时候写，也没有任何考虑；二是谈了阅读马尔克斯长篇小说《百年孤独》的感受，认为如果把《百年孤独》比作一幅意蕴深厚的油画，那么他迄今为止所有作品顶多只算是不大高明的连环画。

没有想到的是，当陈忠实回到西安写他构思已久的中篇小说《蓝袍先生》的过程中，一个若有若无的长篇小说的混沌景象却不断地撞击着他的心，就此萌发了创作一部长篇小说的念头。

1985年的8月底到11月间,天气转凉,陈忠实动笔写《蓝袍先生》。在此之前，陈忠实的小说创作基本上是紧密关注并且紧跟当下的现实生活，有几篇小说涉及中华人民共和国成立前，如《康家小院》《梆子老太》等，基本上都是作为一种故事背景简单提及，重在描写现实生活，而这一部中篇小说写的是一个有一定历史内涵的"历史人物"。蓝袍先生徐慎行的性格和命运从中华人民共和国成立前延伸到中华人民共和国成立后，在描写人物的性格和心理、展现人物命运的时候，特别是发掘这个特意把"耕读传家"的"耕读"二字调换成"读耕"——亦读亦耕的人家的时候，这个悬挂"读耕传家"匾额的门楼里幽深的宅院以及这个宅院所能折射出的隐秘的民族文化心理，那历史深处某些重要而神秘的春光乍泄，让陈忠实久久凝目沉思。仿佛一个急着赶路的人，眼光一直盯着前面和脚下，未曾歇脚，未曾回首来时的路；偶尔一回顾，倒让陈忠实暗暗大吃一惊。身后的风景居然还有那么多迷人之处，而且，身后的更远处，迷茫的历史烟云飘忽不定，脚下的路正从那里遥遥伸展而来。"暮从碧山下，山月随人归。却顾所来径，苍苍横翠微。"仿佛黑暗的夜空突然燃起了一束明亮的火花，陈忠实心里一亮，那"苍苍横翠微"之中有着创作的巨大宝藏。这里曾经是自己忽略的。但是，理不清来路，就不知道去路。由此引发了他对民族命运这一个大命题的思考。陈忠实决定用五六年的时间继续这一思考。

1987年8月，陈忠实到长安县查阅《长安县志》和有关党史、文史资料。有一天晚上，他与笔名叫李下叔的《长安报》编辑记者李东济在旅馆，一边喝酒吃桃一边闲聊。两人说得投机，陈忠实第一次向外人透露了他创作《白鹿原》的信息。说到后来，陈忠实谈起自己艰难而又屡屡受挫的创作历程，叹说自己已经是四十五岁的人了，说一声死还不是一死了之，最愧的是爱了一辈子文学写了十几年小说，死了还没有一块可以垫头的东西呢。关中民俗，亡者入殓，头下要有枕头，身旁还要装其他物什，这些东西，有时是由死者生前准备或安排妥当的。陈忠实说："东济，你知道啥叫老哥一直丢心不下？就是那垫头的东西！但愿——但愿哇但愿，但愿我能给自己弄成个垫得住头的砖头或枕头哟！"①也就是说，弄不下个像样的能给自己交代的作品，

---

① 李下叔：《捡几片岁月的叶子——我所知道的〈白鹿原〉写作过程》，载《当代》，1998年第4期。

陈忠实大有死不瞑目的恐惧。

李下叔用"豪狠"来概括陈忠实的气性,陈忠实觉得"豪狠"这个词很得劲,也很对他的心思。他写《白鹿原》,应该说使的就是这个"豪狠"劲。

第五章 《白鹿原》问世

一、"寻根"与"挖祖坟"

二、"作家"与"书记"之间

三、在踏勘、访谈和读史中获得灵感

四、保全真实感受的固执

五、倾其生活、艺术和勇气的全部而为之

六、"咋叫咱把事给弄成了!"

七、《白鹿原》的出版

人民文学出版社《白鹿原》初版本书影

2010年，天津，与蒋子龙

一、"寻根"与"挖祖坟"

　　一个作家的创作,既有自己长期追寻的艺术目标,也受时代文艺思潮的影响而有所转向或调整。当代中国作家艺术探索上的一个显明特点,就是比较关注时代政治思潮和文艺思潮的发展方向,力求与时代保持一致而避免落伍。1980年代中期,当陈忠实觉得需要一个"枕头"而在创作上酝酿重大突破时,他觉得很有必要开阔自己的文化视野,同时寻求艺术参照的坐标,以避免盲目的摸索而误入歧途。他有方向地进行大量阅读。这个时期他的阅读主要分为两个方面,一个是当时广被介绍的拉美文学以及捷克作家米兰·昆德拉,一个是国内的"寻根"文学创作以及有关的文艺思潮。阅读给他带来了思想和艺术上的重大启迪。在这种阅读过程中,文化的比较和文学的借鉴,使他逐渐明确了他要追寻的艺术目标。

　　马尔克斯的《百年孤独》是陈忠实重点阅读的一部拉美文学作品。1984年3月,陈忠实参加中国作协在河北涿县召开的"全国农村题材创作座谈会"期间,看到《十月》杂志副主编、作家郑万隆在开会期间校对《十月》"长篇小说专刊"拟刊发的《百年孤独》文稿,就想先睹这部1982年刚刚获得诺贝尔文学奖的拉美作家作品。此时《百年孤独》还未正式出书。会后,郑万隆把刊有《百年孤独》的《十月》①寄给了陈忠实。这一辑《十月》"长篇小说专刊"于1984年3月出版，《百年孤独》由高长荣翻译，同期还刊发了两篇文章，一篇是由张永泰翻译、赵绍天校注的马尔克斯在瑞典文学院接受诺贝尔文学奖时的演说《拉丁美洲的孤独》，一篇是译者高长荣写的评介性文字《魔幻现实主义作家加西亚·马尔克斯和他的〈百年孤独〉》。陈忠实读到这部《百年孤独》应该在1984年3月之后，他是中国当代作家中最早读到这部作品并深为沉迷也受其影响的作家之一。《百年孤独》1982年获得诺贝尔文学奖。由北京文艺出版社出版的高长荣翻译的《百年孤独》单行本于1984年9月出版。"寻根文学"的发起人之一韩少功后来回忆说："我记得，在1984年杭州会议之前，我们已经从报纸上看到了拉美作家加西亚·马尔克斯获诺贝尔奖的消息，看到了有些新闻中对他的评介。不过，当时他的作品还没有中译本，我想没有任何中国作家读过他的作品。在杭州会议上据我的记忆，谈论马尔克斯的并不多，更没有什么人提到美国小说《根》。参与者当时主要感兴趣的还是海明威啊，萨特啊。"②这个"杭州会议"是1984年12月开的，《百年孤独》已经出版，很多作家没有看见单行本倒是可能的，但北京十月文艺出版社出版的载有《百年孤独》的《十月》在文学界应该有不少人看到。

　　陈忠实一接触奥雷连诺那块神秘的"冰块"，就获得了一种全新的艺术感受，惊奇得不由自主地吟诵起来。在对马尔克斯的叙述形式、

---

① 这一辑的长篇小说专刊应该是《长篇小说·〈十月〉专刊》的总第三辑。但这一辑的封面刊名与前两辑不同，前两辑也就是总第一辑、总第二辑于1983年出版，封面是《长篇小说·〈十月〉专刊》，每辑标有"1""2"这样的期数。总第三辑这一辑于1984年3月出版，封面刊名是《长篇小说》，没有了"《十月》专刊"字样，而是署了"北京十月文艺出版社"字样，也没有标明期数，只是在内文目录中注明为"长篇小说""总第三辑"。据介绍，至少这一辑当时不是由邮局发行，而是由新华书店发行的。

② 王尧：《1985年"小说革命"前后的时空——以"先锋"与"寻根"等文学话语的缠绕为线索》，载《当代作家评论》，2004年第1期。

叙述节奏还未完全适应的时候,陈忠实已经十分专注地沉入一个陌生而神秘的生活世界和陌生而又迷人的语言世界。

《百年孤独》的阅读对陈忠实还有一个重要的影响,那就是他把眼睛和兴趣从此前着迷的苏联文学上转移了。转益多师,与更多的大师和范围更广的经典对话和交流,使陈忠实的艺术视野更为开阔了。

这一个时期,陈忠实非常关注拉美魔幻现实主义的作家和作品,尤其是介绍或阐释魔幻现实主义的资料。在《世界文学》1985年第4期上,他看到魔幻现实主义的开山大师、古巴作家阿莱霍·卡朋铁尔的中篇小说《人间王国》,此作被认为是魔幻现实主义的首创之作。同期杂志还配发了林一安的评论《拉丁美洲"神奇的现实"的寻踪者》,这是一篇介绍拉美作家的创作特点特别是卡朋铁尔创作道路的文章,陈忠实读后才对魔幻现实主义的创立和发展有了一个较为清晰的了解。对陈忠实富有启示意义的,是卡朋铁尔艺术探索的传奇性历程。卡朋铁尔创作之初,受到欧洲文坛各种流派尤其是超现实主义的极大影响。1928年,他远涉重洋来到超现实主义的"革命中心"法国,"但是八年漫长的岁月却仅仅吝啬地给予卡彭铁尔写出几篇不知所云的超现实主义短篇小说的'灵感'"。卡朋铁尔在失望之余,意识到自己以及其他拉美青年作家若要有所作为,必须彻底改变创作方向,"拉丁美洲本土以及她那古朴敦厚而带有神秘色彩的民族文化才具有巨大的迷人魅力,才是创作的源泉"。卡彭铁尔深刻地进行了自我批评:"我认为,我为超现实主义效力是徒劳的,我不会给这个运动增添任何光彩。我于是产生了反叛情绪,感到了一种力图表现美洲大陆的热切愿望。"他回到古巴之后,立即遍访拉美各国。1943年,又深入海地这个拉美唯一的黑人国家,深为所迷,经过五年多的呕心沥血,写出了别开生面的《人间王国》。作品于1949年发表后,在拉美引起巨大反响,并在欧美文学界受到热烈欢迎,被小说史家称为"标志着拉丁美洲作家从此跨入了一个新的时期"。并且,《人间王国》所用的"神奇的现实"

创作手法还启发和影响了后来的魔幻现实主义小说。卡朋铁尔对陈忠实启示最深的一点，是陈忠实对自己乡村生活的自信被击碎了。陈忠实感觉自己对于乡村生活知道得太狭窄了，只知当下，不知以往，遑论未来。他意识到，对于一个试图从农村生活方面描写中国人生活历程的作家来说，自己对这块土地的了解太浮泛了。

从卡朋铁尔进入海地这一文学事件中，陈忠实体悟到必须把目光再从外国大师那里切换到自己民族的生存现实和文化土壤上，回归本源，才能"寻找"到"属于自己的句子"。关注本土，也能产生好作品和大作品，也能创作出令世人瞩目的不朽之作。而此时在国内文学创作中出现的"寻根文学"和文艺思潮中所阐发的"文化—心理结构"理论，同时对陈忠实产生了重大的思想影响。他把卡朋铁尔进入海地、"寻根文学"和"文化—心理结构"理论三者融会贯通，发现它们有共通的文学和文化指向，这就促成了陈忠实的一个行动，去西安周边的长安、咸宁（明清时与长安县并为陕西西安府治，民国并入长安县）、蓝田三个县查阅县志、地方党史及有关文史资料。不经意间获得的大量的民间轶事和传闻，使他关于一个新的长篇小说的胚胎渐渐生成，渐渐发育丰满起来，他感到真正寻找到"属于自己的句子"了。

深处内陆的陕西，有着几千年历史文化的沉积，再加上后来的延安红色文化传统，思想和文化上常常自成一体，较少受欧风美雨等"洋派"文化的影响。这一方地域的文化氛围和文学环境更为重视也更为强调历史和传统，因之，所谓的"现代派""先锋派"文学在这里并不时兴。以陈忠实、路遥、贾平凹、邹志安等为代表的当时陕西中青年作家的中坚，出身乡村并长期在乡村生活，后来因为读书或从事文学而进入城市，但在文化和格调上并不能与城市文化融合，其人生阅历和文化背景所形成的文化心理结构，更多的是面向当下或面向历史。从陈忠实、路遥、贾平凹、邹志安这几位代表性作家的创作看，二十世纪八十年代中期以前，他们的文学创作基本以农村为题材，创作方法基本上都是现实主义。1984年3月的涿县"全国农村题材创作座谈会"上,大会安排有路遥发言,据陈忠实回忆,路遥还是强调现实主义创作自有其非凡的现实性和生命力。陈忠实回忆说,这次会议"讨论的话题已不局限在农村题材,很自然地涉及整个文学创作,即二十世纪八十年代中期文学创作的现状和走向。其中现代派和先锋派的新颖创作理论,有如白鹭掠空,成为会上和会下热议的一个话题","在大会安排的发言中,我听到路遥以沉稳的声调阐述他的现实主义创作主张,结束语是以一个形象比喻表述的:'我不相信全世界都成了澳大利亚羊。'那个时候刚刚引进来澳大利亚优良羊种,正在中国牧区和广大乡村推广,路遥的家乡陕北地区素来习惯养羊,是陕西推广澳大利亚羊的重点地区。"路遥"沉稳的语调里显示着自信不疑的坚定,甚至可以感到有几分固执"。①路遥以"澳大利亚羊"这样的"洋羊"喻"现代派""先锋派",以"陕北山羊"指代他所崇尚并坚持实践的"现实主义"。路遥的发言说的是文学上的真理,也是常识,但在当时的中国,在一个长期强调追随潮流、不随潮流就被说成是落伍或者是落后的文化环境里,说这样一番话却是需要巨大的勇气的。1986年春天,《当代》杂志年轻的编辑周昌义在西安拿到路遥的《平凡的世界》第一部,没有看完就退稿了,主要的原因就是认为该作读起来感觉"慢""罗嗦","故事一点悬念也没有,一点意外也没有"。而那个时期,"伤痕文学过去了,正流行反思文学,寻根文学,正流行现代主义",他认为这种现实主义的老套路不时兴了,没有市场,"当时的中国人,饥饿了多少年,眼睛都是绿的。读小说,都是如饥似渴,不仅要读情感,还要读新思想、新观念、新形式、新手法。那时候的文学,肩负着思想启蒙,文化复兴的任务,不满足读者标新立异的渴求,就一无是处"。②所以,涿县会议上,听了路遥讲话的陈忠

---

① 陈忠实:《寻找属于自己的句子》,上海文艺出版社2009年版,第42、第43页。
② 参见周昌义:《从文坛是个屁开始、当年毁路遥》,载《西湖》,2008年第1期。

实接着说,"我更钦佩他的勇气,敢于在现代派先锋派的热门话语氛围里亮出自己的旗帜,不信全世界只适宜养一种羊"。而这里的关键是,陈忠实自己也坚信现实主义,"我对他的发言中的这句比喻记忆不忘,更在于暗合着我的写作实际,我也是现实主义写作方法坚定的遵循者,确信现实主义还有新的发展天地,本地羊也应该获得生存发展的一方草地"。①

还有一点也很关键,在 1985 年前后,陈忠实在坚持现实主义文学信念的同时,也意识到传统的现实主义写作方法需要有所变化。所以,他接着这样说,"然而,就现实主义写作本身,尽管我没有任何改易他投的想法,却已开始现实主义写作各种途径的试探,这从近两年的中短篇小说尤其是中篇小说的写作上可以看出变数","涿县会议使我更明确了此前尚不完全透彻的试探,我仍然喜欢现实主义创作方法,但现实主义写作方法必须丰富和更新,寻找到包容量更大也更鲜活的现实主义"。②路遥的创作坚持的是现实主义创作方法,但他的眼光,已经从乡村转向了城市交叉地带。邹志安的创作,后来也开始进行"爱情心理探索"。贾平凹的创作,在那一个时期,则与"寻根文学"遥相呼应。陈忠实这个时期的创作和艺术思维,除了在方法上注重借鉴魔幻现实主义,他关注生活和人的焦点,也由当下的现实转向历史的来路,转向了那个曾被他忽略了很多年的中华人民共和国成立前,转向了清末以来的民国时期和国共纷争的历史烟云。对陈忠实来说,这是一个重大的里程碑式的转变。在这里,陈忠实的创作与"寻根文学"有了某种牵连。

"寻根文学"出现于二十世纪八十年代中期。1985 年前后的中国文学,是一个转折点。此前,自新时期以来,中国文学形势总体上是

---

① 陈忠实:《寻找属于自己的句子》,上海文艺出版社 2009 年版,第 43 页。
② 陈忠实:《寻找属于自己的句子》,上海文艺出版社 2009 年版,第 43 页。

以伤痕、反思、改革这样的潮流一浪一浪地向前推进着，千帆竞发，百舸争流，但都行驶在一条文学的河道上。而到了1985年，出现了拐点，出现了分流，出现了各自不同的追求，所谓"三春去后诸芳尽，各自须寻各自门"。其中重要的是两个思潮，一个是"先锋"，一个是"寻根"。一个向前求索，一个向后探寻。一个前瞻，一个后顾，正像一个人在路上，开始只是闷着头急急地赶路，到了岔路口，去向未明，需要前瞻后顾一番，很合情合理。

"寻根文学"在新时期文学经历了关注当下现实生活的伤痕、反思、改革这些文学潮流之后，在对从西方不断移植文学观念和方法的"现代派"进行仔细打量之后，一方面力求与现实生活拉开距离，一方面把焦点对准本土，但是这种聚焦，目光更远。它从文化的角度，力图重新梳理和思考民族生存和发展的"根脉"。举凡远古时代的风土人情，富有地域特色的民间文化，都成为寻根文学关注的对象。长期以来，宏大的主流意识文化浪潮滚滚，"寻根文学"冀望通过那些被边缘化或被遮蔽的远古文化和民间文化的探寻，捕捉历史积淀下来的传统民族心理和民族性格。1985年4月，韩少功在《作家》杂志第4期上发表了《文学的根》，他说："文学有根，文学之根应深植于民族传统文化的土壤里，根不深，则叶难茂。"他提出，应该"在立足现实的同时，又对现实进行超越，去揭示一些决定民族发展和人类生存的谜"。他还深入分析说，"乡土中所凝结的传统文化，更多地属于不规范之列。俚语，野史，传说，笑料，民歌，神怪故事，习惯风俗，性爱方式等等，其中大部分鲜见于经典，不入正宗，更多地显示出生命的自然面貌。它们有时可以被纳入规范，被经典加以肯定。……反过来，有些规范的文化也可能由于某种原因，从经典上消逝而流入乡野，默默潜藏，默默演化。……韩少功同时也指出，这样的文学寻根"丝毫不意味着闭关自守，不是反对文化的对外开放，相反，只有找到异己的参照系，吸收和消化异己的因素，才能认清和充实自己"。这种文化寻根主张得到李陀、郑万隆、阿城等作家的赞同。他们的文章，都提出了文学与文化的重要关系，要求文学把目光从浪花荡漾的社会层面透视到水面之下潜流滚滚的文化层面，进而发掘我们民族文化的根。

与理论和观念相呼应，这一时期，寻根派作家写出了一大批作品。这些作品或写边民的原始气息，或写山野的古风民俗，或者写道家文化滋养下的人格精神，令人耳目一新，也形成了较大的影响。

陈忠实最初对寻根文学是极为关注的，并且有一段时间进行跟踪和研究。可是，他很快发现，"寻根文学"的方向有问题，它后来越"寻"越远，离开了现实生活。陈忠实认为，民族文化之根应该寻找，但不在深山老林和荒蛮野人那里，而应该在现实生活中人群最稠密的地方。

1986年，陈忠实一方面到蓝田县、长安县查阅当地的县志、中共党史和其他文史资料，一方面与村子里的祖父辈的老人拉话，希望能从老人口中完成他对自己所在村子以及白鹿原和关中的进一步了解。他或者上门到别人家里，或者请人到自己家里，让老人们随便谈。白嘉轩这个形象就是在与他们陈姓门中一个老人交谈中得以启示形成雏形的。在断断续续的两年时间里，在这种与老人的交谈和史志的阅读中，陈忠实感觉自己的思维和情感逐渐进入了近百年前的属于他的村子，他的白鹿原和他的关中。他很清醒，他不是在研究村庄史和地域史，他是要尽可能准确地把握那个时代的人的脉象，他们的文化心理结构形态。他要通过历史人物不同的文化心理结构形态，来透视当时的政治、经济以及道德的多重形态。还有一点，他尤为看重，那就是当时代发生重大变故的时候，面对新的观念和新的价值观的冲击，具有不同文化心理结构的人会发生怎样的裂变。他相信，不同人物不同的裂变过程及其心灵轨迹，既显示着不同人物的个性，也清晰地传递着历史演变的信息，更重要的是，它揭示着一个民族深层文化心理的秘密。既重视文化，重视脚下土地的文化，正在发生和曾经发生的文化，主流文化，主体文化，又重视诸种文化如何在历史的演变过程中和时代巨浪的冲击之下积淀为人的心理结构，积淀为不同人的不同心理结构。观其象，有表有里；察其变，有静有动。正是在这一点上，陈忠实的文学观察与思考，同一般意义上的"寻根文学"拉开了距离，而有了自己的特点和深度。

西安是古都，历史上曾有大小十三个王朝在这里建都。西安周围的八百里秦川大地称为关中。这里历史悠久，文化积淀深厚。1990年1月6日，陈忠实在为他的家乡编的一本《灞桥区民间文学集成》作序时，把他对这块土地和土地上的人的认识和理解简明扼要地写了出来。灞桥地区旧属咸宁县，他说："作为京畿第一邑的咸宁，随着一个个封建王朝的兴盛走向自己的历史峰巅，自然也不可避免随着一个个王朝的垮台而跌进衰败的谷底；一次又一次王朝更迭，一次又一次老帝驾崩新帝登基，这块京畿之地有幸反复沐浴真龙天子们的徽光，也难免承受王朝末日的悲凉。难以数计的封建王朝的封建帝君们无论谁个贤明谁个残暴，却无一不是期图江山永铸万寿无疆，无一不是首当在他们宫墙周围造就一代又一代忠勇礼仪之民，所谓京门脸面。封建文化封建文明与皇族贵妃们的胭脂水洗脸水一起排泄到宫墙外的土地上，这块土地既接受文明也容纳污浊。缓慢的历史演进中，封建思想封建文化封建道德衍化成为乡约族规家法民俗，渗透到每一个乡社每一个村庄每一个家族，渗透进一代又一代平民的血液，形成一方地域上的人的特有文化心理结构。在严过刑法繁似鬃毛的乡约族规家法的桎梏之下，岂容哪个敢于肆无忌惮地呼哥唤妹倾吐爱死爱活的情爱呢？即使有某个情种冒天下之大不韪而唱出一首赤裸裸的恋歌，不得流传便会被掐死；何况禁锢了的心灵，怕是极难产生那种如远山僻壤的赤裸裸的情歌的。"①陈忠实在这里，论述的是关中这块土地的文化及其产

---

① 陈忠实：《我说关中人——〈灞桥区民间文学集成〉序》，见《陈忠实文集》第五卷，广州出版社2004年版，第350页。

生的历史渊源,他重点提及的与封建王朝统治者统治需要密切相关的乡约、族规、家法和民俗,显然是他"文化寻根"的一个重要发现。

作此序时陈忠实正在写作《白鹿原》。他把他对关中人、关中土地和关中文化的理解和体验,都融入他的白嘉轩、鹿三、朱先生、鹿子霖、田小娥、黑娃以及白孝文诸人物身上了。

1987年8月,在陈忠实与李下叔的啖桃夜话中,李下叔把陈忠实所说的关于"民族的某种根基的挖掘与构建"称为"挖祖坟",陈忠实对这个说法"非常欣赏"①。"挖祖坟"一说虽然不雅,却也形象传神。"挖祖坟"其实就是"寻根"。

二、"作家"与"书记"之间

1991年春天,陈忠实参加一个作家朋友的聚餐,范围很小。席间,有朋友对陈忠实说,上级领导要把他调到省文联,去做党组书记。陈忠实听了,根本不相信这个话。他近年虽然一直住在乡下,但对省上文艺界的情况很清楚,上级领导已经着手省文联和省作协的换届工作,而换届工作最重要的一项,就是新一届省文联和省作协领导的人事安排。人事安排总是牵动着许多人的神经,自然成为各方面人士关注的焦点,也是文艺圈子里人们议论的热点话题。

作协陕西分会的前身是中国作家协会西安分会,成立于1954年11月。当时,经中共中央宣传部决定,中国作家协会在全国设立六个分会,西安分会即为其一,为西北大区分会,会员分布陕、甘、宁、青、新五省(区)。以后各省陆续成立作协分会,西安分会就仅仅管理陕

---

① 参见李下叔:《捡几片岁月的叶子》,载《当代》,1998年第4期。

西会员，事实上成为陕西分会。1983年9月，正式改名为中国作家协会陕西分会。1985年4月21日到24日，作协陕西分会三届二次理事会（扩大）在咸阳召开。会议增补十六位会员为理事，选举路遥、贾平凹（西安市作协副主席兼任）、陈忠实、杨韦昕为副主席。从1954年到1983年，近三十年间，陕西的作家协会机构只开了三次换届会。1983年到1991年，时隔八年，一些老作家或谢世或进入离退休年龄，一些年轻的作家已经成长起来。

风云际会，文艺界的人本来就思想敏锐，对时局和政治较为敏感，值此时刻，很多人都会根据自己的经验和种种形势进行推断和猜测，难免有多种小道消息流播坊间。陈忠实认为，关于换届人事安排的小道消息应该多为人们的猜测，其可信度很值得怀疑。而关于要调他到省文联当党组书记一事，在他看来，连百分之一的可信性都没有。所以，朋友说了也就说了，他并没有放在心里，聚餐完毕，他回到原下，继续写他的《白鹿原》。不久，也就忘记这个小道消息了。

小道消息有时候是无稽之谈，但相当多的时候却是空穴来风，并非没有来由。当时作协陕西分会的情势是，作家和评论家中的胡采、王汶石、王丕祥等老领导都年龄大了，到了离退休的时候。如作协陕西分会第三届主席胡采生于1913年，到这一年即1991年已经七十八岁了；第三届副主席王汶石生于1921年，这一年已经七十岁；第三届副主席王丕祥生于1926年，这一年是六十五岁。而在文革前几年特别是新时期跃上文坛的一代中青年作家已经成长壮大起来，如路遥、陈忠实、贾平凹等，既是作协陕西分会第三届副主席，他们的创作也代表着新时期陕西文学的面貌、精神和成就。作为一省的作家协会，其头面人物是需要精心安排的。路遥携《人生》《平凡的世界》之风，在当时呼声相当高，上级有意安排他任作协陕西分会主席。陈忠实的创作特别是影响，与路遥伯仲之间，上级考虑也当有一合适位置安排才妥。于是，就有了让陈忠实到省文联当党组书记的安排意见。作协主席和文联书记,都是正厅级级别,没有上下之分,看起来很是妥当。

一月之后,陈忠实到作协陕西分会开会,又从正式渠道获知上级组织确实要安排他去省文联做党组书记,这一次是真的了。陈忠实当即毫不含糊地表明态度:自己不适宜去省文联做党组书记。陈忠实意志坚定,他这样做,既不是故作谦虚,也不是考虑到自己做好这个角色的能力如何,而是早已打定主意,明确自己后半生要以写作为主业。在"作家"与"书记"之间,陈忠实没有"一心处两端"的矛盾和犹豫,他只有一种价值选择,那就是既爱文学就当"作家"。所以,他不想别攀高枝,从而闹得分散心神和精力,更不愿意因此而意外地卷入什么人事纠葛之中,弄得脱不开身。

小道消息可以不必在意,现在是信息确凿无误了,陈忠实一下子陷入了焦虑之中,甚至有些慌乱和惶恐。此种焦虑和惶恐的心情,不是因为心思游移,在做还是不做这个问题上心存矛盾,一时委决不下,而是觉得问题棘手。做还是不做,并不完全由着自己。自己是党员干部,而做省文联书记是上级党组织的人事安排方案,从组织纪律上说,个人得服从组织决定,此间没有讨价还价的余地。陈忠实现在需要考虑的是,如何妥帖地说服上级改变意见。

陈忠实在从作协回到原下小院的路上,主意已经想好:给省委宣传部部长王巨才写信,申述自己不愿调离作家协会去文联任职的理由。

回到蒋村,写了信,他骑上自行车,跑了八里路到邮局把信发走。

信虽然发出了,陈忠实的心却悬了起来:事情到此只是开始,并未了结,自己所申述的理由王部长会不会认可?万一不认可,下一纸任命调令怎么办?他的心为此熬煎着,心力分散,一时心神集中不到正在写的《白鹿原》上。

接下来,陈忠实几乎天天都在等待宣传部的回应,然而却杳无消息。既无回信,也没有人找他谈话。眼看着又过了一个月,他越来越紧张,便决定再写一封信申述。这封信,除了对前信申述的理由再作概括性重复之外,着重申明两点:第一,自己不愿意调离作协。组织部门如果径下任命书硬调,自己不遵从,不仅自己被动,于领导也不大好。他干脆把话说透,如果不开除党籍,他是不会调离作家协会的。第二,直言不讳地表明,如果作家协会人事不好安排,他甘愿放弃现任的副主席职位,只要能保留专业创作这个职业就心满意足了。他猜想,作协和文联换届的焦点是人事安排,如今的问题是,需要安排的人多而职位有限,僧多粥少,自己表明态度,不让领导为难,便于取舍。这封信他在前边署了两位领导的名字,一位还是宣传部王巨才部长,另一位是分管文艺的副部长郜尚贤。信发出以后,眼看着春去夏来,已经到了伏天,时间接近两个月,仍然没有任何反应。不过,却也没有调他去文联的任命书下达。

连续发出两封致上级领导的辞谢书,干脆利落地表明:自己的最低底线是保留党籍,最高期望是能保留专业创作这个职位,正厅级的书记职位一再辞谢,就是现在的副主席身份也甘愿放弃,只求留在作协,当一个作家足矣。一般而言,陈忠实不是那种锋芒毕露的作家,平时倒是沉稳内敛,除了公事,日常与上级领导的走动也不多甚至没有。这一次有些不同寻常,数月之内,居然迫不及待地连上两封辞谢书,这一方面显出了陈忠实个性中倔强的一面,另一方面也显出了他豁出来背水一战的决心。宁当一个普通作家,不做正厅级的书记,这个想法和做法不仅在文坛是反常的,就是在当代社会中也显得有些异乎寻常,乍一看可能令人有些费解。此事笔者有三解:第一,陈忠实志在创作,做官的"野心"不大。2006年10月的某一天,笔者与陈忠实闲聊,陈忠实说他自小就爱文学,后来也曾当过农村基层干部,经历过人生的挫折,就决心以文学为终生追求。他当年最大的愿望或者说人生理想,就是能当一个专业作家,专业作家的好处是生活有所保障,又能安心创作。此后,居然当了省作协副主席又当主席,最后还当了中国作协副主席,实在都是理想之外的意外收获,都是"多赚"的。第二,性格中有怕陷入矛盾、怕惹上麻烦的一面，内心深处图清净，希望安心写作。作协相对来说能清净一些，再者，他在这里已经生活、工作多年，已经习惯了这里。第三，1991年，正是他为自己的"枕头工程"《白鹿原》的写作进行最后攻坚的一年，他不想因任何事干扰他的这个至关重要的工程。

　　事情的解决倒也顺利，显得简洁明快。这一年的伏天，在西安市南郊的丈八沟宾馆，陈忠实作为省委候补委员参加一次省委会。这天散会之后走出门来，听见有人在后边叫他，回头一看，是王巨才部长。两人站在一株大松树的荫凉下说话。王巨才说："忠实，你的信我看了。省文联你还是去吧，省作协安排了另外的同志。"陈忠实说："我留省作协，仅仅只是为了专心写作，绝不是要当领导。"王巨才说："这已经是定了的事。你要服从组织决定。"陈忠实想了想，问："我要不去会不会开除党籍，不让写作？"王巨才沉思了一下说："那当然不会。"陈忠实说："那就这样，我不去文联，也不在作协担任任何职务！决不和别人闹意见！"王巨才看他如此坚决，说："你的第一封信看了以后，还以为你是怕去省文联耽误写作，便决定派一个能力很强的副书记主持日常工作，你只参与大事的决策就行了，可以不坐班。第二封信看过以后，也让邰尚贤副部长看了，我们两人都很感动。有些人托门子找关系想挂一官半职，给你个正厅级你却不要啊。"王巨才真诚地说："那你就原样不动，倒是觉得亏了你啊。"听罢这番话，陈忠实一颗悬着的心一下子落到了实处，也被领导的实心体贴感动了，他默默地握着部长的手，表示感激。

　　从丈八沟回到原下小院，陈忠实感觉到前所未有的踏实和放松，同时也分明意识到了另一种前所未有的压力，那就是，他把自己逼到了别无选择的境地，成了只能在一棵树上摘桃子的猴子了。一条路断了，另一条路敞开着，但得自己去走，走得通走不通，走得远走不远，全靠自己了。他似乎体味到了背水一战、孤注一掷的况味。

再次摊开稿纸进入白鹿原的世界的时候,他感觉更沉静也更专注了。

三、在踏勘、访谈和读史中获得灵感

1986年至1987年,陈忠实去蓝田县、长安县查阅县志,还读了咸宁县志,查阅地方党史及有关文史资料。选择长安、咸宁和蓝田这三个县了解其历史,陈忠实有一个基本考虑,那就是这三个县紧紧包围着西安。西安是古都,曾是中国政治、经济和文化的中心,他认为,不同时代的文化首先辐射到的,必然是距离它最近的土地,那么这块土地上必然积淀着异常深厚的传统文化。查访过程中,不经意间还获得了大量的民间轶事和传闻。就是在这种踏勘、访谈和读史的过程中,陈忠实新的长篇小说的胚胎渐渐生成,并渐渐发育丰满起来,而地理上的白鹿原也进入他的艺术构思之中,并成为未来作品中人物活动中心。一些极有意义的人物,也从史志里或传说中跳了出来,作为文学形象渐渐地在陈忠实的脑海中活跃起来。

史志里的一些材料让陈忠实震撼。1927年农民运动席卷中国一些省份,毛泽东的《湖南农民运动考察报告》写湖南农民运动闹得很凶,陕西关中的农民运动其实也很厉害,仅蓝田一个县就有八百多个村子建立了农会组织。陈忠实看到这个历史资料后很感慨:"陕西要是有个毛泽东写个《陕西农民运动调查报告》,那么造成整个农民运动影响的可能就不是湖南而是关中了。"由此引发的一个问题令陈忠实思考,陕西关中是我们这个民族和国家封建文明发展最早的地区,也是近代以来经济形态相对落后、历史文化沉积最深最重的地方,人很守旧,新思想很难传播,怎么会爆发如此普遍的以革命为名义的农民运动呢？

在陈忠实构想的未来的长篇小说中，最早冒出来的一个人物，就是后来小说中的朱先生，一个儒者甚至是大儒。这样的人物是"耕读传家"的乡土社会不可或缺的精神导师，但是限于生活经验，他对写这个人物只有一些抽象的概念化的想象，缺乏活生生的性格和细节性的生活把握。正是在史志的翻阅中，他心中的朱先生渐渐地立了起来，活了起来。朱先生的原型是主编《蓝田县志》的牛兆濂，清末举人，人称牛才子。现实中的牛家与陈家一北一南隔灞河相望，距离很近，陈忠实还没有上学的时候，晚上和父亲一起剥玉米，父亲就给他讲过很多牛先生的故事。牛才子是当时乡里出名的"神童"，传说很多。关于这个人物，陈忠实回忆说，在一个文盲充斥的乡村社会，对一个富有文化知识的人的理解，就是全部归为神秘的卜筮问卦方面的传说。他听父亲讲，谁家丢了牛，找牛才子一问，牛才子一掐算，然后按其所说去找，牛就找着了。陈忠实很想把牛才子这样的儒者写到作品中去，但感觉最没有把握。牛兆濂主编的县志客观纪事，不加评价，只有几处写了类似编者按的批注表达了观点。陈忠实就是从那几处批注中，感觉和把握到了老先生的某些心脉和气质，感觉写这个老先生有把握了。这是他查阅县志另外的一大收获。

读牛兆濂主编的二十多卷的《蓝田县志》，陈忠实发现有四五卷记载的是该县有文字记载以来贞妇烈女的事迹和名字。这些事迹没有女人的名字，只是以夫姓和自家的姓合起来称呼，如刘王氏。事迹也无非这样一类：刘王氏十五岁出嫁，十六岁生孩子，十七岁丧夫，然后抚养孩子，伺候公婆，终老没有改嫁，死时乡人给挂了个贞节牌匾。有几卷没有记载任何事迹，只是把贞妇烈女们的名字一个个编了进去。陈忠实心中既悲哀也震撼：这些鲜活的生命活得是多么委屈啊！由此萌生了要写田小娥这么一个人物的创作冲动。这个人物不是接受了现代思潮的影响，也不是受到了某种主义的启迪，只是作为一个人，作为一个女人,她要按人的生存需要、人的生命本质去追求她所应该获得的。陈忠实说,他小时候目睹过一件事,一个年轻女性,因对婚姻不满意逃婚,被抓回来后,捆在一棵树上,全村的男人都用刺刷抽打她。他写小娥被刺刷抽打的情节,就是由此来的。他还发现,因为这个逃婚的女人,村子里所有的矛盾暂时都化解了,人们团结一致惩罚这个女人。这种行为让人深思。在封建婚姻观念长期教育下,人们的是非认定居然空前一致,这种观念,这种态度,反映了我们民族文化心理结构中某些深层的东西。他写田小娥,主要写她生的痛苦,活的痛苦和死的痛苦。

族长白嘉轩这个形象的灵感触发,来自陈忠实曾祖父的某些影子。陈忠实听人说,他做过私塾先生的曾祖父,个子很高,腰杆儿总是挺得又端又直,从村子里走过去,那些在街巷里在门楼下袒胸露怀给孩子喂奶的女人,全都吓得跑回家,或就近躲进邻家的院门里头去了。腰杆直,为人严肃,这些形和神的特点后来都在白嘉轩的身上得到了充分的展示。

田小娥与白嘉轩,反映了人性的两极:感性与理性,人欲与天理。

白鹿原实有其地。它位于西安市东南。原之东南依终南山余脉篑山,原与山隔沟相望;西和南临浐河;东和北依灞河;三面环水,居高临下,西望长安。地质学认为,此原为亿万年形成的风成黄土台原。远古时期,这里就是人类居住繁衍生息之地。白鹿原因有白鹿出现而名。《关中胜迹图志》上关于白鹿原有这样一段记述:"在咸宁县东,接蓝田县界。《长安志》:'自蓝田县界至浐水川尽,东西一十五里。南接终南,北至霸川尽,南北四十里。'《三秦记》:'周平王东迁,有白鹿游于此原,以是得名。'《雍录》:'南山之麓,霸水行于原上,至于霸陵,皆此原也,亦谓之霸上。''霸'一作'灞'。"[①]北宋年间,

---

① 毕沅:《关中胜迹图志》,张沛校点,三秦出版社2004年版,第36页。

大将狄青曾在原上驻军，后世亦称之为"狄寨原"。陈忠实老家祖居就依白鹿原北坡而建，陈忠实自小就在原上拾柴割草，对这里的一草一木都非常熟悉。

1987年，陈忠实完成了长篇小说的构思和结构，计划三年完成。他考虑写两稿，第一稿草稿，拉出一个大架子，写出主要情节走向和人物设置；第二稿正式稿，细致写，精心塑造人物和结构情节，语言上仔细推敲，争取一次完成，几十万字不想写了再修改再抄第二遍。

四、保全真实感受的固执

1988年4月1日，农历戊辰年二月十五日，陈忠实在草稿本上写下了《白鹿原》的第一行字。漫长的《白鹿原》创作开始了。当他在《白鹿原》的草稿本上写下第一行字时，"整个心理感觉已经进入我的父辈爷爷辈老爷爷辈生活过的这座古原的沉重的历史烟云之中了"。

草稿陈忠实写得很从容，坐在沙发上，把一个大笔记本放在膝盖上，很舒服地写，一点儿也不急。7月和8月，因故中断写作两个月。9月再动笔，到次年即1989年的1月，草稿完成，约四十万字，实际用了八个月时间。

1989年4月开始写第二稿即正式稿，这一稿打算用两年完成。他写得很认真，心里也很踏实，因为有草稿在。开始写得还算顺利，写完第十一章，陈忠实遇到了一个坎，不知为什么，第十二章写不下去了。陈忠实说，是"遇到了结构安排上的一个障碍"。此时，已经到了1989年的夏天，天气热了。

1989年8月，酷热难耐。陈忠实在西蒋村老屋闷头写作的时候，同乡的青年作家峻里（本名李君利）来看他，说自己老家的窑洞里夏天特别凉快,你热得不行了就去那里写,而且那里地处偏僻,更为清静。陈忠实感觉此时暑热的程度还能忍受,起码前半天可以摊开稿纸,便说,眼下还能过去,实在热得熬不住了再看。他是担心换一个陌生环境,如果一时难以适应,进入不了写作状态反而不好。不料几天之后,持续干旱造成的酷热已不分早晚,屋子里像个大烤炉。他往常发明的在桌子底下放一盆凉水,然后把脚泡在水里降温的办法,现在也不管用了,身上大汗淋漓,汗水顺着胳膊流到了稿纸上,把写好的字都洇湿得漫涣不清。晚上睡在大门外的露天场地上,仍然汗流不止,难以入睡。《白鹿原》的写作,正在激情状态,难以中断,写到了第十二章,偏遇结构安排不顺,陈忠实心烦气躁,坐卧不宁。他想到峻里家的窑洞,即刻夹着提包渡过灞河,乘远郊公共汽车到一个路口下来,又开始爬坡,一路询问,找到峻里位于骊山南麓当地人称北岭上的村子,浑身衣服早已被汗水湿透。因为没有电话,事先也没有打招呼,他推开那扇土打围墙上的木门喊了一声"峻里",峻里从窑里出来看见了他,大呼大叫着把他领进一孔窑洞。刹那间,一股清凉之气袭来,陈忠实当时的感觉是,"有一种天堂般的享受"。

峻里家的农家小院位于一道高高的黄土崖下,依崖凿成两孔大窑洞,峻里一家三口住在西边窑里,东边那孔窑洞长期空着,陈忠实就住在这孔窑里。窑洞里果然凉快,但头天晚上,老鼠极多。陈忠实晚上睡下了,老鼠竟然跑到了脸上。第二天,峻里捉来了一只幼猫,居然吓得再没有了老鼠。与世隔绝的环境,凉爽如"天堂般"的土窑洞,陈忠实很快便进入了《白鹿原》的情境之中,大约一周时间,他便完成了《白鹿原》第十二章的创作。

闲来也与峻里闲逛。有天晚上,听说有一场中国国家队参与的重要的足球比赛,他和峻里跑了很远的路,到峻里山中的一个亲戚家看球赛。山中电视信号不好,他们居然于朦朦胧胧中看完了一场比赛,心满意足,夜半歌啸而回。

陈忠实正沉浸在写作的快意里时，有一天收到了当地公社通讯员送来的一纸电话记录，是作家协会通知他到单位开会。当晚，他回到原下溽热难熬的家中，第二天起大早赶远郊公共汽车到作协开会。从这天起，一直持续到年终，他竟没有时间再上北岭从那孔窑洞拿回他的手稿，后来还是由峻里给他送了回来。

关于《白鹿原》最初的创作计划，陈忠实在1990年10月24日致人民文学出版社《当代》杂志副主编何启治的信中，是这样说的："此书稿87年酝酿，88年拉出初稿，89年计划修改完成"，"全书约四十五六万字"。看来原计划是，一年初稿，一年修改完成，明确是1989年就"修改完成"。实际写作情况是，初稿或按陈忠实的说法叫"草稿"，是1988年4月初动笔，同年的7月和8月因故中断了两个月，9月再动笔，到次年即1989年的1月写完，实际用了八个月时间。这个初稿陈忠实称之为"一个草拟的框架式的草稿,约四十万字"。二稿（陈忠实称为"复稿"或"修改完成"稿）于1989年4月开始，到了8月，第十二章写完。现在，在当前严峻的形势下，创作是必须搁下了。

《白鹿原》原计划用两年左右时间写完,实际用了四年。时间耽搁，陈忠实开始还有些着急。后来想，早半年晚半年或者早一年晚一年写完，都没有什么实质性的意义，如此一来，有了对一些问题再审视的从容，反而有利于把已经体验和意识到的东西更充分地展现出来，不留遗憾。心态从容了，也不着急了，他说他"死心塌地"地进入了后边少半部的写作。

陈忠实是专业作家，但是专业作家也得服从现实生活的安排。

如果把《白鹿原》归入特定的年代，那它无论怎么看，都是二十世纪八十年代的作品。虽然此作复稿是于1992年1月写完，但这部作品的起根发苗或称孕育是八十年代，开始写作的时间也是八十年代，《白鹿原》的思想、人物、故事以及艺术上的种种追求都在八十年代已然形成，陈忠实本来要在1989年就完成全书创作计划，只是因为八十年代的最后时段中国社会发生了重大的事变，历史在这里拐了一个弯，耽搁了写作的进度。这里特别强调《白鹿原》是八十年代的作品，是因为二十世纪八十年代的中国与九十年代以及以后的中国，很不一样，甚至可以说是完全不一样。概括地说，八十年代是一个充满理想精神与创新激情的时代，这种理想精神与创新激情像火山喷发一样，其冲天的烈焰照亮了自1949年以来的历史天空，或者说是自1949年以来郁积已久的种种理想精神与创新激情的一次总喷发。而1989年是一个转折点，此后，这种理想精神与创新激情渐渐冷却，差不多就是《白鹿原》完成以后不久，中国社会开始进入实用主义时代。

八十年代与九十年代之交，社会思潮是理想主义激情渐渐冷却，实用主义态度兴起并转而代之，这是一个剧烈而复杂的动荡期。陈忠实此刻正在完成他一生中最重要的"枕头工程"，他的心态是复杂的，却也是坚定的。

陈忠实此刻的内心必定也是剧烈动荡而复杂的，他不能不面对当时剧烈变化而复杂难辨的社会现实。

在这个时段，他给一些信得过的好友写过很少的几封信，在谈其他事情的同时，偶尔也透露出他当时对一些问题特别是他写作《白鹿原》的一些想法和所持的态度。

1989年10月2日，陈忠实写信给峻里。信中说："我已经感觉到了许多东西，但仍想按原先的构想继续长篇的宗旨，不做任何改易，弄出来再说，我已活到这年龄了，翻来覆去经历了许多过程，现在就有保全自己一点真实感受的固执了。我现在又记起了前几年在文艺生活出现纷繁现象时说的话：生活不仅可以提供作家创作的素材，生活也纠正作家的某些偏见。那时是有感而发，今天回味更觉是另一种感觉"。

这些话，也足以证明《白鹿原》是八十年代的作品。《白鹿原》

不仅思想、人物和故事，而且全部的精神与气质，都是八十年代的。《白鹿原》是中国二十世纪八十年代文学精神和气质最后的闪耀和谢幕。

五、倾其生活、艺术和勇气的全部而为之

用笔写长篇小说，是一种既耗神又费力的劳动。陈忠实的解乏提神之法，是喝酽茶，抿西凤酒，抽巴山雪茄；散心放松之法，是听秦腔。这差不多也是陈忠实业余所有的爱好了。

二十世纪八十年代中期，陈忠实当了陕西作协的副主席以后，经济状况初得改善，便给乡下买了一个电视机，不想因为接收信号不好，收不到任何节目，有声无像。后来不甘心把电视机当收音机用，又破费买了放像机，买回一厚摞秦腔名家演出的录像带，自己欣赏，村子里的老少乡党来了，也让他们欣赏。电视机那时在农村还是个稀罕物儿，他常常要把电视机搬到院子里，才能满足越拥越多的乡党。后来，他又买了录音机和秦腔名角经典唱段的磁带，听起来不仅方便，而且经典唱段可以反复听。

写作《白鹿原》的四年间，累了，陈忠实便端着茶杯坐到小院里，打开录音机听上一段两段，他感觉"从头到脚、从外到内都是一种无以言说的舒悦"。隔墙有耳，久而久之，连他家东隔壁小卖部的掌柜老太婆都听上了戏瘾，有一天该放录音机的时候，他也许是一时写得兴起忘了时间，老太太就隔墙大呼小叫陈忠实的名字，问他："今日咋还不放戏？"陈忠实便收住笔，赶紧打开录音机。老太太哈哈笑着说，她的耳朵每天到这个时候就痒痒，非听戏不行了。

陈忠实四年间听着秦腔写《白鹿原》，秦腔某种潜移默化的影响似乎不可低估。《白鹿原》与秦腔，特别是与秦腔经典戏曲中人物语

言的关系,是一个有趣的研究课题。

1990年10月24日,陈忠实在致何启治的信中谈到《白鹿原》的创作,说:"这个作品我是倾其生活储备的全部以及艺术的全部能力而为之的"。这里谈到两个"全部",一是"全部"的"生活储备",二是"全部"的"艺术""能力"。其实,还应该再加一个,那就是"全部的艺术勇气"。没有"全部的艺术勇气",是不能把《白鹿原》最初的艺术理想坚持到底的。

在这封致何启治的信中,陈忠实透露了《白鹿原》的创作进度及遇到的问题:"原计划国庆完稿,未想到党员登记的事,整整开了两个多月的会,加之女儿大学毕业,分配工作干扰,弄得我心神不宁","我了过此番心事,坐下来就接着修改工作,争取农历春节前修改完毕最后一部分","全书约四十五六万字,现剩下不到三分之一,我争取今冬拼一下"。他特别强调,他需要宁静的心态,"也不要催,我承受不了催迫,需要平和的心绪做此事。盼常通信息,并予以指导,我毕竟是第一次搞长篇"。

陈忠实在这里给何启治说,"全书""现剩下不到三分之一",他争取在这一年即1990年年底前后(农历春节前)完成第二稿即修改完成稿,实际上因诸事耽搁,这一年并没有完成计划。全书完成,已经到了1992年的年初,临近农历辛未年的春节了。

《白鹿原》的写作进度后来有些慢,也是陈忠实有意为之。2012年3月28日晚上,陕西师范大学出版社与一些陈忠实研究者签订图书出版合同,陈忠实在座,他讲在《白鹿原》写作过程中,他已经感觉"自己写的这个东西是个啥东西",在当时政治氛围里,他认为根本不可能出版,所以改写第二稿时,就是慢悠悠的。

1991年,陕西省文联和陕西省作协换届的消息不断传来,作为陕西作协现任的党组成员和副主席,陈忠实何去何从并不由他自己,但他不得不面对并处置相关问题。1991年8月30日,陈忠实在致信至交好友、陕西乡党、评论家白烨的信中提道:"陕西文联和作协的换届又推至十月末十一月初,人选在不断抒码中,一阵一种方案的传闻,变化甚大。无论如何,我还是以不变应多变,不求官位,相对地就显得心安了"。"不求官位",而且他后来还拒绝了到省文联当正厅级书记的上级安排,一心当一个作家,一心写作,"心安"一语正是他当时写作的心态和要追求的心境。提到正在写作中的《白鹿原》,陈忠实说,"长篇这段时间又搁下了,因孩子上学诸事,九月即可投入工作,只剩下不足十万字了,能出不能出暂且不管,按原构思弄完,了结一件心事,也可以干些别的"。这里所说的"能出不能出暂且不管,按原构思弄完,了结一件心事,也可以干些别的"这话,再一次证明陈忠实不仅仍然是"按原先的构想继续长篇的宗旨,不做任何改易",而且此时完全是一条道走到黑的心态,纯粹是沉入到自己的艺术世界中,不了结这一件"心事",心何以安?怎么可以再干别的?

1991年9月19日,陈忠实致信白烨,对白烨为他中篇小说集《夭折》写的序表示满意和感谢。信中说到,"您对我的创作的总体把握和感觉也切中实际,尤其是您所感到的新变"。"鉴于此,我更坚定信心写长篇了,且不管结局如何;依您对《兰袍》以及《地窖》的评说,我有一种预感,我正在吭哧的长篇可能会使您有话说的,因为在我看来,正在吭哧的长篇对生活的揭示对人的关注以及对生活历史的体察,远非《兰袍》等作品所能比拟,可以说是我对历史、现实、人的一个总的理解,自以为比《兰袍》要深刻也要冷峻一些了……"关于创作,不同的作家有不同的经验。陈忠实关于创作特别是关于长篇小说的创作,有一个著名的理论叫"蒸馍理论",意思是说:创作像蒸馍一样,蒸馍是揉好面,做成蒸馍,放到锅里蒸,未蒸熟前不能揭锅盖,一揭锅盖就跑了气,馍就蒸不好或成夹生的了;创作也是这样,心中构思酝酿了一部作品,不要给人说,要憋住气写,这样写出的作品情绪饱满,中途一给人说就跑了气,三说两不说,气泄完,写起来不仅没劲，可能最后也不想再写了。1990年10月24日，陈忠实在致何启治的信中谈的一些话，可以作为"蒸馍理论"的注解："朱盛昌（引者注：时任人民文学出版社《当代》杂志主编）同志曾两次来信约稿，我都回复了。他第二次信主要约长篇，大约是从陕西去北京的作家口中得知的消息，我已应诺，希望能在贵刊先与读者见面，然后再作修改，最后出书。关于长篇的内容，我只是说了几句概要的话。作品未成之前，我不想泄露太多，以免松劲"。创作与作者的感情、情绪大有关系，创作过程中需要饱满的感情和情绪，感情、情绪不断释放，写出来的作品气韵肯定不足，往往面目苍白。陈忠实写《白鹿原》，显然是鼓足劲憋足气要蒸一锅好馍，他总体上是把锅盖捂得严严的，但是锅盖总有那么一两点漏气的地方，锅里的气压太大，这个锅也不妨漏出一点气。他在这里给白烨说的这个"长篇对生活的揭示对人的关注以及对生活历史的体察"，"可以说是我对历史、现实、人的一个总的理解，自以为比《兰袍》要深刻也要冷峻一些了"，算是漏出的一点点气，从中也可以见到他在创作这部小说时思想上是如何把握的。

历时四年，1991年深冬，在陈忠实即将跨上五十岁这一年的冬天，小说中白鹿原上三代人的生的欢乐和死的悲凉都进入了最后的归宿。陈忠实在这四年里穿行过古原半个多世纪的历史烟云，终于迎来了1949年。白鹿原解放了，书写《白鹿原》故事的陈忠实也终于解放了。这一天是农历辛未年十二月二十五日，公元1992年1月29日。写完以鹿子霖的死亡作最后结局的一段，划上表明意味深长的省略号，陈忠实把笔顺手放到书桌和茶几兼用的小圆桌上，顿时陷入一种无知觉状态。久久，他从小竹凳上欠起身，移坐到沙发上，似乎有热泪涌出。仿佛从一个漫长而又黑暗的隧道摸着爬着走出来，刚走到洞口看见光亮时，竟然有一种忍受不住光明刺激的晕眩。

近五十万字的《白鹿原》是下午写完的。写完后，陈忠实却不敢确信真的写完了。

四年间,早上开始写作,下午停笔,按正常工作,就应该休息下来了,但他的脑子根本休息不下来。手不写了,那些人物依旧在他的脑子里活跃着。他过去的写作,从来没有这样。他必须把白嘉轩、田小娥们从脑子里赶出去,晚上才能睡好。作品中的主要人物结局都是悲剧性的,陈忠实与他们共同生活了四年甚至更长时间,亲密程度堪比亲人和邻居,因此,从情感上来说,陈忠实也很纠结。此前在写作后,要把这些人物从脑子里请出去,最初的办法是散步,时间稍长不灵了,然后学会了喝酒,喝酒以后,脑子似能放松,再睡一夜,次日才能继续写。这一天全书写完了,情绪却还在白鹿原上,久久缓不过劲来。

傍晚的时候,陈忠实到灞河滩上去散步,胡乱走着,一直走到了河堤尽头,然后坐在那儿抽烟。冬天的西北风很冷,腿脚冻得麻木,他也有了一点恐惧感才往回走。半路上,又坐在河堤上抽起烟。突然间,他用火柴把河堤内的枯草点着了,风顺着河堤从西往东吹过去,整个河堤内的干草哗啦啦烧过去,那一刻,他似乎感觉到了一种释放。回家以后,他又把所有房间所有的灯都打开,整个院子都是亮的。村子里的乡亲以为他家出了什么事,连着跑来几个人问。陈忠实说:"没事。就是晚上图个亮。"

六、"咋叫咱把事给弄成了!"

陈忠实有一个习惯,个别重要的或有创意的作品写成后,会让周围熟悉的文学朋友看一看,把握一下"成色"。《白鹿原》写成后,他复印了一份,手稿交人民文学出版社的高贤均和洪清波拿走,复印稿他让陕西作协的评论家也是他的朋友李星看一看，给他把握一下"成色"。当时的复印机还很少，他托灞桥区文化馆和雁塔区文化馆两位朋友，一家复印了一半，才把厚厚一部《白鹿原》的稿子复印完。复印稿交给李星之后十来天，估计李星应该看完了，有一天早上，他专程从乡下进城，想听听李星的意见。陕西作协的家属楼在作协后院，是一座 1980 年代初建的那种简易楼。陈忠实进入家属院，拐过楼角，正好看见李星在前边走着，手里提着一个装满蔬菜的塑料袋。他叫了一声："李星！"李星转过身，看到是陈忠实，却没有说话。陈忠实走到跟前，李星只说了句："到屋里说。"陈忠实看李星黑着脸，没有平时的笑模样，感觉大事不妙。李星前头走着，陈忠实后边跟着，从一楼上到顶层五楼李星的家，李星居然一言不发，陈忠实一颗吊着的心此时沉到了底。进了家门，李星先把菜放到厨房，依旧头也不回地径直走到他的卧室兼书房，陈忠实又跟着进了门。这时，李星猛然拧过身来，瞪着一双眼睛，一只手狠劲儿地击打着另一只手的掌心，几乎是喊着对陈忠实说："咋叫咱把事给弄成了！"

　　李星情绪很激动，也顾不上让陈忠实坐，自顾自在房子里转着圈子边走边发表自己的阅读感受和看法。陈忠实跟在李星屁股后头，爬上李星家五楼的时候，心先是吊着，后是沉着，等到听了这一句"咋叫咱把事给弄成了"，一种巨大的惊喜如潮水般冲击而来，一时倒僵硬在那里，一动不动。李星后来说了些什么，他一句也没有听进去，脑子里只盘旋着那一句最结实的话："咋叫咱把事给弄成了！"

　　有这一句就够了，足以说明所有问题了。

　　这一句话，充分显示了作为评论家的李星的眼力和语言风格。

　　李星当时还说了一些很重要的话。2010 年 9 月 28 日，中央电视台《大家》栏目周文福等人为拍陈忠实专题电视片采访李星，李星对周文福等人说："《白鹿原》完稿后，陈忠实请我看，陈忠实后来咋只记住了'咋叫咱把事给弄成了'这一句？我当时还说了三个预言。这三个预言后来都实现了。第一个是，你不用找评论家，评论家会来找你；第二个是，十年之内没有人能超过你；第三个是，《白鹿原》能得茅盾文学奖。"周文福第二天把这话说给陈忠实，陈忠实呵呵笑着说，李星好像说过，但当时只深刻地记住了"事情咋叫咱给弄成了"这一句。

当日，在五楼李星家，陈忠实听完李星激动的评说之后，问李星："稿子呢？"

李星稍微愣了一下，回过神来，说："稿子传出去了。单位的人、朋友们都在传看哩。现在在谁的手里，我也不知道。"

陈忠实也就没有再多问多说什么，只是心里踏实地离开李星家。

有一天，陕西师范大学的教授、评论家畅广元传话给陈忠实，说他听说了《白鹿原》，想看一看。陈忠实找李星再要复印稿，几经打问，才知道稿子现在传到了西北大学中文系教授、评论家刘建军手里。陈忠实跑到边家村西北大学新村，找到刘建军家，刘建军说，稿子家里几个人都在争着看，所以分了几部分，一人一摊子，床上一部分，餐桌上一部分，卫生间还有一部分，大家狗撵兔循环着看。刘建军还带陈忠实看稿子的分布情况，见如此情景，陈忠实也笑了。

李星的话不仅使陈忠实重新恢复了自信，而且心情变得轻松和愉快起来。现在要等的，是人民文学出版社的审稿意见。

接到高贤均对《白鹿原》高度评价的来信后，陈忠实想到了李星，觉得应该把高贤均来信肯定书稿的喜讯，也告诉他的这位朋友。

李星家里没有找到人，他又到作协的办公院找。作协当时的业务办公都在后边的院子，这个院子是1930年代建的平房，高大而宽敞，但都已显得破旧。后院共有三重院落，中间那个院落有一棵玉兰树，树下是诗人晓雷的办公室，他听见里边人声喧哗，其中有李星的声音，就推门进去。里边是晓雷、路遥、李星和董得理，或坐或站，正在兴奋地议论着什么。顺便记一下，1980年代直至1990年代初，在陕西作协大院里，作家、评论家们多习惯于在办公室或院子里聚会说闲话，如果是开会期间，则喜欢在酒店里聚在某一个人的房间聊天，而不习惯于在某个人的家里或者是大街上的茶秀咖啡厅之类的地方说话。诗人晓雷的办公室和小说家王观胜的办公室，当年是作协作家和评论家们最爱聊天的两个据点。在晓雷办公室，陈忠实把高贤均来信大意告诉了李星及这一屋子的朋友。李星既为《白鹿原》被出版社看好而高兴，也为自己最先的评判和预见而得意，高兴地说："看看，我说得怎么样？我早就这么说了么！"路遥说："忠实应该出一部好长篇了。"

1992年4月27日，陈忠实致信白烨。信中说，《白鹿原》"长篇终于弄完，于三月底交给来拿稿的两位编辑高贤均和洪清波，他们在四川活动半月后回到北京，即告知读罢《白鹿原》书稿的印象，悬空的心才落到实处，确真是大喜过望。当然，编辑初读后说点赞誉的话是情之所至，不可依此自恃，但仅出书能落实这一点，夙愿已经足矣"。又说，"稿子受审的半月里，我惶惶不可终日，先让李星读了，给我把握一下，李星在这儿是公认的艺术感觉最敏智最好的评论家，给我吃了定心丸"，不久接到高贤均的信，由于高信验证了李星此前对《白鹿原》把握和判断的准确，他对李星佩服得简直有些五体投地了。

6月6日，陈忠实致信白烨。信中谈到即将出版的《白鹿原》时说，"我有一个预感，您会喜欢这部书的"，"原因是您喜欢《蓝袍先生》。这部书稿仍是循着《蓝》的思路下延的，不过社会背景和人物都拓宽了，放开手写了。另外，您是关中人，我是下劲力图写出这块地域的人各个风貌的，您肯定不会陌生，当会有同感"。

7月10日，陈忠实致信白烨。信中谈到即将出版的《白鹿原》，"前几天与《当代》和出书部通过话，《当代》已定为本年六期和明年一期连载，大约得删掉十万字，主要是怕有失大雅的'性'影响观瞻，每期约发二十万字，两期发完"，"因为主要是删节，所以我决定不去北京，由他们捉刀下手，肯定比我更利索些。出书部也有定着，高贤均已着责编开始发稿前的技术处理工作，计划到8月中旬发稿，明年三、四月出书，一本，不分上下，这样大约就有七百页。我提出出点精装本，作为赠好友和自己保留，他说得与社里商议后再定"。"原以为我还得再修饰一次，一直有这个精神准备，不料已不需要了，反倒觉得自己太轻松了。我想在家重顺一遍，防止可能的重要疏漏，然后信告他们，我免了旅途之苦，两全其美"。

七、《白鹿原》的出版

1992年2月下旬，陈忠实给人民文学出版社的何启治写了信，告诉他《白鹿原》的写作已经完成，修改也将于近期完成，稿子是送到北京还是出版社派人来取，请何启治定夺。

二十年前的1973年，身为人民文学出版社分管西北片的编辑何启治，在读了陈忠实的短篇小说《接班以后》，就向陈忠实约过稿子，1984年又在《当代》杂志第4期编发了陈忠实的第一个中篇小说《初夏》，两人二十年来互相惦记，联系不断。

在等待出版社回音的间隙里，他开始慢慢地修改《白鹿原》。

《白鹿原》的前途命运如何，陈忠实这时的心中并没有底，或者说，信心并不很足。他在3月7日致好友李下叔的信中这样说："我还在乡下，长篇到最后的完善工作，尚需一些时日。当然，编辑看后的情况尚难预料，我不乐观，所以也不急迫。正是您说的'挖祖坟'的题旨，您想想能令人乐观起来吗？"[①]

这个时候的何启治，担任人民文学出版社《当代》杂志的常务副主编，他收到陈忠实的信后，交给当时主持工作的人民文学出版社副总编辑朱盛昌等人传阅。人民文学出版社分管西北片的编辑是周昌义，

---

① 李下叔：《捡几片岁月的叶子》，载《当代》，1998年第4期。

但是周昌义1986年在西安拿到路遥《平凡的世界》第一部稿子，没有读完就自作主张退掉了，从而错失了一次茅盾文学奖作品，有此前车之鉴，周昌义也因故推托①，大家商量后决定派人文社当代文学一编室（主管长篇小说书稿）的负责人高贤均和《当代》杂志的编辑洪清波一起去拿稿。并提醒他们不能轻易表态，不能轻易否定这部长篇小说。

3月下旬的一天，高贤均和洪清波离京到西安。到达西安的这一天是3月23号。二人这次出差的主要任务，是去成都看邓贤的长篇纪实文学《中国知青梦》，顺便到西安把陈忠实的稿子拿回。

陈忠实还在乡下，何启治把高、洪二人所乘火车的车次告知作协陕西分会，作协办公室的人又把电话打到陈忠实所在的乡镇，由乡镇通讯员把电话记录送到陈忠实手里。陈忠实一看，高、洪二位所乘火车到西安的时间是西安天亮的时候。刚看完电话留言，村子里的赤脚医生扶着陈忠实的母亲走进了院门，说他母亲血压升高，到了危险之数。陈忠实扶着母亲躺到床上，医生给挂上了输液瓶。母亲贺小霞这一年七十七岁，就此瘫痪在床，陈忠实侍奉左右。夜里，忽然下起了大雪，地上积雪足有一尺之厚。想着要接远方的客人，天不明陈忠实便起身，请来一位乡党照看母亲，他才出了门。积雪封路，他只能步行，走了七八里赶到远郊汽车站，搭乘头班车进城。高、洪二位走出车站时，陈忠实已经迎接在车站门口。把二位贵客带到建国路作协陕西分会招待所住下，安排好食宿，陈忠实说稿子还有最后的三四章需要修改，请二位编辑安心休息两天。他又赶回原下老屋，一边修改书稿，一边管护输液的母亲。

陈忠实安排高、洪两位编辑住下的时候，还留给他们几本他的旧作，似乎是让他们闲时翻翻，用意似乎一是消磨时光，二是了解一下

---

① 参见周昌义《〈白鹿原〉复生和〈废都〉速死》中的自述，载《西湖》2008年第2期。

他的创作情况。洪清波后来回忆说:"接下来的三天,是我们出差史上最无聊的三天。"①陈忠实虽然安排作协的同志陪着他俩吃饭逛景点,但两位编辑感觉失去了进一步了解陈忠实特别是他长篇新作的机会,一切就都味同嚼蜡。洪清波回忆:"后来高贤均索性推辞了一切活动安排,说是要研读老陈既往的作品。记得老陈的作品集真不少,现在还有印象的是《四妹子》和《蓝袍先生》。读了一天作品,我俩面面相觑,但都明白对方的意思了。"后面这一句话,意味含蓄但很明显,他俩对陈忠实这些作品评价不高。洪清波接着说:"当然,我们担心的并不是这些作品,而是那篇至今神秘兮兮的长篇。"这话说得分明:他们对"那篇至今神秘兮兮的长篇"有些"担心"。

第三天早晨,这一天陈忠实说他记得很清楚,是"公历3月25日",他提着《白鹿原》的手稿赶往城里。在客人所住的房间里,他把近五十万字的厚厚一摞手稿(注:这一摞为手写稿。陈忠实自己留的是复印件。《白鹿原》出版后手稿又退还给陈忠实)准备交给两位编辑。那一刻,突然有一句话涌到口边:"我连生命都交给你俩了。"但他把这句话硬是咽了下去。他没有因情绪失控而任性。他意识到,这种情绪性的语言会给高、洪造成压力,甚至还不无胁迫的气味,他便打住。从事创作多年,他明白,出版社出书,只看作品的质量,不问其他。接稿子的是洪清波,洪清波看陈忠实将厚厚一摞稿件交给他,却又不松手,表情看上去分明有些重要的交代,可到底没有说什么。陈忠实只是在稿件上拍了几下,就完成了他酝酿良久的交接仪式。

中午,陈忠实请二位编辑在金家巷作协后院的家里吃午饭。在饭馆吃饭,陈忠实这时还没有这个经济实力。夫人王翠英尽其所能,给客人做了一顿头茬韭菜做馅的饺子。陈忠实回忆说,两位编辑很随和,连口说饺子好吃。很多年后,洪清波却回忆说:陈忠实"那天请我们

---

① 洪清波:《先睹为快》,载《当代》,2016年第4期。下同。

吃了什么,一点印象都没了。没印象说明老陈为接待我们,付出了巨大的努力。为了写《白鹿原》,老陈家的经济濒临破产。用老陈的话就是,那阵子他不怕请客,就怕客人吃不下家里的饭。"吃了什么没有印象,但洪清波对陈忠实家的经济情况感受颇深。"我对老陈家的宴请没有印象,可是对他家的印象太深刻了。一个副厅级的作协副主席,家里的状况可以诠释一句成语:家徒四壁。我吃饭时只记得房间墙角里散乱堆了些空啤酒瓶,这是我看到老陈家唯一能与现代社会接轨的标志物。当时全国人民都不富裕,但像老陈家这种情况的还是令人唏嘘。"

下午,送二位编辑去火车站。天黑时,陈忠实又赶回乡下老屋,先看卧床的母亲。母亲说,腿可以动了。陈忠实心里一块石头落了地,不由慨叹,在他完成最后一笔文字并交稿的这一天,天灾人祸竟然都来凑热闹了。现在好了,《白鹿原》的手稿由高、洪带走了,母亲的病也大有转机。他点了一支烟,感觉到了一种前所未有的轻松。

3月31日早上,陈忠实按习惯收听中央人民广播电台的新闻广播,突然听到邓小平南方谈话的报道。邓小平在南方谈话中指出:"不坚持社会主义,不改革开放,不发展经济,不改善人民生活,只能是死路一条。""革命是解放生产力,改革也是解放生产力。""改革开放胆子要大一些,敢于试验,不能像小脚女人一样。看准了的,就大胆地试,大胆地闯。"听了邓小平南行中关于要继续坚持改革开放的讲话,陈忠实感到很振奋,同时,他也敏感地意识到,中国思想文化的春天也将随着自然界的春天一起到来了,《白鹿原》的出版也有望了。

大约二十天之后,陈忠实再次进城去背馍。进门以后,陈忠实按往常的习惯随意问妻子,外边寄来的信件在哪儿放着。妻子随意地说在沙发上。他过去翻捡了一下,看到一个寄信地址是"人民文学出版社"的信封,不禁一愣。拆开信先看最后的署名,竟然是高贤均!陈忠实一瞬间感到头皮都绷紧了。陈忠实回忆说:"待我匆匆读完信,早已按捺不住,从沙发上跃了起来,噢唷大叫一声,又跌爬在沙发上。"①这是一个人一生中很难遇到一回的激动时刻，他在另一处是这样回忆的："这是一封足以使我癫狂的信。他俩阅读的兴奋使我感到了期待的效果，他俩共同的评价使我战栗。我匆匆读完信后噢噢叫了三声就跌倒在沙发上，把在他面前交稿时没有流出的眼泪倾溅出来了。"②叫了一声还是三声，陈忠实当时肯定并没有数，所以说法不同并不奇怪，他只是在那一刹那间把在心底憋了很多也很久的块垒一下子倾泻而出，流出眼泪自然也很正常。

听到这一声惊叫，王翠英吓得从厨房跑过来，急问出了什么事。陈忠实在沙发上缓了半响，才算缓过气来，给妻子报了喜讯。稍稍平静，他又忍不住细读来信。

高贤均说，他和洪清波从西安坐上火车便开始读稿，一读便放不下手，俩人轮流着读；成都的事忙完，俩人也都读完了；回到北京，由他综合两人的意见给他写了这封信。

洪清波后来回忆这段经历更为详细。他说，在西安等拿《白鹿原》稿子的三天"是我们出差史上最无聊的三天"，因此，当他和高贤均离开西安"登上开往成都的火车，我们无比轻松"。从西安到成都有十几个小时的车程，只是为了打发这百无聊赖的时间，洪清波并没有多少信心地开始阅读《白鹿原》手稿。"结果，是地球人都可以预料得到的。"洪清波显然还没有全部看完，但职业经验使他对这部作品已经有了相当确定的看法。他"拿了看过的稿子找到高贤均，顶着他疑惑的神情，向他保证这是货真价实的先睹为快"。洪清波记述，"果然，到了下火车的时候，高贤均就变得不那么淡定了，只要有时间就跟我开聊读后感。我都担心这样会让不明就里的四川作家朋友感到我们的移情别恋了。确实，以往看邓贤初稿的标配是，白天看稿谈稿，晚上

---

① 陈忠实：《寻找属于自己的句子》，上海文艺出版社2009年版，第158页。
② 《陈忠实〈白鹿原〉曾风行全国至今仍在畅销》，载《新京报》，2009年7月20日。

一票作家朋友,在来了就不想离开的城市里声色犬马。而这次,白天看稿谈稿依旧,晚上高贤均要求邓贤不要有任何安排,说是回宾馆看《白鹿原》。作家裘山山后来写过这段反常,那是在《白鹿原》成功之后。我们的四川作家朋友们,一起经历了这一见证奇迹的历史时刻"。"回到北京,高贤均和我分别走出书和出刊的三审程序,依旧是一路盛赞。"①

陈忠实后来回忆说,"让我震惊到跃起又吼喊的关键,是他(指高贤均。引者注)对《白》的概括性评价。他的评价之好之高是我连想也不敢想的事"。笔者认为,高贤均这封信非常重要,这是《白鹿原》的第一个白纸黑字评价,又是陕西文学圈之外的第一个评价,相对来说可能更为客观一些。笔者看到陈忠实在不同的地方,对这封信有着大同小异的转述,但都觉得转述不如原信来得准确和更有力量,曾向陈忠实说想看这封信,想引用原信。陈忠实说他找找,过了几天,说没有找到,可能还在乡下什么地方放着,有机会得慢慢找。笔者不好再催,只是觉得遗憾。有一天,忽然看到了《当代》编辑周昌义的一个长篇对话,其中引用了高贤均当年读了《白鹿原》手稿后的一个评价,话是这样说的:

"老周:其实,《白鹿原》手稿复印件(笔者注:应为原稿)递到清波和小高手上的时候,好运就开始了。他们在火车上就开始翻,到了成都,在和邓贤谈《中国知青梦》的间隙,就把稿子看完了。还没回北京,感受就传回来了。

小王:怎么说的?

老周:开天辟地!"②

---

① 洪清波:《先睹为快》,载《当代》,2016年第4期。
② 周昌义:《〈白鹿原〉复生和〈废都〉速死》,载《西湖》,2008年第2期。

"开天辟地!"这是高贤均读了《白鹿原》手稿后传回北京人民文学出版社的评价,四个字,却有千钧之力。

多年以后,笔者偶然得知陕籍在京的评论家白烨手中有陈忠实给他的高贤均此信的复印件,即向白烨要来此信复印件的复印件。原信照抄如下:

老陈:

您好!

我们在成都待了十来天,昨天晚上刚回到北京。在成都开始拜读大作,只是由于活动太多,直到昨天在火车上才读完。感觉非常好,这是我几年来读过的最好的一部长篇。

犹如《太阳照在桑干河上》一样,它完全是从生活出发,但比《桑干河》更丰富更博大更生动,其总体思想艺术价值不弱于《古船》,某些方面甚至比《古船》更高。《白鹿原》将给那些相信只要有思想和想象力便能创作的作家们上一堂很好的写作课。衷心祝贺您成功!

出书我看是不成问题了。责任编辑是刘会军,也是您认识的。关键是《当代》。我将向朱盛昌、何启治建议分二期全文刊载。洪清波与我看法完全一致,他会在《当代》尽力鼓吹。

先简单写几行字,以解悬望。《当代》方面一有消息即告。如见到田长山、小阎请代为问候。问您夫人好,感谢你们的热情接待。

握手!

高贤均

4.16

难怪陈忠实读信之后在沙发上又是跃又是伏,又是吼又是叫的。陈忠实难得有这样的性情表现。这里,既有类似十年寒窗苦一朝登金榜一样的欣喜若狂,也有千里马遇到了伯乐、俞伯牙遇到了钟子期那样的欣慰。

陈忠实在平静下来之后,对妻子王翠英说:"可以不去养鸡了。"

随后,陈忠实又收到了何启治的来信,信中充满了一个职业编辑遇到百年等一回的好稿子之后的那种兴奋和喜悦。何启治强调,作品惊人的真实感,厚重的历史感,典型的人物形象塑造和雅俗共赏的艺术特色,使《白鹿原》在当代文学史中必然处在高峰的位置上。因此,出版社一致认为应该给这部作品以最高的待遇,即在《当代》杂志连载,并由人文社出版单行本。

1992年的4月到6月,《当代》杂志的洪清波、常振家和时为《当代》杂志常务副主编的何启治先后完成了对《白鹿原》的审稿,8月上旬,在删去其中两章后,《当代》另一位副主编朱盛昌签署了在《当代》1992年第6期和1993年第1期连载《白鹿原》的意见。同时,人文社当代文学编辑室也完成了对《白鹿原》的审读程序。

下面摘引《当代》杂志和人民文学出版社当代文学一编室有关《白鹿原》的审读意见。这是一份重要的资料,既是关于《白鹿原》的最初的来自专业文学编辑们的考量和评论,也是当代出版史上不可多得的重要史料,其意义正如何启治所言,有心人在读了这些审稿意见之后,"当更能体察《白鹿原》诞生时所处的气候、土壤和环境等条件"[①]。何启治说,《白鹿原》在内部审读过程中几乎被一致看好,但编辑在看稿的过程中,心里不但有作者、读者,还会有上级领导,也会想到管着他们的相关政策,因而,他们不但看到了、充分肯定了《白鹿原》的思想认识价值和艺术魅力,而且也注意到了它存在的一些问题和可

---

① 何启治:《〈白鹿原〉档案》,载《出版史料》,2002年第3期。

能引起责难的地方。

(一)《当代》杂志审读意见

洪清波的初审意见（1992 年 4 月 18 日）：

作品最突出的优点是，所描写的生活非常扎实，因而就大大丰富了作品的内涵……当代文学创作中，如此生动、丰富、真实描写农村生活的还不多见。

其次，人物形象非常成功。白嘉轩、鹿子霖是两家的家长，他们的命运无不与历史许多重大事件相关，所以他们是那个时代中国农民的缩影。用既定的思想观点很难判断他们一生的是是非非。但是读者无法怀疑他们的真实性。

在艺术表现上，总的看来十分朴素。作品以叙述为主。一般说来叙述得比较清楚，并显示出一定的丰富性，但也有个别地方有枝蔓（和）不合理的问题。当然，作为一部长篇，这种朴素的表现方式，显得有些单调，特别是有时候该出情绪的地方，烘托不上气氛。但是这也与作者的写作风格、描写内容有关。此作是比较冷静的现实主义，很少渲染夸张。

总之，此作可读性较强，内容丰富，认识深刻，我以为是很不错的作品。

常振家的复审意见（1992 年 5 月 3 日）：

这是近年来一部比较扎实的作品，历史感强，人物形象鲜明而丰满。特别是作者能把人物的命运与性格的展示同整个社会的历史变迁结合起来，这就不仅加强了人物性格的深刻性和丰富性，而且使作品产生一种厚重感。

作品不足之处在于笔墨过于均匀，变化较少，"浓淡相宜"注意不够。有些性的描写似应虚一些。但总的来说,这还是一部不错的作品。

何启治的终审意见(1992年6月30日):

这是一部扎实、丰富,既有可读性又有历史深度的长篇小说,是既有认识价值也有审美价值的好作品。

1. 此作体现了比较实事求是的历史观、革命观。在政治上是反"左"的,是拥护十一届三中全会正确思想路线(实事求是)的。写国民革命、写国共又合作又斗争的历史相当冷静、准确、可信。可以说比较形象、真实地描绘了国共两党初期闹革命阶段的真实面貌,如十六章写白灵、鹿兆海以铜圆的正反定入党的对象,其后又在实践中互变为另一党的党员,就很有时代特色。

2. 此作通过白、鹿两个家族、两代人的复杂纠葛反映国民革命到解放这一时期西安平原的中国农村面貌,也是准确而有深度的。我们有一个时期以简单的阶级斗争(甚至扩大化)观点来统帅一切,事实已证明这是不符合历史真实的。《白鹿原》在这一点上显示了作者的冷静和勇气,而作为文学作品,则显得既新鲜又深刻、准确,因而特别值得肯定,值得重视。

3. 作品的历史观和革命观都不是概念的表述,而是通过活生生的艺术形象塑造和生动、形象的生活画面来表现的。

如老一代的白嘉轩、鹿子霖、朱先生就写得很好。朱先生作为一个有骨气的正直博学的知识分子写得很成功。白嘉轩作为一个有原则且能身体力行的倔强的族长形象也很动人。十六章写他被打断了腰仍不失威仪,夺过鹿三的牛鞭子在夕阳中扶犁耕地,就像一幅充满悲壮意味的夕照图。鹿子霖干尽了坏事,但也不是简单地(写他)干坏事,都按一定的生活逻辑落笔。凡此,显示

了作者的冷峻和艺术功力。（长工鹿三的形象也值得注意）

当然，鹿兆鹏、鹿兆海兄弟和白灵、白孝文、黑娃等形象也不错。特别是小娥这个表面看似淫荡而实际上并未泯灭人性的艺术形象也是成功的，值得注意的。

这就牵涉到此稿的性描写如何处理的问题。首先，我赞成此类描写应有所节制，或把过于直露的性描写化为虚写，淡化。但是，千万不要以为性描写是可有可无的甚至一定就是丑恶的、色情的。关键是：应为情节发展所需要，应对人物性格刻画有利，还应对表现人物的文明层次有用。自然，应避免粗俗、直露。试想，如果《静静的顿河》去掉了阿克西妮亚会成个什么东西？如果《子夜》删掉了冯云卿送女儿给赵伯韬试图以美人计刺探经济情报这段情节，又怎么样？（这情节不但写活了赵伯韬的狂傲，冯云卿的卑鄙，也写出了冯女的幼稚和开放。）《白鹿原》的小娥就是个很重要的形象。她在鹿子霖挑唆下拉白孝文下水这一段性情节，就很能表现鹿子霖的卑鄙，白嘉轩的正直、严厉以及小娥和白孝文的幼稚和基本人性、为人态度等等，是不可少的情节。

此外，作品还有一些比较弱的或比较经不起推敲的部分（如992页写白灵发动学潮，1218页鹿兆鹏让鹿兆海送白灵到张村，1427页反反复复讲白孝文买鹿家门楼等等），应在编辑时或删或作适当改动处理。

陈忠实迄今最重要、最成功的小说就是这一部……赞成适当删节后采用，刊《当代》今年第6期和明年第1期。请发稿编辑把文字加工工作做细一些。（大约可删去五万字左右？）

朱盛昌（时任人文社副总编辑，实际主持《当代》杂志工作）**意见**（1992年8月10日）：

按何启治同志的意见处理。

关于性描写，我不是反对一般的两性关系描写。对于能突出、能表现人物关系、人物性格和推动情节发展所需要的两性关系的描写是应当保留的。但直接性行为、性动作的详细描写不属此例，应当坚决删去，猥亵的、刺激的、低俗的性描写应当删去，不应保留……不要因小失大。

（二）当代文学一编室意见

刘会军的初审意见（1992年12月18日）：

这部作品既有严肃深刻的思想内容，又有生动引人入胜的故事情节。两者完美的结合，提高了小说的品位。它对生活的冷峭、深邃的描写，对人物琢磨不定，但又入情合理的性格刻画和总是出人意料的情节发展，以及篇幅宏大而情节、人物单线发展却又完整自然的框架式的艺术结构，都显示出作品的独到之处。它既能引起作家、出版家、评论家、学术研究者的重视，也能受到一般文学爱好者的喜欢，能引起社会的强烈反响。它的经济效益在目前情况下不敢企盼过高，但希望在文学评奖中获奖，还是抱有信心的。

高贤均的复审意见（1993年1月11日）：

同意刘会军同志对作品的分析和评价。

这部以叙事为主要表现手段的小说，其艺术感染力却强于众多浓墨重彩着力描绘的作品，原因就在于生活本身的丰富和魅力。作者沉潜数年，努力探索生活本质，研读名著，反思以往创作，终于摆脱了过去种种观念、戒律、创作模式的束缚，走上了真正的现实主义创作道路，并调动了自己的全部生活积累和生活感悟，完成了这部现实主义巨著，从而在自己的创作历程上飞跃了几级台阶。这部作品在艺术手段的运用上少有出新之处。但它的恢宏气势,扑面而来的真实感,生动复杂鲜活的人物形象,内涵无穷,使人见仁见智的情节,都令人信服地说明了生活的力量,真正现实主义的力量。这是近几年不可多得的长篇小说佳作,远非那些耍花枪的时髦作品所能比拟。应该作为我社重点作品推出。

何启治(1992年9月调任人文社副总编辑,分管当代文学的出书工作)的终审意见(1993年1月18日):

这是一部显示作者走向成熟的现实主义巨著,作品恢宏的规模,严谨的结构,深邃的思想,真实的力量和精细的人物刻画(白嘉轩等可视为典型),使它在当代小说之林中成为大气(磅礴)的,有永久艺术魅力的作品。应作重点书处理。[①]

1993年6月,《白鹿原》单行本正式由人民文学出版社出版。第一次印数是一万四千八百五十册。这是一个有整有零的数字。这在当时的文学市场已经是一个不小的数字,但是在事后看来,还是显得相当保守。这充分反映了当时的文学市场情况。当时的文学市场总体上相当萧条,小说作为最贴近大众的一种文学体裁,市场景况也相当冷落。作家甚至是名作家的小说集征订数很少甚至没有征订数是很正常的情况,长篇小说相较于中短篇小说集,市场可能略微好一些,但总体上也是很不景气。以陈忠实自己来说,他此前出过五本小说集,第一本太早不论,第二本《初夏》,中篇小说集,上海文艺出版社1986年出版,印数是三千四百册;第三本《四妹子》,中篇小说集,中原农民出版社1988年出版,印数是五千四百六十册;第四本《到老白

---

① 以上审读意见均见何启治:《〈白鹿原〉:拔地而起的艺术高峰》,见《美丽的选择》,首都师范大学出版社2010年版,第45—48页。

杨树背后去》，短篇小说集，陕西人民教育出版社1991年出版，印数是四千六百册；第五本《夭折》，中篇小说集，陕西人民出版社1992年12月出版，印数只有一千册。其中，《四妹子》和《夭折》没有稿费，是出版社以书抵的稿费。我们再来看路遥的《平凡的世界》，该书由中国文联出版公司出版，第一部1986年12月出版，印数是一万九千四百册，到了1988年4月第二部出版时，印数平装本只有九千一百册，精装本印了八百九十五册，总共不到一万册。所以，《白鹿原》能印一万四千八百五十册，陈忠实已经很高兴了，而出版社则认为还多少冒了一些风险。据《当代》杂志编辑周昌义说，《白鹿原》在新华书店第一次征订的数量只有八百册，数量如此之少，但还是大胆地印了一万四千八百五十册。①

---

① 周昌义：《〈白鹿原〉复生和〈废都〉速死》，载《西湖》2008年第2期。

第六章　原下的日子

一、一段空前绝后的美好时月

二、《白鹿原》：持续二十多年的火与热

三、主席之位

四、归去原下

五、清夜闲谈

六、寓居二府庄

2012年，何启治到白鹿书院讲学，与陈忠实在书院"上林春"合影

2005年6月，白鹿书院成立庆典，与张贤亮（中）、熊召政（左）

一、一段空前绝后的美好时月

1992年的春天悄然而至。

陈忠实感到，这是他五十年生命历程中最好的一个春天。每天，或在原下的院子里散步，或在小书房里喝茶，他的心情是放松的；或上原坡，或走灞河长堤，看草长莺飞，他的心情是畅快的。乡党办红白喜事，盖新房，他依旧去当账房先生。雨天不能下地干活了，或是漫长的夜晚，他依旧和几位老棋友楚汉分界下下象棋。对于一直把时间当生命，把劳动和写作当成生活中最为要紧的事情的陈忠实来说，这一段日子，是他生命中最为闲散的一段，生活是闲散的，心态是闲适的。

读书的时候，他忽然发现，几十年来他读的最多而且也最喜欢阅读的小说，居然现在一点兴趣也没有。他竟然想读中国古典诗词了。一直以来，陈忠实的阅读功利目的很明确，那就是为了自己的写作。他主要写小说，偶写散文，他的阅读也就主要围绕着这两个方面。他明白，自己对中国传统文化包括古典文学，基础浅薄。几十年来，他把有限的时间，基本都用在了阅读中国现当代文学作品和翻译过来的外国文学作品，其中主要是小说，舍不得费时间去读中国古典诗词和文章。

他此时欲读古典诗词，非为功利，纯为欣赏。

在《白鹿原》获得肯定意见的前后时间段里，他读诗赏词的心情是不一样的。《白鹿原》书稿交出去了，在等待审读意见的日子里，陈忠实一个人住在原下老屋，感觉院子里是空荡荡的，任何书籍都读不进去，他找了一本古典诗词集，强迫自己阅读，目的只有一个，那就是试图改变焦虑的心态，但是收效甚微。他又想了一个办法，大声朗诵，这一来有了些效果，自己感觉焦灼的心绪稍有缓解。他此时读诗词，完全是为缓解内心的焦虑，这样的救心之法，想来不会真正进入诗词的意境。等到后来有了一连串出乎他意料之外的肯定意见，他的心放下了，才被古典诗词之美打动，被古典诗词的万千气象和意境感染，最后竟然沉湎其中了。

陈忠实的文学价值观，倾向于社会功利性。他对抒发个人情怀以及倾向于唯美追求的作品向来不大重视。这一次，在自由放松的心态下，他开始阅读古典诗词，由宋人到唐人，以至上溯到《诗经》时代，古人千百年来代代相传下来的绝妙好诗，拓展了他的文化视域，也丰富了他的审美意识。他在欣赏古人的诗词意境之美中获得了审美的愉悦，得到了绝好的精神享受。这样一种阅读心理和审美体验，对陈忠实这样的向来注重社会功利性的作家来说，可能以前不曾有过。心境来自处境，处境影响心境。

由于个人心境的原因，陈忠实不仅觉得这一年的春天是他五十年来最美好的一个春天，连他过去不大注重的古典诗词，也如同这一年的春天一样，美不胜收了。"这是五十年生命历程中空前亦绝后的一段美好时月！"这是时隔十七年之后，2009年5月，陈忠实在写他的《寻找属于自己的句子》最后一章时，回顾人生来时路，所说的一句颇为感慨的总结性话语。此种自由愉悦的绝佳心态，他自我感觉前所未有，甚至在《白鹿原》出版之后也未曾有过。1992年这一年，陈忠实基本上是在阅读诗词和试写诗词中度过四季的。

夏天,他在吟诗诵词的同时,虽然自知功夫浅陋,但毕竟也浸染多时,跃跃欲试,加之内心颇多感念,填了有生以来的第一首词《小重山·创作感怀》:

春来寒去复重重。掼下秃笔时,桃正红。独自掩卷默无声。却想哭,鼻涩泪不涌。

单是图利名?怎堪这四载,煎熬情。注目南原觅白鹿。绿无涯,似闻呦呦鸣。

此后又写了一首《青玉案·滋水》:

涌出石门归无路,反向西,倒着流。杨柳列岸风香透。鹿原峙左,骊山踞右,夹得一线瘦。

倒着走便倒着走,独开水道也风流。自古青山遮不住。过了灞桥,昂然掉头,东去一拂袖。

前者述创作的艰辛和对艺术新境的期望,"四载""煎熬情"实为不堪,"想哭,鼻涩泪不涌","注目南原觅白鹿。绿无涯,似闻呦呦鸣"。后者写追求自己艺术之路的决绝心态,"独开水道也风流","过了灞桥,昂然掉头,东去一拂袖"。

秋天,他收到何启治的一封信,信中告诉他出版社关于《白鹿原》书稿的发表和出版安排:先在《当代》杂志分两期发表,一期是1992年第6期,另一期是1993年第1期,单行本于明年出书。得到这个确切的消息,陈忠实更是安心了。他依旧优哉游哉,或吟诗诵词,或到原坡和河川散步,眼看着秋去冬来。

陈忠实算计着《当代》第6期出刊快要临近,想着应该让报纸发一书讯，就找到他的朋友同时也是《陕西日报》文艺部编辑的田长山，说了《白鹿原》将在近期的《当代》杂志刊发，请他拟一则消息，在报纸上发一下，作为预告。田长山略小于陈忠实，1947年生，陕西泾阳人，1982年毕业于北京大学中文系，创作、评论兼擅。陈忠实与他合写的报告文学《渭北高原，关于一个人的记忆》，在这一年的5月，刚刚获得中国作家协会1990—1991年度全国优秀报告文学奖，俩人情谊非同一般。田长山当即拟出一稿，陈忠实看了说，不要评价性的有溢美之嫌的话，也不要写小说之外的诸如耗时六年写作之类的事，尽量写得平实一些，告诉读者一个小说刊出的消息即可。陈忠实最大的担心，是小说如果刊出后，读者和文学界反应平平，那么宣传中所说的溢美之词就会成为笑话和讽刺。对于陈忠实提出的诸多限制，北京大学中文系培养出来的田长山居然一时下笔踌躇。田长山盯着陈忠实说："这不准说那不能写，倒叫我写啥呀？"最后，俩人字斟句酌，费时一个多小时，才写了百把字的书讯。

12月22日，《陕西日报》刊发了署名李山写的本报讯：

> 我省作家陈忠实创作的第一部长篇小说《白鹿原》，已在今年《当代》杂志第6期面世。作家自甘寂寞，简居乡村耗时五年，终于完成五十万字的创造工程，以宏阔的思想视野和艺术结构，展现了从二十世纪末到二十一世纪中叶白鹿原上白、鹿两个家族激动人心的兴衰史，刻画了几十个血肉丰满的人物，再现了这个时期关中平原所发生的许多重大历史事件，不仅有史的价值而且具有丰富的文化内涵。人民文学出版社将发排《白鹿原》明年二季度出版。

不擅长更不愿意炒作，是陈忠实的一贯态度。当然，这个时候，文学上还没有用到"炒作"一词，这个词用之于文学，当在1993年下半年，上海有评论家在报纸批评《废都》时用到。

《当代》杂志逢双月出刊，12月，这一年的第6期印出发行。陈忠实从乡下赶到城里，找到一家邮局，已经售完。他又赶到西安市中心的钟楼邮局，一问，也已告罄。售货女孩随意地说："这期《当代》发表了咱陕西一个叫陈什么的作家的长篇《白鹿原》，这儿五十本《当代》两天就卖完了，还不断有人来问，你来得太迟了。"说着拿出一页登记着预订者名字的纸条，问他要不要登记预订。陈忠实看了那纸条上预订者的名字和单位，没有文学圈里的熟人，也几乎没有文学单位里的人，他感到大为欣慰，觉得《白鹿原》进入了真正的普通读者之中。

这实在有些出乎陈忠实的意料。

但陈忠实的心里是踏实的，更是高兴的。

当然，有更出乎陈忠实意料的事还在后头。

二、《白鹿原》：持续二十多年的火与热

令陈忠实惊喜令出版社意外的是，《白鹿原》的销售异常火爆。

《白鹿原》在《当代》刊出后，在文学界和广大读者中引起了轰动。何启治回忆，音乐家瞿希贤的女儿在法国学美术，她在《当代》上看到《白鹿原》上半部之后，委托父亲找到了人文社前总编屠岸，寻找《白鹿原》的下半部。1994年秋天，画家范曾在法国巴黎读了《白鹿原》，"感极悲生，不能自已，夜半披衣吟成七律一首"，称《白鹿原》为"一代奇书也，方之欧西，虽巴尔扎克、斯坦达尔，未肯轻让"。

《白鹿原》第一次印刷的书还没有印出来，西安新华书店就从文学界的大量好评中嗅到了商机。书店找到了陈忠实，让他在西安北大街图书市场签名售书，书店自己开卡车到北京堵在印刷厂门口，等着

拉书。签售当天是一个大热天，早上 8 点，签售开始。陈忠实到现场的时候，读者排出了一里多长的队伍。陈忠实第一回遇到这种场面，很兴奋，坐在那里没动，一直签到下午一点多，四五个小时连头都不抬，只写他的名字。

《白鹿原》于 1993 年 7 月在西安首次发行销售，十天后盗版书就摆在了书摊报亭里。人民文学出版社手忙脚乱地加印，6 月第一次印刷，到了 11 月，已连印七次，半年内印了大约五十万册。人民文学出版社的孙顺临当时在策划部，他记得，第一次印的一万四千八百五十册还没有全部印出来，全国各地追加的数量就开始大幅增加，印刷厂就连着印，"批发商在甜水园等着提货，每送去一批，很快就被抢购一空"①。

《白鹿原》出版后，中央人民广播电台和西安人民广播电台差不多同时联播，在读者和文学界迅即引起巨大反响。

《白鹿原》以及其他几位陕西作家的长篇小说在京城的相继出版，一时构成了媒体上称之为"陕军东征"的现象，而媒体上关于"陕军东征"的报道和宣传，也给包括《白鹿原》在内的几部陕西作家作品的热销起了推波助澜的作用。据最早在媒体上公开使用"陕军东征"一语的《光明日报》编辑记者韩小蕙回忆，1993 年 5 月 19 日早晨，她去北京空军招待所参加《最后一个匈奴》研讨会。上电梯的时候，电梯里面有阎纲、周明、陈骏涛诸先生，不知谁跟阎纲和周明开了句玩笑，说："你们陕西人可真厉害，听说都在写长篇。好家伙，是不是想来个挥马东征呀？"后来在会上发言时，有人提起电梯里的这句玩笑话，于是，发言者纷纷跳开《最后一个匈奴》这一本书的思路，争说陕军群体的文学成果与特色。当时明确提到的有《白鹿原》和《八里情仇》，也有人模模糊糊提到《废都》。因为《废都》的书和刊都还没有出来，《十月》编辑部怕人盗版，谁也不给看，据说当时只给了

---

① 《陈忠实〈白鹿原〉曾风行全国至今仍在畅销》，载《新京报》，2009 年 7 月 20 日。

一位评论家看清样,是要约写评论。韩小蕙经过阅读和采访,写了一篇约两千字的文章《"陕军东征"火爆京城》,于5月25日发表在《光明日报》二版头条位置,介绍了陕西几部长篇小说引起轰动的经过和作家创作的一些内情。很快,《陕西日报》也转载了该文。

《白鹿原》发表、出版后,不仅在普通读者中,在评论界也引起了巨大的反响。评论界对《白鹿原》好评如潮。1993年3月23至24日和7月16日,西安和北京两地分别召开了《白鹿原》研讨会。西安研讨会后,《小说评论》同年第4期刊发了《一部展现民族灵魂的大作品》的纪要,并用约一半的篇幅发表了十二篇评论文章;北京研讨会后,《小说评论》同年第5期发表了题为《一部可以称之为史诗的大作品》的纪要。

西安《白鹿原》研讨会上,与会评论家认为,"《白鹿原》是一部很有艺术魅力的作品,是近年来罕见的一部大作品,陈忠实因《白鹿原》而以全新的面貌出现在人们面前","《白鹿原》以其全景性的历史观照和宏阔的史诗规模开拓了现实主义小说的新层面,它既不同于那种写市民写市井生活的新写实,也不是那种带有理想主义的现实主义,它为现实主义小说提供了有力的新例证。《白鹿原》迷人的阅读吸引力也将改变人们对纯文学缺乏可读性的看法","《白鹿原》标志着陈忠实的创作摆脱模式走向自由,走向成熟","《白鹿原》的产生,既是作家创造的结果,也是时代造就的,陈忠实广泛地吸收了近些年的思维成果,开明、开放的社会环境保证了作家艺术创造力的充分发挥"。有评论家分析说,"《白鹿原》深刻地把握和表现了中国农业社会的基本特点,写出了传统文化——包括仁义思想、宗法观念等怎样沉积为农民心理的地质层,展示了民族的精神和灵魂。作品所写的民族历史是一种全景史,它突破了政治史、阶级斗争史的局限,也突破了社区、行业的局限,以大的历史事件为经,以白、鹿两家争斗为纬,将发生在关中大地上的近半个世纪的历史纳入其中,形成一种全景观照。作为一个民族的秘史,《白鹿原》也是一部人格史,人心史,民族文化心理在近百年剧烈震荡的历史变化中的演变史","《白鹿原》中农村的政治领袖与精神领袖是分离的,它强调了文化、文化传统对人的重要作用。小说半是赞歌,半是挽歌,写了传统文化的力量,也写了它的负面,写了中国村社文化的最后的光环,也写了村社文化的终结,中国古典农民的终结"。与会者认为,"《白鹿原》重要的收获之一是在历史和人的结合中塑造了一系列真实而又有独创意义的中国农民形象。其中像白嘉轩、鹿子霖、鹿三、朱先生、田小娥、黑娃等,个性鲜明,有的极具典型意义"。与会评论家对《白鹿原》艺术表现手法上的探索也做了讨论,"《白鹿原》在总体写实的基础上,糅以民间传说和灵怪色彩,既表现出关中地区的民情风俗,又有一种亦真亦幻的艺术感染力。这既是当代长篇小说艺术上的一种新探索,也是对中国古典文学传统手法的一种继承。陈忠实以往小说的语言比较朴素平实,而《白鹿原》的语言是高密度的大笔勾勒,具有节奏感和耐人的韵致"。不少评论家认为,"《白鹿原》是陈忠实生命体验与艺术体验成熟期的作品,是陈忠实创作进入巅峰状态的作品","整部作品是饱满的,均衡的,因而经得起历史的检验"。①

北京《白鹿原》研讨会上,评论家们纷纷发言,"《白鹿原》达到了一个时期以来出现的长篇小说所未达到的高度与深度"(冯牧语);"阅读中我的第一个感受是中国文学领域出现了一部重量级的大作品,它厚重、深沉,必将并已经不胫而走"(雷达语);"直接感受是:凝重深沉而凝练,密度大而酣畅淋漓,结构宏大而又精雕细刻"(朱寨语);"从总体上它是气势恢宏的史诗,从局部、具体细节、语言看,……可以像《红楼梦》一样读"(蔡葵语);"小说内涵大、内容丰富","是

---

① 小雨:《一部展现民族灵魂的大作品——〈白鹿原〉研讨会综述》,载《小说评论》,1993年第4期。

一部摒弃一切旧的模式,对民族历史进行了深刻反思、总结,对文学语言加以创造的辉煌巨制"(屠岸语);"小说写了五十年,是五十年的民族生存史和人的历史"(谢永旺语);"《白鹿原》是一部激动人心的作品,怎么评价都不过分,必将载入中国、世界文学史册"(张韧语);"《白鹿原》本身就是几乎总括了新时期中国文学全部思考、全部收获的史诗性作品"(白烨语)。①此外,海外评论者梁亮说:"由作品的深度和小说的技巧来看,《白鹿原》肯定是大陆当代最好的小说之一,比那些获得诺贝尔文学奖的小说并不逊色。"②文学评论家何西来认为:"陈忠实的《白鹿原》,是上一世纪九十年代,中国长篇小说创作的重要收获之一,能够反映那一时期小说艺术所达到的最高水平。把这部作品放在整个二十世纪中国文学的大格局里考量,无论就其思想容量还是就其审美境界而言,都有其独特的、无可取代的地位。即使与当代世界小说创作中的那些著名作品比,《白鹿原》也应该说是独标一帜的。"③

陈忠实在《白鹿原》卷前有一句引自巴尔扎克的话:"小说被认为是一个民族的秘史"。1980年代"文化心理结构"说的出现及其有关讨论,对陈忠实创作产生了极大的影响,与以往的长篇小说相比,《白鹿原》在侧重描写中国农民群体人物形象及其性格的同时,特别注重描写中国农民的以及我们民族的文化心理结构。《白鹿原》问世后,评论家显然注意到了这一点,不少论者在分析研究小说中的人物形象及其性格的同时,更从中华文化和民族心理角度对小说进行解读和阐释。不少论者认为,《白鹿原》是对陕西关中五十年生活的写照,

---

① 《一部可以称之为史诗的大作品》,见《〈白鹿原〉评论集》,人民文学出版社2000年版。
② 梁亮:《论〈白鹿原〉与〈废都〉》,见《〈白鹿原〉评论集》,人民文学出版社2000年版,第324页。
③ 何西来:《〈白鹿原〉评论集序》,见《〈白鹿原〉评论集》,人民文学出版社2000年版,第1页。

也是对民族秘史的揭示。这种揭示是对人的文化心理、特别是两千多年来中国人儒家文化心理的探讨。雷达在主编《中国新文学大系》第五辑长篇小说卷时,对1976年至2000年长篇小说的审美经验进行了反思,他这样分析和评价《白鹿原》在当代小说史中的地位和价值:"现在的相当一批作品超越了启蒙意义上的、政治的和经济的乡村,而进入了文化的、精神的、想象的、集体无意识的乡村,很多作品不仅关心农民的物质生存,更加关心他们的灵魂状态、文化人格;文化作为一种更加自觉的力量和价值覆盖着这一领域。由于中国社会向来以家族为本位,家族小说成了传统结构模式之一,也许作家们觉得,惟有家国一体的'家族'才是最可凭依的,故而乡土与家族结成了不解之缘。不妨以《白鹿原》观之,作品以宗法文化的悲剧和农民式的抗争为主线,以半个世纪重大的阶级斗争和民族矛盾为背景,正面观照中华文化精神及其人格,探究民族的历史命运和文化命运。它的创新和超越主要表现在:一、扬弃了原先较狭窄的阶级斗争视角,尽量站到时代的、民族的、文化的高度来审视历史,诉诸浓郁的文化色调,还原了被纯净化、绝对化的'阶级斗争'所遮蔽了的历史生活本相;二、除了交织着复杂的政治、经济、党派、家族冲突之外,作为贯穿主线的,乃是文化冲突激起的人性冲突——礼教与人性、天理与人欲、灵与肉的冲突,这是此书动人的最大秘密;三、开放的现实主义姿态,比较成功地融化了诸多现代主义的观念手法来表现本土化的生存,在风格上,又富于秦汉文化气魄。事实上,看清了《白鹿原》文化秘史式的写法,也就基本看清了九十年代以来家族小说审美特色的所在,那就是文化化"[①]。这个分析和评价应该说还是比较中肯的。

也有论者对这部作品提出了批评。《文艺争鸣》1993年第6期发

[①] 雷达:《20世纪近三十年长篇小说审美经验反思》,载《小说评论》,2009年第1期。

表了三篇批评《白鹿原》的文章。张颐武的《〈白鹿原〉：断裂的挣扎》，认为《白鹿原》是巧妙地以高雅的、严肃的、史诗式的"定位"走进了文化消费的市场，其努力并未结出理想的果实，作品成为极度碎片化的零散的段落的连缀，它在读者中的反响很大程度上是以"雅文学"的定位获得的。朱伟的《史诗的空洞》认为这部作品"一切的一切，都是别人已经摹写过了的，从家族关系、主仆关系，到革命使两个家族成员的重新组合，革命中的冤假错案，再到美人计、亲翁杀媳、兄弟相煎，从主干、枝干到每一个细部，几乎都能找到引文出处。所不同的只是它变成了多重多种过去已有文本中故事的重新组合与综合"，"在《白鹿原》中，我们感觉到的是陈忠实的生命形态被他所要寻找的形式与框架不断的阻隔。这种阻隔的结果，使他的生命形态在其中越来越稀薄，最后就只剩下一大堆材料艰苦拼接而成的那么一个'对一个历史时期社会风貌全面反映'的史诗框架，这个框架装满了人物和故事，但并没有用鲜血打上的印记，在我看来，它是空洞的一个躯壳"。

值得一提的是，1993年，由于《白鹿原》等作品的热销即所谓的"陕军东征"竟引发了长篇小说的出版和阅读热潮，这个热潮延续了相当长一段时间。周昌义后来有一段话，谈到了这个热潮的余波对于后来文学市场的影响，也从另一个侧面说明了《白鹿原》当年火爆的巨大威力："出版社出书，第一看市场，第二才看好歹。《尘埃落定》遭遇退稿的时间，应该是1995、1996、1997那几年。还记得不？《废都》和《白鹿原》及陕军东征是在1993年。那以后，长篇小说有了赚钱的可能。但对于大多数作品来说，仅仅是理论上的可能。绝大多数作家，还只能自费出书。还有，《废都》和《白鹿原》开拓的纯文学市场，只适用于《国画》和《沧浪之水》这一类紧贴现实的现实主义作品。不适用于现代主义先锋们。《白鹿原》对于火爆了近十年的现代主义先锋们其实是丧钟，那以后，一切不能以正常人的思维和正常人的口气讲故事的这主义那主义都被正常人视为'神经'，开始了永无休止的盘跌。1997年前后,恰恰是他们最凄凉的时候,坚持跟他们一起'神经'的期刊都开始了跟他们一起凄凉的绝路……"①

《白鹿原》出版以后曾获得以下奖项和荣誉:

1993年6月10日,《白鹿原》获陕西省作家协会第二届"双五文学奖"最佳作品奖。

1994年12月,《白鹿原》获人民文学出版社第二届"炎黄杯·人民文学奖"(1986—1994)。

1997年12月,中国作家协会第四届"茅盾文学奖"揭晓,《白鹿原》(修订本)获奖。2008年12月5日,由深圳读书月组委会、深圳报业集团主办的"30年30本书"文史类读物评选活动在深圳举行了盛大的颁奖典礼。经过全国专家与读者的共同推选,陈忠实的《白鹿原》入选。此次评选的书籍被称为"30本影响中国人30年阅读生活的优秀文史书籍",入选书目既考虑其"历史的重要性",也考量其"本身的价值"。

2009年6月,《中国新文学大系》五辑100卷由上海文艺出版社出齐。《白鹿原》完整入选"大系"第五辑(1976—2000)。

2010年3月,《钟山》杂志在第2期上刊出"30年10部最佳长篇小说"投票结果,为盘点30年(1979年—2009年)长篇小说创作的成就,江苏作协主办的大型文学杂志《钟山》邀约十二位知名评论家,从纯粹的文学标准出发,投票选出他们认为最好的十部作品并简述理由,排名第一位的是《白鹿原》。

《白鹿原》出版以后,先后被译成日、韩、越南、蒙古、法、维吾尔、锡伯、克尔克孜等语种文字出版,被改编或移植为秦腔、话剧、舞剧、歌剧、电影、电视剧、连环画、雕塑等多种艺术形式。

---

① 周昌义:《〈白鹿原〉复生和〈废都〉速死》,载《西湖》,2008年第2期。

在当代长篇小说的出版史上，《白鹿原》也创造出了非凡的业绩。《白鹿原》由畅销书已变为常销书。仅以人民文学出版社为例，至 2012 年 5 月，笔者所见该社出版的不同版本的《白鹿原》已达十一种之多。据笔者向《白鹿原》的责任编辑之一刘会军了解，在 2006 年 12 月底，人民文学出版社统计《白鹿原》的累计印数已超过一百二十万册。2014 年，陈忠实说，他颇感欣慰的是，近十年来，各种版本的《白鹿原》加起来，每年的销量在十万册左右；多年来，读者包括一些单位找他为《白鹿原》签名的也经常不断，他曾在一个月里做了统计，这一个月竟有二十八天都有找他签名的，多的一次有五百多本，少的一次一本。

一方地域的知名度与文学艺术有很大的关系。湘西凤凰古城之名闻天下，实在与作家沈从文和画家黄永玉分不开，是这表叔侄俩给人们提供了关于这一偏僻地域的文学的、艺术的和文化的想象，这只"凤凰"才能从边城飞向世界；而世界各地的游客从四面八方如潮而来，细细一想，也无非就是为了满足各自关于这个古老边城的艺术和文化想象。江南的乌镇多少是因了茅盾和他的小说，周庄则似乎是因了陈逸飞的油画《双桥》。《白鹿原》也极大地提高了白鹿原的知名度，如今，白鹿原已经成为西安周边颇聚人气的旅游和休闲去处。白鹿原名自周代，宋时因大将狄青在这里扎寨驻兵，后世又名之狄寨原，现在又因一部文学作品而恢复了原名，且天下闻名。

陈忠实后来说："回首往事我唯一值得告慰的就是：在我人生精力最好、思维最敏捷、最活跃的阶段，完成了一部思考我们民族近代以来历史和命运的作品。"①

---

① 陈忠实：《文学是我人生最重要的主题词》，见《原下的日子》，太白文艺出版 2004 年版，第 323 页。

三、主席之位

命运实在是一个不可捉摸的东西。作家特别是小说家，喜欢写人的命运，因为命运有一种令人敬畏的力量，它是强大的压倒一切的，又是神秘的不可知的。1992年，就在陈忠实写完《白鹿原》的这一年，作协陕西分会还没有换届，上级内定为作协陕西分会主席的路遥，在8月6日孤身一人去延安，一到延安就病倒了，之后辗转西安治疗，竟然一病不起，于11月17日撒手尘寰。

在路遥的追悼会上，陈忠实致悼词。他说：

我们不得不接受这样的事实，无论这个事实多么残酷以至至今仍不能被理智所接纳，这就是：

一颗璀璨的星从中国文学的天宇陨落了！

一颗智慧的头颅中止了异常活跃异常深刻也异常痛苦的思维。

这是路遥。

他曾经是我们引以为自豪的文学大省里的一员主将，又是我们这个号称陕西作家群的群体中的小兄弟，他的猝然离队将使这个整齐的队列出现一个大位置的空缺，也使这个生机勃勃的群体呈现寂寞……

年轻时候写过新诗后来一直没再写过的陈忠实，在伤痛路遥英年早逝的同时，感于生命的脆弱和命运的不可捉摸，于这一年的11月26日草写，后于1993年9月16日改写出了诗歌《猜想死亡》。诗中写道：

天宇里
有一颗专司死亡的星星

是有意还是无意
是选择还是冒碰
一旦砸下来
便要击中一个天灵盖
这人便死了
无论是元首还是将军
抑或只是一个平民

它不辨善也不择恶
不分贵也不分贱
更没有公平可论
撞上谁
算谁倒霉

这个猜想如果成立
我们反而坦然
被砸中了便走向死亡
砸不上便继续做自己的事
总统继续竞选连任
将军继续操练士兵
平民继续忙油盐酱醋的日子

担忧根本无用

躲藏更属徒劳

运气仅仅在于

一个迟些……一个早些

　　1991年执意不去省文联做书记，而愿意留在作协陕西分会只当一个专业作家的陈忠实，最终还是被推举为作协陕西分会主席。1993年6月，中国作家协会陕西分会改名为陕西省作家协会。6月8日至10日，陕西省作家协会第四次会员代表大会在西安人民大厦召开。王汶石致开幕词。胡采代表第三届理事会做题为《以邓小平建设有中国特色的社会主义理论为指针，改革开拓，为繁荣发展我省文学事业而奋斗》的工作报告。会议通过修改《陕西省作家协会章程》，选举理事八十三名，常务理事四十三名。陈忠实致闭幕词。在四届一次常务理事会上，陈忠实被选举为省作协主席，王愚、王蓬、孙树淦（莫伸）、刘成章、李凤杰、杨韦昕、赵熙、贾平凹、高建群、雷进前（晓雷）被选为副主席。在四届主席团会上决定聘请胡采、王汶石、王丕祥、魏钢焰为名誉主席。任命雷进前（晓雷）兼任秘书长。

　　从陈忠实的出身、经历和文化教养来看，从他的做人和品性观察，他是一个不汲汲于富贵，也不戚戚于贫贱之人。但他也不是一个甘于淡泊的人，不是一个不在乎功利的人。他曾说，他从不言淡泊，文坛就是一个名利场。他只是赞同，君子爱财，取之有道；君子当权，得之有道。他不屑于蝇营狗苟，更耻于同流合污。

　　陈忠实说过，他早年的人生最高理想就是能当一个专业作家，可以自由支配时间，能按自己的爱好写作。当了作协副主席，现在又当主席，显然，超乎他原来的理想之外，"赚了"。他没有飘飘然，也没有昏昏然，爱了文学三十多年，进了作协二十余年，他深知作家生活不易，创作不易，既在其位，得谋其政，需舍下身子为作家们的生活和写作创造一定的条件，要放下身段为陕西文学的发展和繁荣做一些实事。

多半生埋头创作，年过半百以后多少有些"意外"地荣任被誉为"文学大省"被称为"文学重镇"的陕西省作家协会的主席，陈忠实还是很想大干一番的。陕西作协有过辉煌的历史，但积弊也久。从1954年到1993年，近四十年间，陕西作协有三届领导，主席皆为从红色延安过来的文艺老战士：马健翎，柯仲平，胡采。现在，终于轮到陈忠实他们新的一代上来了，又乘着当时文坛盛刮的所谓"陕军东征"的东风及其余威，当选为第四任主席后，陈忠实在他所做的闭幕词中，激昂而豪迈地讲："我们倡导这个群体的每一个成员，有勇气有锐气有志气有才气有风气。我们相信在这个群体里会形成大胸怀大气魄大视野，出现大作品大作家。""陕西作家应该而且能够对中国当代文学做出无愧贡献！"这里所讲的"五有"和"五大"，也是本次大会的主题词，曾书写为巨大的横幅悬挂在会场周围，非常醒目。可以看出，在老一代作家渐次谢幕而由青壮年作家登台的这一届代表大会，包括陈忠实在内的主席团不仅显得朝气蓬勃，显出要大有一番作为的态势，而且目标宏伟，对未来的期待值很高。

在闭幕词中，陈忠实在分析了陕西作家群的现状之后，还讲了未来工作的中心："未来十年对于无论哪一个年龄档次的陕西作家都是至关重要的，而最重要的一点是任何一个人都耗费不起有限的生命。本届代表大会产生的主席团，将清醒地认识并理解这一基本的现实，将坚定不移地围绕保证作家进行艺术创造尽最大可能释放各自的艺术能量这个中心而开展工作"，"我们将把改善作家创作条件和生活条件作为最现实最迫切的一件工作提上议程"，"我们将努力倡导另外一种有利于作家进行创造的环境和氛围，即和谐"。

当了省作协主席以后，陈忠实着实忙了几年，差不多有六七年的样子。所忙的事中，有一件就是给作协建办公楼。

陕西省作家协会的前身中国作家协会西安分会于1954年11月成

立,筹备阶段,作家王汶石坐着当时给作协配备的唯一一辆吉普车在西安市到处寻看地方,最后选定建国路的一处院落作为作协的办公地址。这个院落始建于1930年代,原来是国军第84师师长高桂滋的公馆。1936年双十二事变后,张学良、杨虎城为了蒋介石的安全,需要寻找一处幽静又舒适的住处。西安事变两天后,蒋介石就被迁送到张学良公馆旁边的这座高桂滋公馆。蒋介石在此住了十一天。1949年西安解放后,高桂滋将军把这座公馆作价十五亿人民币(旧币)捐了一架战斗机,随后搬往另处居住。这个院落先后成为西北妇联和中苏友协等机关团体的办公处。作协西安分会成立,省政府将此地划给作协办公居住。这个院落分为前院、中院和后院。前院主体是一座带有地下室的西式建筑,坐北朝南,院子中间有一个喷水池。中院是花园。后院是室内层高两三米的平房,实木地板,青砖碧瓦,围成古色古香的三重院落。作协的两个公开刊物《延河》和《小说评论》以及一个内部刊物《陕西文学界》的编辑部、创联部,还有部分作协内外员工都住在这三个小院里。中院的花园已在1980年代被废弃,建了一个三层楼的招待所。作协的主要业务部门都在后院办公,陈忠实自己的一间办公室当年也在这里。但房屋年久失修,虽然院子里的蜡梅、玉兰还有高可参天的梧桐以及高大的平房在显示着这个院落的出身不凡,但毕竟在风雨中挺立了六十余年,四处可见墙倾屋圮,每逢下雨,有些房间的顶棚就会掉下来,伤人毁物。所以,给作协建一个办公楼就成了新一届作协领导班子诸项工作中的一个当务之急。

建楼是一项大工程,报、批、要钱、施工,诸种事项既复杂还有困难。陈忠实放下创作,忙于那事,也忙这事。有一次,为办公楼的事,事先约好了,他和副主席兼秘书长晓雷去找一位领导,早早去了,等着接见。好不容易等到与领导在办公室见面,领导却一句正事不谈,大谈自己对某地区一个小戏的看法。陈忠实只好恭听,心里巴望着领导快快谝完闲传,言归正传说说盖楼的事。不想领导兴头很足,从中午十一点半谈到了一点,后来一看表,挥挥手说要吃饭休息。陈忠实出来后,在院子里仰天大笑了两声,冷笑了两声,然后对同来的晓雷说:"旧时代的官僚尚且知道尊重文人,这人则连为官做人起码的常识都不懂。"

由此看来,处在主席之位,虽然想做些事情,但有时候也做不了多少。陈忠实当了省作协主席后,由于后院盖楼,他的办公室也搬到了前院,就是当年软禁蒋公介石的屋子。作家方英文打趣地说,现在陈忠实自己把自己软禁了起来。

陈忠实五十岁以前,《白鹿原》出世以前的人生道路上,他辉煌过,也落寞过。但总体上看,他是不断咬着牙奋进的,为了他心爱的神圣的文学事业,"吭哧""吭哧"①不断努力,是一个埋着头苦干实干的形象,甚至不无拼命的意味,刚硬,坚毅,"豪狠"。由一个高考落榜青年,到以文学改变命运而成为一个工农兵业余作者,从一个农民到农村基层的国家干部,从业余作者再到专业作家再到一个省的作家协会副主席,不"吭哧""吭哧",没有"豪狠",是断然不能的。何况,他到了四十四岁以后,还发誓要给自己弄一个死了以后可以"垫棺做枕"的作品,如此,除了"豪狠",他还能有别的选择,还敢有别的心态?

埋头写《白鹿原》时的陈忠实,尽管已是陕西省作协的副主席,文学圈里虽然知名,但在老百姓那里,还没有多少人知道他。他住在乡下写《白鹿原》,隔段时间回城里办一些事。有一次,陈忠实有急事,骑了一辆旧自行车过西安东大街,东大街那时白天不准自行车通行,他被那些从乡下招来的纠察人员拦住,硬要罚款,他怎么解释都不行,最终还是被罚了两块钱。陈忠实气恼且有点沮丧地把这事讲给

---

① 陈忠实用语,象声词,形容特别使劲而且吃力地干一件事。陈忠实1991年9月19日致白烨信中两次说到"我正在吭哧的长篇"。

一位同事听时,同事一边笑一边给他说:"你说你是作家陈忠实,他们也许就不罚了。"陈忠实说:"人家看咱更像个稼娃(关中方言,农村人的意思)。"确实,那时的陈忠实走在街上,更像一个乡下人。你要是在街上碰见他,看他散没在街上熙熙攘攘的人群中的背影,你会觉得,他确实更像个地道的关中农民。

四、归去原下

2001年到2002年,陈忠实回到乡间——老家蒋村住了两年。复归两年,隐居两年,生活、思考、写作了两年。

2001年春节刚过,陈忠实在城里买了二十多袋无烟煤和吃食,回到蒋村祖居的老屋。准备了这么多的东西,显然是打算在这里长住。妻子女儿一起送他复归原下乡村的老屋,他留下,妻女回城。他站在门口又送妻子和女儿。当他挥手告别妻女,看着汽车转过沟口,转过那座檐塌壁倾颓败不堪的关帝庙,折回身走进大门,进入刚刚清扫过隔年落叶的小院,心里竟然有点酸酸的感觉。这一年他五十九岁。已经是摸上六十岁的人了,何苦又回到这个空寂了近十年的老窝里来?

如果说陈忠实的心中有隐逸的思想,很难令人信服。陈忠实是关中汉子,硬汉一个,出于贫贱,勇于进取,性格中无关于"隐",甚至丝毫无关。他曾很多次说过,文坛就是一个名利场,他不讳言要在这个名利场中争取自己的东西。

但是,如果仔细读他复归原下这一阶段的散文,就会发现,他居然步上了千百年来中国传统文人走过的路子,归去来兮,隐于乡村。

2003年12月11日,陈忠实在城里二府庄写了《原下的日子》,这是他回城以后写的回忆那两年乡间生活的散文,这篇散文是他那两年心绪的集中表达。

　　他写道,回到祖居的老屋,尽管生了炉火,看到小院月季枝头暴出了紫红的芽苞,传达着春的信息,但久不住人的小院太过沉寂太过阴冷的气氛,一时还不能让他生出回归乡土的欢愉。文字之外,让人感受到的,是他的心情许久以来过于郁闷,也太过压抑,所以,尽管回归了朝思暮想的老屋,但心境一时还是难以转换,是一派春寒的冷寂。"这个给我留下拥挤也留下热闹印象的祖居的小院,只有我一个人站在院子里。""我站在院子里,抽我的雪茄。""我一个人站在院子里。原坡上漫下来寒冷的风。从未有过的空旷。从未有过的空落。从未有过的空洞。"一连三个排比,三个"空"字,三个斩钉截铁的句号,极力表达着作者内心的空茫和宁静。

　　他写道:"我听见架在火炉上的水壶发出噗噗噗的响声。我沏下一杯上好的陕南绿茶,坐在曾经坐过近二十年的那把藤条已经变灰的藤椅上,抿一口清香的茶水,瞅着火炉炉膛里炽红的炭块,耳际似乎缭绕着见过面乃至根本未见过面的老祖宗们的声音:嗨!你早该回来了!"

　　"嗨!你早该回来了!"这是陈忠实的表达语言。陶渊明或千古以来文人的表达句式是:"归去来兮,田园将芜胡不归!"意思是一样的。陶渊明也是回归了家乡。所不同的,是陶渊明辞了官,陈忠实没有辞。其实,陈忠实辞不辞都一样,反正都是闲职,有和无一样,用乡间的话说,是"样子货"。

　　第二天微明,他在鸟叫声中醒来,"竟然泪眼模糊"。闻鸟声居然泪眼模糊,陈忠实此时的内心太过敏感,感情太过脆弱。显然是积郁已久,终于找到突破口了。在乡间,闻鸟鸣。傍晚,他走上灞河长堤,看到一个男人在河滩里挖沙筛石。他久久地站在那里观看,直至入夜,浮想联翩。在这一年的5月12日,他写了短篇小说《日子》,写的就是一个挖沙男人的生存状态和人生样态,其最初的生活触发点,可能就是来自这一天傍晚他的所见、所感与所思。

春来，杏花、泡桐花、洋槐花等各种花儿次第开放，香气溢满原上和川道。夏至，"令人沉迷的绿野变成满眼金黄，如同一只魔掌在翻手之瞬间创造出来神奇"。秋临，弱柳变为金黄。冬到，小雪接着大雪，踏雪原野，听雪声脆响。这是陈忠实在乡间一年四季之所见，更是他的生命感受。他"由衷地咏叹，我原下的乡村"。在这里，陈忠实又变得极为抒情。

夏夜无眠，他在夜色中思接千载，怀古思今，更为确信"在原下进入写作，便进入我生命运动的最佳气场"。

与《原下的日子》异曲同工而又各臻其妙的散文作品是《三九的雨》。2002年1月17日，正是他在乡间隐居的时候，陈忠实写成散文《三九的雨》。1月17日是农历辛巳年的腊月初五，旧历一年将尽之时，陈忠实此时写这篇作品，除了三九的雨给人带来了特别的触动之外，也有岁尽时的顾后瞻前之意。这一场陈忠实有生以来仅见的三九的雨是从腊月初二下起的，一直下到初四天明，初五他已然写就这篇关于三九的雨的散文，时间上算起来没有间隔。《三九的雨》写得非常从容，然而情绪却又回环往复，宛如一首慢板的乐曲。这是他当时的心境，也是他当时的生活状态。悠游从容，淡定自然。

三九本该是严寒的天气，三九三，冻破砖，滴水成冰，却没有落雪，而是下了一场雨。雨从前天下起，小雨，连绵至今天天明。陈忠实一直感觉自己生命中缺水，缺雨，三九天居然下了这一场雨，自然令他欣喜万分。腊月初四天明后，他来到村外一片不大却显得空旷的台地上，极目四望，感受三九雨后的乡村和原野。四野宁静，天籁自鸣，陈忠实觉得宁静到可以听到大地的声音。雨后的一片湿润一片宁静中，陈忠实的目光从脚下的路延展开去，陷入往事的回想。脚下的砂石路当年只有一步之宽，为了求学，他走了十二年。当年背着一周的干粮，走出村子踏上小路走向远方，小小年纪情绪踊跃而高涨，但对未来却是模糊无知。当时最大的宏愿无非是当个工人,不想却爱上了文学,"这不仅大大出乎父母的意料,连我自己也感到奇怪"。"背着馍口袋出村挟着空口袋回村,在这条小路上走了十二年",所获的是高中毕业。曾经路上遇狼,但有父亲壮胆。陈忠实在那一刻意识到,他的一生,都与脚下的这条砂石路命运攸关。农村基层工作二十年,往返于这条路;即使他后来在城里当了专业作家,还是毅然从城里回来,沿着这条路回到自家的老屋。然后是从1982年冬天到1992年春天,他在原下祖居老屋里读书、写作。他总结道,这十年,是他最沉静最自在的十年。

在回顾了过往的大半生的人生之路后,他强调"我现在又回到原下祖居的老屋了"。"老屋是一种心理蕴藏"。"心理蕴藏",是否可以理解为给心理以力量的蕴蓄?这个祖居老屋,曾经是父亲、叔父以及祖父们共居的地方,如今他们已经长眠于白鹿原北坡,但他们的某些生命气息依然回荡在老屋。他在和祖先默视、和大地对话的过程中,获取心理的力量蕴蓄。

特别是,从他第一次走出这个村子到城里念书的时候起,他的父亲和母亲送他出家门,眼里都有一种"神光","给我一个永远不变的警示:怎么出去还怎么回来,不要把龌龊带回村子带回屋院"。而且,"不要把龌龊带回村子带回屋院"似乎是陈氏家族固有的观念,"在我变换种种社会角色的几十年里,每逢周日回家,父亲迎接我的眼睛里仍然是那种神色,根本不在乎我干成了什么事干错了什么事,升了或降了,根本不在乎我比他实际上丰富得多的社会阅历和完全超出他的文化水平",关键是,"别把龌龊带回这个屋院来"。

"别把龌龊带回这个屋院来"这个警示,给"这个屋院"赋予了特别的意义:它是净地,它是祖屋。

在这篇散文即将结束的时候,陈忠实简单地提了一句他前不久在北京当选为中国作家协会副主席,有记者向他提问,他的回答是:"作为一个作家，应该始终把智慧投入写作。"然后，他从容地写道："我站在我村与邻村之间空旷的台地上，看'三九'的雨淋湿了的原坡和河川"，"粘连在这条路上倚靠着原坡的我，获得的是沉静"。完全是宠辱不惊的气度，宁静致远的心态。

熟悉陶渊明或王维回归田园、隐居乡间诗作的人，一定可以看出陈忠实这里所写的，一方面是对"腻"和"龌龊"的厌弃或逃避，另一面是对自然的由衷喜爱和歌咏，对农人、农事的发自本心的亲近和关切。是其所是，非其所非，是非之间，凸现出作者当时的人生处境、心境和价值取向。

陶渊明《饮酒》诗："结庐在人境，而无车马喧。问君何能尔，心远地自偏。采菊东篱下，悠然见南山。山气日夕佳，飞鸟相与还。此中有真意，欲辩已忘言。"王维《济州过赵叟家宴》诗："虽与人境接，闭门成隐居。道言庄叟事，儒行鲁人余。深巷斜晖静，闲门高柳疏。荷锄修药圃，散帙曝农书……"以这些描写隐居乡间的诗作，比照陈忠实的这些散文作品，我们可以看到，古往今来，某些内在的精神意绪，实在是一脉相通。

陈忠实隐居乡下的时候，在 2002 年 7 月 9 日，写成了一篇散文，特别的意味深长。这篇散文叫《遇合燕子，还有麻雀》，写的是一个燕子筑的巢被麻雀霸占的事，此事为陈忠实亲见亲历。这篇写鸟的散文很长，约有五千字，估计不是一天写完的。记得陈忠实写这篇散文的时候，因为什么事和笔者通过电话，随口说到了他正在写的这个散文，他在电话那头呵呵笑着，给笔者讲这个燕巢雀占的故事。笔者当时心里一震，觉得这里边别有意味。后来笔者再读这篇散文，觉得这确实是一篇意在言内又意在言外的作品，信息非常之多。陈忠实后期散文，除了写自己某一段或某一种人生经历，写游历观感，还有两种特别醒目的题材，一是喜欢写树，一是喜欢写鸟。陈忠实说过，人之喜爱文学，没有别的，是因为此人有一根对文字、对文学敏感的神经。以此逻辑观照陈忠实自己，他之喜欢写树和写鸟，也是对树和鸟有一根敏感的神经。陈忠实也写过花，但很少，如《种菊小记》，最喜欢的还是写树，原因有三：一是当年他求学，全赖父亲种树卖树，令他刻骨铭心；二是他自小就生活在乡村，后来又长期在农村工作，几乎是触目皆树，院内院外树木常年伴他，让他感到亲切、悦目；第三，曾有算命先生算过他是"木"命，也许冥冥之中他和树木还真有更深一层的神秘关系，虽然说不清，权为一说。动物里，陈忠实写过蜘蛛和狼，都不是专题专意写它们，而是写树或其他事时顺带写的，但他却有多篇散文是专题专意写鸟的。他写过鹭鸶、白鸽、朱鹮、斑鸠，这一次，是专意写燕子和麻雀。而与以往写鸟就是写鸟不同，这次除了写鸟本身之外还写一种生命现象。或者说，重要的是写一种生命现象，这种生命现象又有着普遍的意义，可以说也是一种生活现象、社会现象甚至历史现象，而且富于哲理。

《遇合燕子，还有麻雀》先是写了两种燕子，瑚燕和草燕，瑚燕属于精致一类，且极爱干净，草燕粗糙肮脏。家里曾有草燕筑巢孵蛋，如今来了已经极为罕见的瑚燕，所筑之巢精美绝伦，令人叹为观止。后来，作者出门数日归来，发现瑚燕已杳无踪迹，而让人吃惊又好笑的是，麻雀占了燕巢。作者百思不得其解，有鸠占鹊巢一说，鸠凭的是力量和凶猛，而麻雀与瑚燕属于一个量级，显然说不上力量也谈不上凶猛，凭什么就占了燕巢呢？作者将此奇事说与村人，村人哈哈大笑说："麻雀根本不会和燕子动武。麻雀根本用不着和燕子动武。麻雀只要往燕子窝里钻一回，燕子就自动给麻雀把窝腾出来了。为啥？麻雀身上的臊气儿把燕子给熏跑了。燕子太讲究卫生了，闻不得麻雀的臊气。"作者大为惊异："哦！这又是我料想不到的学问，一个令我惊心的学问。"作者由此浮想联翩，以此燕巢雀占之理推及自然界，又推及人类社会生活，想到林黛玉如果遇到鸨婆，谦谦君子如果遇到泼皮无赖，"不必交手结局就分明了"。明白了这一层，虽然令人惊心，却也令人开心。"我站在台阶上抽烟，或坐在庭院里喝茶，抬头就能看见出出进进燕窝的麻雀的得意和滑稽,总忍不住想笑。起初，麻雀发现我站着或坐在院里，还在屋檐上或墙头上窥视，尚不敢放心大胆地进入燕窝，一旦我转身进屋，'哧溜'一声就钻进去了，还有点不好意思的心虚，显现出贼头贼脑的样子。时间一久，大约断定我其实并不介入它占燕巢的劣行，就变得无所顾忌的大胆了，无论我在屋里或檐下，它都自由出入于燕窝。我也就对麻雀吟诵：放心地在燕窝里孵蛋，再哺育小麻雀吧！毕竟也还是一种鸟！"这里，既显出了作者的仁厚、宽容与大度，也显出了作者在精神姿态上的居高临下。

至此，我们不禁要探究，陈忠实为何在摸六十岁的时候，当着省作协的主席，又是党组成员，妻子儿女此时也都居于城里，他却放下方便和自在，独自一人归于原下，一住便是两年，是一时心血来潮，还是别有缘由？读了这些隐居的散文，特别是这篇写鸟的散文，我们会恍然明白若干谜底。

这一个时期，陈忠实不仅以散文的形式借景抒情、借物抒怀，也以评论、序文的形式表达他这个时期某种强烈的生活感受，表达他对一些人及社会问题的看法和思考。2002年10月中旬，他给笔者的一本散文随笔集《种豆南山》写了一篇序文，其中的许多文字，意蕴深广，有着他强烈的生活感怀和对现实的批判。在评说笔者的散文《做一个简单的人》时，他引用了笔者的一段话："我说的简单的人意思是：为人处世，特别是与人交往，尽量化繁为简，而不要把事情复杂化，更不要耍心眼，与人钩心斗角。"他认为这是笔者的"立身宣言"，然后展开分析说，"时下的社会生活形态，似乎恰恰是复杂化。即把很简单的事和处理这些事的最直接最规范的途径废置，寻求某种曲里拐弯草蛇灰线暗箱操作的幽径，取得一个意料不及面目全非又是出奇制胜的结局，名曰生存智慧。生存智慧酿造生存技巧。官场擢升商场暴利乃至文坛出名，更显灵的就是此道了。敢于挑战这样的生活世相宣言做一个简单的人，必定是见多了也洞透了所谓生活智慧和生存技巧所演示的龌龊，而独守一分清静，继而发出做一个简单的人的宣言，独立成一种人生姿态"。接着他又进一步展开论述，"小利引用一个曾经有过显赫声名的红卫兵头目的话：'在政治上只有头脑而没有良心。'小利断定：'简单的人肯定做不到这一点。简单的人是讲良心的。'这里就划开了一个最基本也是最严峻的人生界线，即良心。良心的界线毁弃了，黑可以说成白，丑可以说成美，指鹿为马也不觉得荒谬了。良心毁弃的唯一因素就是某种生存目的实现。譬如说在某种非正常的环境下，譬如说在自身能力和条件尚不具备的情势中，而要达到权欲的名利的生存目的，就得玩弄生存智慧生存技巧了，就不能简单地把黑说成黑把白说成白把丑说成丑把美说成美把鹿说成鹿把皇帝说成什么衣服也没穿的光屁股。指鹿为马的中国历史典故，正好为安徒生的童话《皇帝的新衣》提供了生活的依据或注释，前者为生活真实，后者为艺术真实，相得益彰，鉴示中外古今。为什么会把这样简单的事象完全弄到面目全非复杂混账呢？任谁都不会怀疑洋的和土的两帮重臣文化高低造成了失误，都是为了生活得更好的目的而讲究了生存智慧生存技巧的必然结局，良心显然没有了。这样，我就意识到关于简单的人的真实内涵，并不简单；而要做到一个简单的人，更不简单。其中丰厚而又严峻的意蕴是，守护良心，守护心灵家园的纯净，坚守作为一个人的尊严"①。陈忠实在这里对生活中一些现象的指斥，显然有他在生活中的感受和发现。

  2001年到2002年，这是陈忠实自1992年年底写完《白鹿原》以后到西安城里居住、生活工作之后复归乡村的两年。复归老屋旧居，仔细分析，除了逃避或者说躲开他屡次有意无意地透出的"龌龊"之外，

---

① 陈忠实：《陈忠实文集》第7卷，人民文学出版社2015年版，第352、353页。

还有更重要的一点，那就是在重新打量世事人事的同时，他也要重新打量自己，调整自己的心理。归于宁静，再次获得宁静，应该是他这两年最大的收获。

这两年，用他自己的话说，也是他自1992年进城以后写作字数最多的两年。

笔者查看并统计了一下，这两年，或散文，或言论，或小说，他每月都有一篇或数篇作品写成。2001年，他写成散文、言论计二十一篇，短篇小说三篇，出版散文集一部；2002年，写成散文、言论计三十五篇，短篇小说两篇，出版散文集、小说散文合集四部。

虽然归于原下，但陈忠实不是要做一个"隐者"，只过那种"采菊东篱下，悠然见南山"的闲适生活。回归自己的田园，也许更有利于他对农村社会的观察，对农民命运的思考。而农村，一直是陈忠实关注的焦点。2002年5月9日中午，笔者陪一位企业人去西蒋村，同陈忠实商讨一件与作协文学活动有关的事。聊天时，陈忠实说《中国作家》第5期发了他的一篇短篇小说《腊月的故事》，这篇小说是写农民的，是他对农村生活、农民问题观察和思考的一个反映。陈忠实说，他对官方现在提的"弱势群体"这个说法有很不同看法，农民占全国总人口的四分之三，这么多的人口，不能简单说是一个"弱势群体"。他的《腊月的故事》中，有一个民工说，市长是城里人的市长，不是乡下人的。他现在很关心城乡的差异甚至对立。陈忠实甚至有些激动地说，国家对城里人和对乡下人的政策有很大的不同，城市的学校是国家投资的，而乡村的学校却要农民集资办学，还搞了一个"希望工程"让有钱人捐助，这是区别对待。

企业人讲了一个观点，权强国富，权弱民富，权力强硬，就能收揽权力和财力，利于国家；权力软弱，管不住，财散于民间。陈忠实认为此说新鲜而且有道理。企业人讲了一个笑话：过年时，领导人看望穷苦百姓，送去米面油还有钱，问还缺什么，农民说，缺陈胜吴广。

企业人分析说，米面油还有一点可怜的钱只能解决一时的问题，过罢年怎么办呢？陈忠实说，这虽然是个笑话，却让人思考。

后来我们一起回城。路上，笔者和陈忠实闲聊，说："晚明文人很讲究生活的艺术化，有个叫屠隆的，说他最理想的生活是：'楼窥睥睨，窗中隐隐江帆，家在半村半郭；山依精庐，松下时时清梵，人称非俗非僧。'这个人理想的环境是'半村半郭'，清静，又不清冷；理想的身份是'非俗非僧'，闲适，又不空寂。这种生活方式，可进可退，非常灵活。陈老师现在的处境就多少有一点这样的意思。住在乡村，又离城很近，是城边，可以说是清静但又不偏僻；生活方式呢，读书写作兼会客，清闲中又很充实。"陈忠实呵呵笑着说："我居住的地方是'半城半乡'，人是'半官半民'，其实更多的是一个'民'啊。"

五、清夜闲谈

2002年1月22日下午，应泾阳吉元集团总裁陈元杰之邀，陈忠实去泾阳参观那里的吉元工业区，笔者也应邀同去。此前，陈忠实一直住在蒋村乡下。当选中国作协副主席后，工作上事情多，各方找他的人也很多，陈忠实很忙。陈忠实和民营企业家陈元杰认识，缘于吉元集团支持陕西作协设立陕西作协吉元文学奖。吉元文学奖是吉元集团出资设立奖励基金、陕西省作家协会于2000年设立的一项文学奖，旨在奖励创作突出的陕西青年作家。笔者当时是这个文学奖的联络人，陈元杰通过笔者三次邀请陈忠实到他们那里考察并参加他们企业的文化活动，陈忠实直到此日下午才把时间安排出来。五点，陈元杰派助手邹军、陆德开车来接。近七点时，到达泾阳，住当地的吉友宾馆。

陈忠实喜欢吃搅团，路上就说让打搅团。搅团一般是用苞谷面打的，但这里晚饭端上来的搅团却是麦面做的，可能是这里平时没有准备苞谷面这样的粗粮，只有白面细粮，但白面细粮做出来的搅团有形无味，不好吃。吃完饭，主人请去吉元大酒店看侏儒表演，说这是土行孙表演。看了一会儿，陈忠实不感兴趣，就和笔者先回了。回到宾馆，陈元杰陪着洗了桑拿，陈忠实不敢蒸，说受不了。洗完澡，笔者到陈忠实房间，和他说闲话。陈忠实说他晚上一般到凌晨1点睡觉。此时10点过一点，时间还早，我们就海阔天空地聊了起来。

说了一会闲话，聊到官的问题。陈忠实和笔者在同一单位，我们都回避谈单位的人和事。笔者当时刚分了新房，也成了新家，陈忠实对笔者说，你这个人心性淡泊，现在房子和家庭问题都解决了，安顿下来以后，要多写东西，搞评论，应该关注并参与全国性的文学话题讨论，研究一些全国性的文学问题，普遍性的文学问题，发出自己的声音，这样才能造成更大的影响。笔者说，我对当官和弄钱都没有什么兴趣，是准备好好静下心来写东西的。陈忠实说："四十岁后，日子过得很快。你现在的年龄（笔者注：四十四岁），是我八六年（1986年）的年龄，现在感觉就像是昨天的事。回想五六十年代，是感觉有些遥远，但四十岁时的事，确实就像昨天。人到了五十岁以后，时间更显得快。"他说："我小时候，看那五十岁的人，就是个老汉。"笔者插话，杜牧有诗说"四十已云老"。陈忠实继续说，"那时在乡下，就有这样一个老汉对我说，人老了，就像日头下山一样快啊。那时不理解这话，现在理解、体会得很深。早上八九点钟的太阳，你甚至不觉得它的移动，日头在头顶的时候，你也不觉得它的变化，到了下午五六点的时候，你就会觉得太阳下得很快，很快就落下去了。特别是太阳压山的时候"。陈忠实睁大眼睛看着我，边说边在茶几上比画，"太阳压到山上的时候，你先看还是一轮，很快就变成了半个，紧接着，几乎是一眨眼的工夫，就下去了。这时候，你会感觉到黑夜突然降临了"。接下来，他强调说，

"人生要抓紧"。他说："那个时候，我在四十多岁时，突然感到了强烈的生命压力，而这时正好有了一个好的题材，那时对历史的认识也有了一个新的认识和高度，我不敢懈怠，就写了那部作品（笔者注：指《白鹿原》）。"

说到官，陈忠实显然颇有感触。他提到了一位刚下台不久的某地领导，说："这个人现在很难受啊，我跟他年龄差不多大，现在很庆幸我选择了写作这条路。此人在台上的时候，前呼后拥，现在忽然冷清下来了，你想他心理上会是个什么感受？先不说弄了多少钱，钱可能不缺了，光是手上那些事，那些他亲自干的事，这个建设那个建设，现在忽然让他撒手不管了，心理上那个窝囊呀，确实难受得很。听说此人有一次在大雁塔旁边那个日本人修建的唐华宾馆吃饭，一时激动难耐，当众说了好些不该说的话。"停了一下，陈忠实继续说："我是省委候补委员，几年来见的事，也让我感慨不已。光是开会主席台上的你上我下，就让人很有看的。先是这个人当书记，在主席台上慷慨激昂地大讲'开发''振兴'，忽然间，那个人来了，坐在台子上讲话，唾沫星子乱溅，这个人苦着脸坐在台下听，忍受着那个老汉那陕西腔夹杂着醋熘普通话的折磨。接下来，那个老汉还没坐满一届，第三个人又来了，老汉又坐在了台下，老老实实瞪大着眼睛，听一个比他年轻得多的人坐在台上又讲话，那个失落，那个难受，比啥都难受。"

笔者说，这就是《红楼梦》中说的，"乱哄哄你方唱罢我登场"，最后还不是"落一片白茫茫大地真干净"。

这一晚，我们聊了很久才休息。

笔者想起陈忠实的人生态度。他说他从来不言淡泊，就是有功利心。看来是实话实说。但对有些事笔者还是感到不解。心想他到了今天这个地位上，功成身退，归隐田园山林，如张良一类崇尚"从赤松子游耳"的人心向往的生活是可以做到的。但陈忠实不是这一类人，他一是崇尚建功立业，二来意识深处没有隐逸思想，平时也不好佛道，没有受过"出世""无为"思想的熏染，本可以深居简出，放下好多既无聊又无意义的事不管，落个清闲自在，可是他为什么还要抛头露面，弄得身疲心累，好像显得不甘寂寞呢？这几日偶然想到这个问题，此刻忽然一下子明白了。陈忠实和他们那一辈人，那一代作家，包括贾平凹、路遥、邹志安、京夫等，出身贫寒的农家，从小受苦受难，一直在人生之路上奋斗挣扎，在文学之路上走得也不容易，用邹志安的话说是一直在"左冲右突"，期盼着的，就是有朝一日能浮出水面，放出光彩，今天好不容易有了这个机会，有了今天的地位，怎么会轻言淡泊，又怎么会自我引退且甘于寂寞呢？一直什么都没有的人怎么会轻言放弃呢？对这些问题，如果仔细检视一下他们的出身、经历以及文化背景，是不难找到答案的。

第二天，陈元杰请了天人书画院的一批文人书画家来，给县上领导写字。书画家们在一个大厅里写，请陈忠实在一个房间写。陈忠实只写半张纸，即将四尺整纸裁开，或条幅，或斗方，只写四五字。陪同的陆德让给吉友宾馆题字，陈忠实踌躇着说，写什么呢，写个"宾至如归"没有新意，有一句话"睡觉睡到自然醒"，又觉得不那么合适。陆德是个机灵的姑娘，连说这个内容好。陈忠实就写了，说，这个怕不能挂在宾馆大厅，适合挂在房间里。按主人的要求写完后，陈忠实见笔者在旁边看热闹，说给你也写一幅。关于内容琢磨了好一会儿，却没有下笔，看来他很认真，不知写什么好，笔者说那就写"坐看云起"四字吧。此四字乃笔者第一本书的书名，也是笔者非常向往的境界。陈忠实把这四个字写在一张四尺对开纸上，写毕，自己评价说："'起'字最好，'看'字第二，'云'字第三，'坐'字笔墨未到位。"陈忠实的人生态度是积极入世，对笔者这种"坐看云起"的心态似乎不想鼓励，写完后又特意加了"小利雅兴"四个小字，表明此语不是他的意思。

六、寓居二府庄

1993年3月,陈忠实在回答《小说评论》主编李星的提问时说过一句有名的话:"我永远再不会上那个原了。"[①]陈忠实在这里所说的"原",不是地域概念的"原",而是指长篇小说《白鹿原》的"原"。李星问:《白鹿原》"小说的许多人物的命运里程都延伸到解放(1949年)以后,请问你有无写《白鹿原》第二部的打算?写第二部需要什么条件?"陈忠实答:"我去年初已经下了白鹿原。作为一部长篇小说的全部构想已经完成。基本可以肯定,我永远再不会上那个原了。"

很明显,陈忠实这里所说的"原"只是借喻意义上的"原",而且是特指《白鹿原》的续书。《原下的日子》是陈忠实一篇散文的名字。这个名字后来又用作两本集子的书名,一本是小说散文集,太白文艺出版社2004年出版,一本是《陈忠实集》之散文卷,精装,北京十月文艺出版社2008年出版。从散文篇名到书名(主要是散文集),一再使用,说明它特别契合陈忠实的某种处境和心境。确实,"原下的日子"颇能概括反映陈忠实在《白鹿原》之后,特别是约莫六十岁的时候及以后的生活情状和文化心态。陈忠实因《白鹿原》而名震天下,地理上的白鹿原也因《白鹿原》而天下驰名,陈忠实下了《白鹿原》的"原",却走入白鹿原的"原"。"原下的日子"中所说的"原下",既是《白鹿原》的"原",也是白鹿原的"原"。

2001年12月26日,陈忠实在中国作家协会第六次全国代表大会

[①] 陈忠实、李星:《关于〈白鹿原〉的答问》,载《小说评论》,1993年第3期。

六届一次全委会上,当选为中国作协副主席。

2003年春天,陈忠实从蒋村乡下住了两年又回到了城里。他晚上住在建国路金家巷陕西作协家属院,但白天一整天的活动,包括写作、读书、会客都在二府庄。二府庄乍一看像个村名,其实在城里。西安市有四个叫二府庄的地名,雁塔区有两个,莲湖区有一个,未央区有一个。陈忠实所在的这个二府庄,隶属雁塔区小寨街道办事处,是一个城中村,位于电子一路西安石油大学家属区的东邻。陈忠实还把建国路省作协的所在地称为雍村。他写完一篇或一部作品,往往在文末缀上时间和地名,地名喜欢用带"村"或"庄"的字,感觉像在乡村。这也反映了陈忠实浓厚的乡村情结。早在2002年秋天,由在西安石油大学任教的白鹿原人王新建牵线搭桥,西安石油大学聘请陈忠实为该校驻校特聘教授,2008年在续聘为驻校特聘教授的同时,又聘为人文学院名誉院长。既然是驻校教授,就给陈忠实提供了一套三室两厅的单元房作为休息室兼工作室,可以使用,没有产权。2003年春节过后,陈忠实就从乡下搬了过来。对陈忠实来说,这里毕竟生活上更方便一些,在乡下吃饭得自己弄,这里可以在食堂买饭,而且饭菜较为丰富,可以自由选择。这个村名为何叫二府庄,据传是因为明代有两个官员在此建庄,故称二府庄。陈忠实将自己的生活与工作室称为"二府庄",除了乡村情结之外,亦有深意存焉。王新建说,当年他一看到陈忠实在文末署上"二府庄"的地名,就知道陈忠实把这里当作了第二个府第,打算长久安居了。果然,陈忠实后来一直住在这里,早来晚归。即使是节假日,也有很多时间是待在这里。

陈忠实是一个很能扎根的人,喜稳定不喜动迁。算起来,他在农村一待就是五十年;当了省作协主席,居其位而谋其政,就扎在建国路省作协的办公室,一待有八年;复归祖居老屋,一待两年;回城居二府庄,再没有动迁。

新世纪以后,陈忠实更多地"向外转",注重与高等院校或研究机构合作。

2005年6月6日，陈忠实担任终身院长的白鹿书院由陕西省民政厅批准成立。这是陈忠实和一批作家、学者联合西安思源学院共同创办的非营利性文学艺术及相关文化研究的组织。6月28日，白鹿书院和西安思源学院联合在西安曲江宾馆腾龙阁举行了隆重、热烈的白鹿书院成立庆典。来自省内外的社会各界知名人士二百六十余人参加了庆典活动。

在白鹿书院成立庆典上，陈忠实讲到了创办白鹿书院的缘起："我在长篇小说《白鹿原》里曾写到一个书院，这个书院就叫白鹿书院。小说是虚构的艺术。《白鹿原》中的人物大都是虚构的，但唯有白鹿书院的山长朱先生是有生活原型的，就是清末举人著述甚丰的学人影响很大的蓝田人牛兆濂；白鹿书院也有真实生活依托，就是牛兆濂先生当时主持的蓝田县的芸阁学舍。如果要追溯芸阁学舍的文化脉络，渊源可以追溯到宋代，芸阁学舍是在为宋代'关学'代表人物吕大忠、吕大防、吕大钧、吕大临所修'四献祠'的基础上，拓修为传道授业解惑的书院，鼎盛一时，曾有韩国留学生在此学习。2002年，我和几位学者讨论一些问题时，有学者建议，可以在白鹿原上创建一个白鹿书院，承继中华传统文化的脉络，弘扬其优秀品格。创建白鹿书院的构想得到了社会各方人士的热心赞赏，西安思源学院周延波院长更是大力赞同积极支持，白鹿书院从而由构想变成了现实，白鹿最终回到了白鹿原上。"

为什么要以白鹿来命名书院，陈忠实说："在我们传统文化乃至民族心理意识里，白鹿是吉祥、和谐、纯洁、美好和超凡的一种象征性图腾。上至王宫下至庙堂乃至民居宅院都有鹿的各种生动壁画和雕刻。以白鹿来命名书院，就是想创造一种和谐而纯净的学术探讨和文化研究氛围，这种和谐与探究的精神与我们所要创造的和谐社会的精神是一致的。"

陈忠实谈到创办白鹿书院的文化思考时说:"书院是教育和学术研究机构,同时它又是一种文化和精神的象征。我们办白鹿书院,一是要承继中国传统文化之精华和风神秀骨。以白鹿书院为平台,广泛团结、联系国内外的学者、评论家和作家,开展游学、讲学、讨论等交流活动,让传统文化在现代化进程中焕发生机。白鹿书院诞生在古长安这块具有深厚文化底蕴的土地上,我们将会开掘源远流长的关中文脉,承续关学精神,探索促进传统文化向现代转型的新途径。第二,我们现有的这些人差不多都是从事文学和艺术的人,文学和艺术只是大文化范畴里的一系,文学、艺术与社会、历史和人的生存形态有非常紧密的关联,但只是一条途径。因此,书院的研究课题将对现实问题和人类普遍面临的问题,既从文学和艺术的角度,也从思想理论的角度,以及学术的角度,进行研究和探讨,争取对我们的生活发展做出富于建设性的建树。第三,白鹿书院还会以文学和艺术为其特色,藏书、编书、教书、研讨、交流,从而对陕西、对西部乃至全国的文学事业发挥作用,为促进和繁荣文学事业起到促进作用。"

陈忠实谈到白鹿书院的发展时说:我们将"争取与国内外文学界、学术界进行高层对话,把白鹿书院办成一个思想、文化交流的重要平台。我希望,白鹿书院能办成一个萃集各界贤达优秀思想的地方,办成一个能传承优秀的中国文化和传播时代新声的地方"。

白鹿书院成立后,位于白鹿原西畔的白鹿书院,既是陈忠实处理包括白鹿书院公务在内的一些事宜的办公地,也成了陈忠实的会客厅。书院院门外,左有一片竹林,门前是芍药园和一片茂密的树林,环境清幽,每来全国各地和海外的文学界朋友和各界人士,陈忠实都喜欢在书院的院子里接待,交谈。

2005年10月19日,陈忠实又被西安工业学院聘为人文学院名誉院长、教授。同日,西安工业学院陈忠实当代文学研究中心成立,他担任中心主任。

写作依然是陈忠实日常最主要的工作。除了必须参加的文学活动和必要的社会活动，他每天早出晚归，早上8点多一点到二府庄，晚上6点多一点离开回家，一整天都在那里坚持写作。

陈忠实珍惜和看重他在生活道路上和文学创作上各种具有大树人格的人给予他的庇护和帮助。五十岁以后，他把很多精力用于帮人和助人，特别是帮助作家和帮助文学界的年轻人。他为文学同行呐喊奔走，解决了很多人生活和工作中的实际困难和问题。笔者细数了一下人民文学出版社2016年4月为他出版的十卷本《陈忠实文集》，从1992年以来，他为全省乃至全国的作家和艺术家写的书评、序言、作品点评、通信达一百六十余篇，短则千字，长则上万。这些带有评论和研究性质的文字，写起来非常耗时耗力，他需要知人论世，更需要认真阅读作品，细心体会，精心研究。陈忠实所写的对象和文学艺术品类，相当广泛，文学中有小说、散文、诗歌，还有文学评论以及民间文学；艺术中有书法、国画、连环画、雕塑，有戏剧、戏曲，还有电影和摄影。陈忠实的专业是作家，他要评论这么广泛的文学艺术品类，涉及那么多的行当，需要预先做很多功课，要进行必要的知识储备和艺术准备，所以耗时费力自不待言。陈忠实有时为写一篇序言，从准备到写出，其他什么都不干，需要三四个月才能完成。有次偶尔谈到这种事，笔者说写这些东西太费时，太劳神，陈忠实笑笑说："咱能给人帮啥忙嘛？就是动动笔嘛。"他明白许多人特别是一些年轻人是想借重他的声望宣传自己及其作品，他说："多宣传年轻人和年轻人的作品，对我们的文学艺术事业也是一种促进。要多帮年轻人！"他尤其重视老同志特别是一些退休了的老同志的写作，重视一些边远地区的业余作者的写作，他给这些同志和作者写序言、写评论，都分外认真。西北大学教师刘炜评的母亲董淑珍是一位普普通通的教育工作者，在商洛山区工作了几十年。退休以后，她创作完成了一部十多万字的回忆录《槲叶山路七十年》。书稿杀青后,刘炜评的西北大学同学周燕芬女士为该书作了序。刘炜评又呈送稿子于陈忠实,请他也赐一短序,二三百字即可,算是给母亲尽一点孝心。没想到书稿得到了陈忠实充分的肯定,他认真地写了八千多字的序文。

第七章 长河·蝶变

一、通过散文回到自身

二、西湖论剑："思想的力量"与"生命体验"

三、在文学史的长河中

四、蝶变

五、最后的日子

六、盖棺论定：海内外唁电中的评价

七、葬礼

《白鹿原》法文本书影

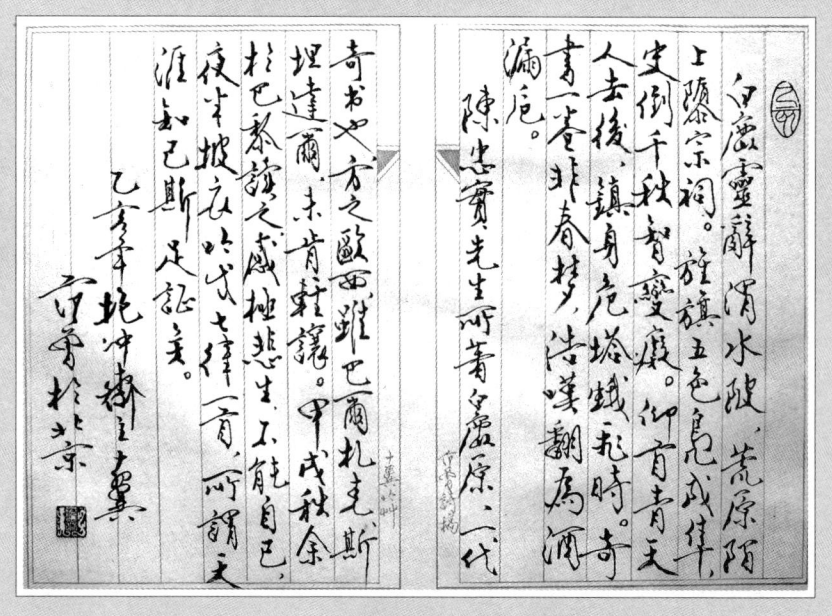

范曾读《白鹿原》诗札

一、通过散文回到自身

  陈忠实创作的第四个时期,为1993年至2013年。二十年来,陈忠实除去写了九个短篇小说,依时间顺序为《日子》(2001年)《作家和他的弟弟》(2001年)《一个虚脱症患者的发言片断》(2001年)《腊月的故事》(2002年)《猫与鼠,也缠绵》(2002年)《关于沙娜》(2003年)《娃的心,娃的胆——三秦人物摹写之一》(2005年)《一个人的生命体验——三秦人物摹写之二》(2005年)《李十三推磨——三秦人物摹写之三》(2007年),偶尔也写点旧体诗词,其他写的基本上都是散文和随笔。结集出版的主要有《生命之雨》《告别白鸽》《家之脉》《接通地脉》《白墙无字》,《原下的日子》《吟诵关中》两本集子收了少量短篇小说,主要以散文随笔为主。这些散文和随笔,其题旨,多为对生活的回味,对生命的咏叹,以及对生活的感悟和思考。陈忠实的创作道路,从写社会热点始,进而以小说直面并深入广阔的社会生活;现在,陈忠实通过散文,回到了自身,审视自己的生活,回味自己的人生甘苦,思索更为深沉的人生哲理。
  陈忠实五十岁以后特别钟爱散文,这与他的生命状态不无关系。散文是一种贴近心灵的文体,比起小说能更直接更自由地抒发作家自己的生命感受与体验,散文写的是"我在",小说写的是"他在"。同时,因为散文是一个与创作主体自由而活跃的生命状态关系密切的文体,陈忠实之迷恋散文,也显示了他生命状态的自由和活跃。五十岁之后,经历了半生社会底层生活磨炼的陈忠实,其生命体验无疑更趋丰富和深沉。他在《兴趣与体验》一文中说:"到五十岁才捅破了一层纸,文学仅仅只是一种个人兴趣","还捅破了一层纸,创作实际上也不过是一种体验的展示"。年过半百,生命境界进一步提升,"曾经沧海难为水,除却巫山不是云",陈忠实的散文具体、实在,少有空灵之感,却多的是真实的生活感受和生命体验。他也很少发表空泛的议论,没有那些不着边际的玄想。他的散文有一种拨去浮云、"豪华落尽见真淳"的境界,质朴而深厚,很有硬度和力度。

陈忠实的散文中有不少篇章是写苦难的,苦难的生活,苦难的人生,几乎贯穿了陈忠实童年和少年的记忆。但他并没有仅止于对苦难的追述,他着力写的是苦难对人的磨砺和激励,苦难中绽放的人性的美好之花,着力写人在苦难中的憧憬和追寻。《晶莹的泪珠》写的是由于家庭贫穷无力供养,"我"不得不休学一年,"我"去教务处开休学证明时的一段经历。作者着力写了一位年轻女老师对"我"的失学表现出的巨大同情心,写她的爱莫能助,写她的殷殷期望,尤其是写了她满含在眼眶里的晶莹的泪珠。作者用平实朴素的语言描述这段往事,感人至深。唯其朴素,不事任何夸饰,才更能传达出那种苦难的况味,才更能恰切地表现出人情的真和人性的美。女老师"晶莹的泪珠"不仅折射出人性的美,也反映出人的灵魂的纯净,那是真善美的泉源。作者最后说:"我今天终于把几近四十年前的这一段经历写出来的时候,对自己算是一种虔诚祈祷,当各种欲望膨胀成一种强大的浊流冲击所有大门窗户和每一个心扉的当今,我便企望自己如女老师那种泪珠的泪泉不致堵塞更不敢枯竭,那是滋养生命灵魂的泉源,也是滋润民族精神的泉源哦……"他的不少散文常抒发对生命的感悟,不是直白地表露,不是谈玄,而是融进具体的对生命的某段行程、某种生命体验的描述中，自然而然，水到渠成。《汽笛·布鞋·红腰带》以红腰带象征生命的某个关键时刻，以烂了鞋底的布鞋象征生活的艰窘，而以火车的汽笛象征新生活的召唤，叙述他十二岁本命年那年，腰系母亲制做的红腰带，第一次走出家门，去三十里外的灞桥镇投考中学，路上鞋破了脚底淌血，疼痛难忍，就在他要放弃赶考的时候，一声火车的汽笛极大地感召了他，这是他平生第一次看见火车，第一次听见火车汽笛的鸣叫。汽笛仿佛是一声长长的召唤，给了他无限的向往和深刻的启示。他既看到了生命的深渊也看到了黑暗云层上面的霞光。仿佛有一股无形的神力腾起，他毅然重新举步上路。最后他感叹："无论往后的生命历程中遇到怎样的挫折怎样的委屈怎样的龌龊，不要动摇也不必辩解，走你认定的路吧！……不要耽搁了自己的行程。"这样的感悟完全得之于刻骨的生命感受，得之于痛彻肺腑的生命体验。"走你认定的路"，"不要耽搁了自己的行程"，朴素的语言中又蕴含了多么深刻的哲理。这是来自深层的生命体验的哲理，不是那种因风落泪的浅斟低吟式的感悟，因而感人也深，启人也远。

可能与陈忠实是一个小说家不无关系，他的散文多是叙事性的，有一定的情节，很注重细节的描写和刻画。由于他重视情节和细节，他的散文常常跌宕起伏，曲折有致，有引人的魅力。同时，他散文中的情节又都是他经历过的生活，而非小说性的虚构，饱含着他的生命体验，渗透了他深刻的心灵感受，因而这种情节和细节就是生命化的心灵化的情节和细节，实中有虚，虚实结合，超越了一般的情节和细节意义。散文表现人的心灵和生命体验，可以直抒胸臆，也可以通过情节的铺垫和环境气氛的渲染、通过细节描写、通过艺术形象的塑造来表现。后者可能更给人以形象化的实在的美感。陈忠实的散文视域关注的都是一些与生命、与人生、与民族和人类关系密切的重大问题，他不写或基本上不写那些意义不大的鸡毛蒜皮琐事，这既表现出他严肃的创作观，也表明了他对散文艺术的特别看重。陈忠实常强调，创作到了一定的时候,不是比技艺和技巧,而是看人格的力量和境界的高低。他是很注重散文的人格力量和艺术境界的。陈忠实的散文语言也很有特点,朴实,形象,而且多修饰的长句子,感情充沛,情绪饱满,很富有感染力。当然,有些描写也稍嫌密度过大,可以再疏朗一些。

从1993年到2013年,按传统的说法,陈忠实的生命是从"知天命"到"不逾矩"。这二十年的散文写作,可分为前十年和后十年。前十年即1990年代,他的散文多是对往事的回忆和对已逝生命的感怀,后十年即二十一世纪以来,他的散文中则有了不少直面当下之作。总体上看,陈忠实属于一个客观写实性的作家,他五十岁以前的作品,以写小说为主,小说是一种要把作家主体隐藏起来的文体,五十岁以后,1990年代,他集中写起了散文,尽管散文是一种更为贴近创作主体的文体,但也许是由于写作惯性,陈忠实这个时期的散文,仍然喜欢侧重于写实的叙事散文,有的散文也有很强的情绪表露,但较为节制,注意藏"我"。而六十岁以后,二十一世纪以来,也许是散文文体真的适合表现,也许是作者的生命境界更臻于自由,也许是作者的现实感怀更为强烈,也许三者兼而有之,陈忠实的散文出现了一个重要变化,这就是他虽然还是习惯在叙事或状物中表现思想感情,但他此时的写作旨趣,主要是托物言志,借景抒情,以事说理,更多是主体内在思想情怀的表现。

陈忠实后期的散文佳作可以《三九的雨》(2002年)《遇合燕子,还有麻雀》(2002年)《原下的日子》(2003年)等为代表。这是陈忠实最为抒情的散文之一,也是作家对自己的生命、对人生的方向思考得最为深沉的作品之一。评论家李建军曾以"随物婉转"和"与心徘徊"评论陈忠实早期和后期的散文创作[①],确实深中肯綮。而李建军所论"与心徘徊"之作,还都是陈忠实二十世纪九十年代所

---

① 李建军:《从随物婉转到与心徘徊——论陈忠实的散文创作》,载《当代文坛》,2009年第6期。

写的散文，陈忠实进入二十一世纪之后所写的散文，像《原下的日子》以及《三九的雨》等，不仅是"与心徘徊"，更是"心声心画""明心见性"。2009年11月23日，山东德州一位文学作者高艳国来西安，晚上笔者请陈忠实和高艳国一起吃饭。席间，高请陈为其《鲁北文学》杂志题字。陈题：既随物以婉转，亦与心而徘徊。陈忠实说，这是刘勰《文心雕龙》中的两句话，前一句讲的是生活体验，后一句讲的是生命体验。"与心而徘徊"就是"生命体验"，这是陈忠实的解读和阐释，精辟！

二、西湖论剑："思想的力量"与"生命体验"

2003年10月，陈忠实应邀参加首届浙江作家节期间，主办方举办了一个名为"西湖论剑"的活动。9日晚上，"西湖论剑"在一个很大的报告厅举行，华灯辉煌，参加作家节的嘉宾和杭州听众约二三百人坐在台下，台上安排了八位论剑坛主。尚未论剑，台上的坛主之一李存葆忽然叫着"罢了，罢了，我还是坐在下面罢"，未等主持人反应过来，李存葆已飞身跳下，混入人群之中。

论剑活动由高洪波主持，他提出一个问题：当前的中国文学缺少什么？请余下的七位坛主依座位顺序分别回答。

陈忠实第一个"论剑"。他说：

我觉得中国文学现在最缺乏的就是思想的力量。社会发展到了今天，各种矛盾都已经展示得非常清楚，一个普通的读者，都能在一定程度上看到这些问题，于是就有一个非常严峻的问题留给作家：如果作家的思想不能超越普通读者，具有穿透当代生活和历史的力量，那么，我们的作品就很难震撼读者，接近读者。

　　这个思想力量的形成，要求作家在创作过程中，必须从生活体验进入生命体验的层面。生活体验的作品可能会有雷同，但进入生命体验的作品就很难雷同，这里有本质的区别。比如米兰·昆德拉，他前期的作品《玩笑》，应该是生活体验的作品，这样的作品在当代中国不难找到，而后期作品《生命中不能承受之轻》则是生命体验的作品，这是我们的文学所缺少的。写作就像化蝶，一次次蜕皮，蜕一次皮长一截，这是生活体验；而一旦蛹化成蝶，就变成了生命体验。我觉得应该有更多的作家和作品进入生命体验这个层次。

在这里，陈忠实的"剑锋"所指，是"思想的力量"。他谈到了社会矛盾，认为一个作家的思想，应该"具有穿透当代生活和历史的力量"，非如此，不能算一个好作家，作品也难以"接近读者"。而"这个思想力量"形成的路径，以陈忠实的看法，则是"要求作家在创作过程中，必须从生活体验进入生命体验的层面"。

在作家的诸种素质中，笔者注意到，陈忠实不止一次强调思想的力量。尽管对于一个作家来说，其最重要的素质应该是形象感知能力和情感表达能力，但是，在文学创作特别是小说创作中，思想的力量确实也是非常重要的。

2009年10月1日的《南方周末》刊发了陈忠实的一篇短文《我们没有史诗，是因为思想缺乏力度》，这是他答记者问的谈话，后经记者整理成文字，逻辑性不是很强。在这里，他又一次谈到"思想"问题。在谈到近年中国长篇小说出版的数量和质量严重不成比例这个现象之后，陈忠实切入了正题，他说，对于近百年来的中国历史，"亲身经历并参与其中任何一个段落的有思想的人，抑或从资料获得具体而又鲜活的生活史实的作家，很难摆脱对这个民族近代以来命运的思考，也很难舍弃在独立思考里形成的生活体验或生命体验，会潮起一种强烈的表述欲望，自然就会有小说创作"。他认为，具有"史诗品格"的长篇小说的产生，"与经济的发达程度和物质的文明高低没有直接关系"，"《静静的顿河》产生时，苏联正处于物质最贫乏的战争恢复期"，《百年孤独》的作者马尔克斯生活的哥伦比亚，也是一个发展中的国家。中国文学没有出现史诗作品，"在我看来，主要在于思想的软弱，缺乏穿透历史和现实纷繁烟云的力度"。他同时谈到"思想"和"政治"的关系，认为政治并不都是极左政治，它"是一个国家和民族命运的光明之灯"，作家应该"恢复对建设性的政治的热情"，因为关注民族命运的文学离不开影响甚至某种程度决定民族命运的政治。

2008年10月17日下午，陈忠实在宁夏大学对学生的讲演中谈到，政治是创作中不容回避的话题。他讲到，他在创作《白鹿原》的时候反复考虑过政治这个问题。他强调，这个问题是他们那一代作家谁都不能回避的话题。过去在极左时期，文艺为政治服务，使文艺沦为政治的标语口号；到了新时期，文学与政治的问题成为当时文坛上一个重要的话题。陈忠实讲，在极左时期，政治往往是带有政策性的明确口号，然后让作家根据这些政治口号和观点去创作，这种极左政治对文艺造成的危害，不仅让普通人更让文学界有逆反心理。冷静地审视之后，他又发现，一部文学作品如果没有思想，没有深刻的政治，仅有风花雪月是不够的。陈忠实讲，要把真正的政治和极左政治区分开，不能用给人造成极大伤害的极左政治来概括所有政治、排斥所有政治，不能因噎废食。作家感受生活、完成生活体验的一个很重要的因素就是思想，作家的思想也可以看作是作家的政治，政治是对人的关怀，是人道主义。作家在感受生活、感受生命的时候，决定感受深度和质量的往往就是作家的思想。就像对矿石的冶炼和提取，提炼的纯度决定于冶炼的手段,作家的思想就像冶炼手段,同样的矿石,冶炼手段粗糙只能炼出粗钢来,冶炼手段精密就类似作家思想独特而有深度,就能炼出好钢来。在二十世纪五六十年代,写农业合作化的作家很多,甚至有很多作家的水平在柳青之上,但是在写农业合作化的作品中,评价最好的是柳青的《创业史》。除了语言、艺术上的差异之外,他认为差异最大的就是思想的深度。柳青的思想深刻,他深入地体验了二十世纪五十年代中国农民的命运,而别人的体验没有他深,艺术表现就达不到柳青那种程度。基于这样的认识,他认为,作家应该强化思想,只有形成自己独立的思想,才能在自己面对生活,无论是现实生活还是历史生活时,产生独特的理解和体验。而这种独特的理解和体验,如果再得到一种较为完美的艺术表述,作品就有了形成作家独立个性的基础。任何一个作家,任何一部作品的存留,决定于它独立的个性,而个性首先取决于思想的深度。

"生命体验"也是陈忠实后期谈得较多的一个创作概念。过去作家谈生活体验的多,谈生命体验的少。陈忠实是在生活、阅读和创作过程中,逐渐意识到生命体验与生活体验的区别,同时也意识到生命体验对一个作家创作的重要性。当捷克作家米兰·昆德拉热遍中国文坛的时候,他认真读了米兰·昆德拉译成中文的全部作品。他把昆德拉的《玩笑》和《生命中不能承受之轻》对照阅读,发现这两部作品在题旨上有相近之处,然而作为小说写作,却呈现出截然不同的艺术气象。他从写作角度探寻其中奥秘,认为前者属于生活体验,后者则已经进入生命体验的层面了。陈忠实认为,从生活体验进入到生命体验,对作家来说,如同生命形态茧里的"蛹"羽化成了"飞蛾",其中最为关键的是心灵和思想的自由,有了心灵和思想的自由,"蛹"才能羽化成"飞蛾"。仔细考辨他所谓的"生活体验"和"生命体验"这两个概念,前者更多地指一种主体外在的生活经验,后者则指生命内在的心理体验、情感体验以及思想升华。

三、在文学史的长河中

　　陈忠实是描写农民生活、农村社会和乡村文化的高手。
　　中国是一个历史悠久的农业社会国家，几千年来，乡村是中国人生活的家园、生命的故乡，乡村自然也成了历朝历代文人描写和咏歌的对象。从先秦《诗经》中的"国风"到东晋的陶渊明再到唐代的王维、孟浩然、韦应物以及宋代的范成大、杨万里等，形成了一个源远流长的山水田园诗派，形成了中国文学独有的关于乡村的审美范式，并积淀为中国人关于乡村的审美理想和文化想象。仔细辨析，其实乡村可分为自然的乡村和社会的乡村。中国古代文人描写和咏歌的，主要是自然的乡村，是可以尽情享受自然之美和人伦之美的牧歌式的乡村，是士子失意后或不得志时可以归来隐去的乡村，这样的乡村图景和乡村生活，表现更多的是乡村自然的一面。到了现代文学，文学中展现的社会因素增多，乡村世界中社会现实的一面，才逐渐在文学特别是小说中得以比较全面的描绘和深刻的表现。鲁迅笔下的乡村社会，灰暗、破败、衰落、沉闷，令人失望甚至绝望，是当时乡村社会的真实写照。而沈从文笔下的边城人生，由于作者更倾心于抒写自然人性，他笔下的乡村社会也就更偏向于自然的一面。鲁迅和沈从文，双水分流，各有侧重，构成了中国现代文学一个侧重于展现社会的乡村、一个侧重于描绘自然的乡村的艺术流向。前者的艺术价值追求在于真实、深刻，后者的艺术价值追求在于自然、优美。沿此双水分流之方向，赵树理的"山药蛋"小说、柳青描写农民创业的小说，其艺术追求总体上看走的是鲁迅之路，而孙犁的村歌、刘绍棠的乡村牧歌情调小说，则大体走的是沈从文之路。

从近现代以来的文学改良和文学革命的思想背景和艺术思潮来看，文学干预社会的作用被极度放大和空前提高。在小说创作中，以鲁迅、茅盾、赵树理、柳青等人为代表的写实派或称现实主义流派是主流。陈忠实走上文学道路，完全靠的是自学，而他所学和所宗之师，前为赵树理，后为柳青。因此，陈忠实承续的是展现社会的乡村这一小说之脉，此脉也被称为现实主义流派。陈忠实在他数十年的创作实践中，在坚持现实主义创作方法的同时，艺术上也不断更新，吸收和融入了现代小说的魔幻、心理分析等艺术表现手法。从文学表现乡村的历史来看，陈忠实的小说，既准确地表现了自然的乡村，表现了北方大地的乡村民俗风物之美，也真实、深刻地展现了社会的乡村，深刻剖析了那种关系复杂的家族、宗法、政治、经济糅在一起的社会的乡村。而他的《白鹿原》，更是表现了儒家文化积淀深厚并且深入人心的文化的乡村。

陈忠实在当代文学文化寻根思潮中所开启的展现文化的乡村这一创作流向，对后来的小说创作甚至电影电视剧艺术创作都有着重要的影响。

四、蝶　变

陈忠实作为一个作家，他的成长之路，他的精神"剥离"过程或称反思过程，他对艺术的追寻之路，不仅放在共和国的历史中，就是放在中国文学的历史长河中，也是相当独特的，具有一定的历史典型意义。

陈忠实首先是在毛泽东《在延安文艺座谈会上的讲话》的精神哺育下，在中国共产党培养工农兵业余作者的体制扶持下，由于自己的兴趣爱好，再加上对于人生出路的追求和奋斗，自学写作，最终走上了文学写作之路。他早期的写作主要是在党的政策指导下写生活与人，这是一种不自觉的听命式的政治性写作。后来几经生活的挫折和文学上的失败，他开始认真反思和苦苦寻找，进入了文学写作上的政策与文学的二重变奏。最后，经过生活实践的磨砺，通过创作实践的体悟，他的思想境界得以提高，艺术境界得以升华，终于回到了艺术之本——人自身。他既认识到文学是人的文学，文学描写的对象是人——真实的人、不同的人、丰富而复杂的人，在写人中写农民的文化心理，进而探寻民族命运；也深刻地体悟到创作还要回到作家自身，要写作家个人的"生命体验"。"从生活体验到生命体验"，这是他创作并完成《白鹿原》之后感受最深谈得最多的一个创作体会。

纵观陈忠实的创作道路，可以清晰地看出时代烙在这个作家身上的鲜明印迹，而他创作于不同历史时期的作品，也鲜明地折射出时代的色彩，甚至不乏时代里程碑式的标志。他上初中时即爱上文学，十六岁在报纸发表受"红旗歌谣"影响而写的诗歌处女作。高中毕业回乡当了民请教师，发愤自学，以文学寄托理想并企图以文学改变命运，不数年即在报纸上发表数篇散文和诗作，引起关注。此时正是"文革"前夕，他二十出头。"文革"后期，在文化环境稍有松动而文学环境出现暖像、政策扶持工农兵新作者的时代背景下，他重新拿起笔，第一个短篇小说就引起文坛强烈关注，并由他改编被拍成电影公映，此后的短篇小说创作几乎篇篇引起较大的反响，在那个荒凉的文学时代格外引人注目。他在这个时期写的作品特别是小说作品，虽然受到当时政治风潮的影响，带有一定的政治概念痕迹，但是生活气息浓郁，人物的思维方式和行为方式是当时特定生活环境中较为真实的人物，并鲜明地体现出那个时代的生活特点，是我们解读和研究那个时代的现实生活和精神文化特征的典型文本。新时期，他的小说创作紧密追踪时代变化的脚步，着力展现时代巨变中乡村社会的人际关系和人的心理，注重人的思想特别是道德观念的变化，同时融进了作者在时移世变时期对现实生活的忧虑和思考。随着社会生活的发展，陈忠实的文化视野更为开阔，艺术探索更为深入，他的文学笔触也更为丰富多彩，探索从地域文化与人的关系、文化觉醒与生命的关系以及文化观念对人的影响等方面描写人物的性格及其命运，许多作品引起较强烈的反响。陈忠实在五十岁以前即《白鹿原》出版以前，一直扎根于农村，从民请教师到基层干部，从业余作者到专业作家，都不脱离他艺术描写的对象，对乡村生活有着深刻的观察、研究和体验，这样的作家在当代中国并不多见。《白鹿原》面世以前，他已经发表短篇小说五十余篇，中篇小说九部，题材涉及当代中国农村的各个时期，人物也是方方面面。艺术上总体坚持现实主义创作方法，追求"史诗"品格，手法上很少讨巧，多是正面切入、正面描写，因此，他的小说给人的感觉，是乡村生活的生动画卷，是农村社会的真实写照，也是农民包括乡村干部的真实、准确而且可以见出时代特征并成系列的形象画谱。陈忠实的文学史意义，还在于他的创作道路、身份变化与共和国的文艺政策、文学体制密切相关，一滴水而映大海，从他的人生履痕可以见出文坛变化的轨迹以至某些内在的脉动。

陈忠实的文学创作虽然与时代的前行总体能保持同步挺进的姿态，但他某些时段的创作也有徘徊以至困惑。他是一个看重生活积累、强调生命体验并在此基础上极为重视文学的思想性包括政治关怀的作家。原本从文学爱好起步，从业余写作入手，后来在环境、时势和个人的追求中一步步成为半专业以至专业作家，时代所给的思想教育，环境所给的文化影响，个人所修的艺术准备，先天的和后天的都有这样那样的缺陷。因此，当他把文学当作终生的事业孜孜以求的时候，他对自己的创作时有自觉的反思。在经历了文学以及因文学而引起的人生挫折之后，特别是面对变化着的新时期的社会生活，他更是从理性高度自觉地反思自己的思想观念、思维方式和文学观念，博览群书以广视野以得启迪,深刻反省以吐故纳新,用陈忠实的话说,就是"剥离"自身的非文学因素,进而"寻找属于自己的句子"。正是有了自觉地和不断地"剥离"和"寻找",陈忠实的创作才有了大的跨越以至超越。

陈忠实说:"到五十岁才捅破了一层纸,文学仅仅只是一种个人兴趣。"虽然只是个人兴趣,但陈忠实并没有把文学当成一种消遣;相反,他在心里,一直把文学看得很重,骨子里还是认同文学为"经国之大业,不朽之盛事"。陈忠实坚信文学的神圣性。面对商潮冲击,不少人对文学应有的价值产生了怀疑,陈忠实提出:文学依然神圣!他说,看一样事物的神圣与否,应该把它放在历史的长河中来考察,之所以说文学是神圣的,因为它是人类不可或缺的精神财富。认识到文学特有的价值,同时也要认识到从事文学创作这一工作的特殊性,不能简单地把文学创作与其他工作比如商业活动做类比,更不能用挣钱多少来衡量。上帝造人,造的是各式各样的人,有不同兴趣的人,各种人自有其自身不可被替代的价值。陈忠实强调,要搞文学,有时就得能耐住寂寞甚至贫穷,文学特有的价值和神圣性有时恰恰就在这里体现出来。

蝴蝶一生发育要经过几个阶段的完全变态,才能由蛹变蝶。作为作家的陈忠实,在其精神进化的过程中,也经历了这样几个阶段。因为出身、经历以及社会环境等各方面的原因,陈忠实的文学准备应该说是先天不足,但他始终视文学为神圣的事业,他的身上具有文学圣徒的精神,一方面不断地顽强求索,另一方面进行可贵的自我反思。这就使他能由最初的听命和顺随式的写作,转为自身的怀疑和内心的惶惑,进而不断地开阔视野并寻找自己,在不断蜕变中最终完成了作为一个作家的个我。听命与顺随、反思与寻找、蜕变与完成,三级跳跃,陈忠实走过了从没有自我到寻找自我最后完成并确立自我这样一个过程,成为一个具有我们这个时代标志的代表性作家。

五、最后的日子

陈忠实的病，是 2015 年 4 月确诊的。

2015 年春节前后，他就说口腔不舒服，溃疡，一直不见好，进食有碍，所以也就不大接受朋友的外请吃饭。听他说是口腔溃疡，我让白鹿书院的工作人员买了一些维生素 B 送他，给他说吃这个对口腔溃疡有很好的疗效。过了一个星期，问效果，他心情显得愉快，说好了一些。过了两个星期，再问，他语气里有些烦躁，说还是那样。再后来，听说一直不见好，病情还有些加重。经常开车接送他的杨毅说他吃了不少药，中药和西药都有，不见效。不少人劝他去医院做个检查，他不愿意去，说口腔溃疡有什么看的。时间长了，大家都有些担心。

有一天，我在《西安晚报》看到一则医学宣传文章，说口腔溃疡本可以自愈，若过了半个月还不见好，有可能发生其他病变，要及时去医院检查。看了这个，我的心情有些沉重起来。

4 月下旬，陈忠实终于决定去医院检查了。有一天，在北京工作的李建军回到家乡，我和仵埂拉着李建军去终南山看一个新建的寺庙。傍晚下山，我给陈忠实打电话，问他晚上能否抽出时间与李建军一起坐坐吃个饭。陈忠实说要准备检查，等检查完了再去，还和李建军通了电话，说这次情况特殊，让我好好接待李建军。检查颇费周折，主要是陈忠实不太配合。最后还是在陈忠实的西安石油大学工作室做的检查，请的是第四军医大学口腔科的权威专家出诊。专家看了，做了活检。结果不好。开始他家人都瞒着他，让他治疗，陈忠实不配合。最后没有办法，告诉了他实情，说这样拖下去不是办法，必须配合医生，陈忠实才勉强接受。接下来就是各种治疗。

陈忠实的家离第四军医大学西京医院只有一站路的距离，他一般是白天在医院治疗，晚上回家。治疗期间，为了安静养病，不让人看望。

这一年的6月28日，白鹿书院成立十周年，请了外地和本省一些专家，在白鹿书院开了一个庆贺会和黄土派文学研讨会。陈忠实是白鹿书院的创始人之一，与会专家和工作人员都关心他的身体状况。都去探望不可能，最后，我同会议全体人员商定，选一个代表去看。我在所有与会人员的签名簿上写了一句：祝陈忠实先生早日康复！

6月29日上午，山西来的作家葛水平代表会议全体人员去看陈忠实。下午，葛水平回来，我和李建军到她房间询问，葛水平说她见了陈忠实，陈忠实已经不认识她了。葛水平报了名字，陈忠实才想起来。陈忠实说的话都写在一张纸上，葛水平拿出来让我们看。上面写着：

记忆失去太多了。
许多多年的熟人朋友，见面竟认不出是谁。
你回吧。
谢谢你和大家关心，代我向他们感谢。

字迹清晰，也有力，像他以前的字。

9月22日晚，杨毅打来电话，说陈忠实有新书给我。杨毅还高兴地说，陈忠实刚吃过泡馍，他对医生说，想吃泡馍，医生说，这个好，说明味觉有所恢复了。谈到陈忠实的病情，杨毅说，医生说百分之七十的癌细胞都杀死了，陈忠实看来精神也好多了，过去走路没有劲，现在有劲了，有时还去石油学院工作室。过了一会，陈忠实给我打来电话，说他放疗，一是影响记忆，许多字都记不起来了，二是没有了味觉。我说想去看他，他说过一星期，他请我吃泡馍。接下来说事，他为一个年轻人的某一件事说情，他说我主持此事，不好给别人开口，让我不要管，他会给其他人打电话说情。我听了感动，这个时候了,他还费心办这事。

　　10月9日晚上,陈忠实给我打电话,说次日晚上要请我吃泡馍,在东门外老孙家,他让杨毅订包间,让我看着再请几个朋友。我请了仵埂、方英文、朱鸿、刘炜评、王新建、张艳茜、严琳。10日下午,我在西安财经学院参加一个关于柳青精神的研讨会,发完言不久就溜会。由于是从长安区往市区走,遇上晚高峰,堵车厉害,我开车赶到东门外的老孙家,陈忠实已到多时。主位空着,陈忠实坐在主位右侧。我进去,大家都说那个位子是我的,我说这怎么敢。我请陈忠实坐,陈忠实让我坐,说:"你坐到这儿,你给咱主事么。"我就座了。数月未见,陈忠实更瘦了,也显得疲惫,但心情很好。人到齐后,我举杯说:"大家都想陈老师了,陈老师也想大家了,今天在一起吃个饭,高兴高兴!"大家欢声笑语,陈忠实坐在我的旁边,基本上不说话,只听大家说。大家知道他说话还不是太方便,就不专门和他对话,只是闲说一些高兴的事和外面的事,他虽然显得沉默,但是静静地听着,气氛融洽。这天早上杨毅专门给我打电话,说晚上吃饭让大家不要抢着买单,陈忠实说他请,就让他掏钱,有次有人硬抢着买,结果惹得他很不高兴。我知道陈忠实的脾气,杨毅一说,我请朋友时就提前嘱咐不要抢着买单,让陈忠实买。吃饭快结束时,陈忠实让服务员买单,大家都静静地坐在那里,看着他,没有人抢也没有人说客气话。

　　治疗告一段落后,陈忠实虽然不出门,但经常去工作室,能看书、写字,包括写毛笔字。上海有一位作家,要出书,想请陈忠实题书名,辗转托人找到西安思源学院董事长、白鹿书院理事长周延波,周延波又给我说了,我请陈忠实给题了书名。陈忠实很认真,写了两幅,一个横版,一个竖版,让根据需要挑着用。陈忠实还接受了一家报社记者的采访,说他一边养病,一边读书,最新一届茅盾文学奖获奖的几位作家,王蒙、格非、李佩甫、苏童的作品他都读了,有时间还想读金宇澄那部《繁花》。

11月22日上午，西安工业大学举行陈忠实当代文学研究中心成立十周年暨陈忠实文学创作研讨会。其时我随陕西省作家协会组织的采风团在南方采风，未能与会。听说陈忠实参加了开幕式，虽然时间不长，但这是他患病以来第一次公开亮相，朋友们对他病情的好转都感到高兴。

也差不多是在这时候，陕西人民出版社出版了《陈忠实传》。我还没有顾上把书送给他，就有热心人买了送他了。据杨毅说，陈忠实说有不少熟人和朋友向他要《陈忠实传》，陈忠实就自己买了一些书送人。

2016年2月16日，春节过后，正月十五前，我在海南三亚度假，下午正在酒店前边的海滩上散步，陈忠实打来电话，说了两件事。其中一件是让我把他给《当代》杂志最新一期所发表的文学作品用毛笔题写的作品名字，以电子版方式发给《当代》杂志的孔令燕。我在海南，就打电话让我女儿把题字拍照后发了过去。

3月23日，我和周延波去西京医院看陈忠实，陈忠实二女儿勉力在陪护。陈忠实一直躺在病床上，打着营养针，虚弱得厉害。我们不便多打扰，坐了有十分钟左右就告辞了。陈忠实那天也说一两句话，还能听清说的是什么。

4月11日，陈忠实给我打电话，说一个事，他的话我已经一个字都听不明白了，只能猜。过了一会儿，他让黎力（陈忠实的大女儿）打电话给我，才把事情说明白了：中国艺术研究院马克思主义文艺理论研究所要编一本纪念陈涌的文集，向陈忠实要有关陈涌的稿子，陈嘱我找他那篇写陈涌的《释疑者》一文寄去。

4月25日晚上6点多，杨毅来电话，说他感觉陈忠实的病情可能向不好的方向发展了。他说：近日他给陈忠实送报纸和信件，发现陈忠实躺在床上起不来。有一天看见陈忠实从床上起来，非常艰难，让人看着难过。说不成话，每次说事都用笔写。嘴疼，吃不成饭。饭前要吃药，估计是止痛药，吃药以后才能吃一点饭。

4月27日早上,我去西安石油大学参加一个研讨会。去得早,被请至贵宾室先喝茶,西安工业大学的冯西哲过来说:"陈老师病情很不好,叫120送到四医大急救。"我吃了一惊。上午11点,陈彦(中共陕西省委宣传部主管文艺的副部长)、黄道峻(省作协党组书记、常务副主席)也到医院看望。杨毅说陈忠实让他交给我两套人民文学出版社新出的十卷本《陈忠实文集》。

中午过后,我准备去探望陈忠实。先到陕西作协,找到杨毅,他把书给我,一套是陈忠实送我的,一套是给白鹿书院陈忠实文学馆的,都写有赠送对象和他的签名,落款日期是"2016,4,25"。杨毅说,娄勤俭(中共陕西省委书记、陕西省人大常委会主任)、胡和平(陕西省省长)下午4点要去看陈忠实。我一看时间,3点半,想着赶他们之前先去看一下。

和陈忠实大女儿电话联系后,我到了西京医院陈忠实住的病房,看到他躺在病床上。他向我说话,但我听不明白他说什么,他招招手让我坐到近前,一招手,他女儿黎力把笔和一个本子拿到跟前,我知道他说不成要给我写下。我说,早上从西哲那里听说了情况,中午又听杨毅讲了,他就别写了。女儿给他翻译:小利已经知道了情况,就不写了。陈忠实看着我,说:"病没办法。"这句话虽然表达得非常含糊,但我听明白了。

这一天也就是4月27日,陕西省第十二届人民代表大会第五次会议选举娄勤俭为陕西省人大常委会主任,选举胡和平为陕西省省长,下午会议刚一结束,两位领导就来医院看望陈忠实。据后来有关媒体报道,陈忠实躺在病床上给中共陕西省委书记娄勤俭写道:"感谢娄书记关爱,祝贺你任陕西书记,一定会给陕西乃至全国发展做出伟大贡献。再致谢意。"给胡和平省长写道:"感谢您对我的关心厚爱,祝贺今日当选陕西省省长,以您的远大理想和智慧,陕西会再大发展,人民相信您。我再次感谢您在第一天当省长来……"

4月29日早上7点多,陕西省作家协会党组书记、常务副主席黄道峻给我打电话,说老陈情况不好,前天省委书记、省长去看,昨天中国作协党组书记、常务副主席钱小芊去看,老陈昨天晚上被抢救一次,早上又在抢救,他要去看,要我赶紧写一个老陈的生平简介。放下电话,没过几分钟,黄书记又打来电话,说杨毅哭着给他打来电话,老陈已经不在了,没有抢救过来。笔者惊呼了一声……

看了一下表,此时是8时2分。

陈忠实去世的时间,是7时45分。

六、盖棺论定:海内外唁电中的评价

古人有"盖棺论定"一说。陈忠实去世后,海内外很多组织、单位和个人发来了唁电,他们或以组织的名义或以个人的名义,在对陈忠实逝世表达沉痛哀悼的同时,也表达了对一位作家的认识和评价:

2016年4月29日,中国作家协会在唁电中说:

> 陈忠实同志是我国当代文学大家,创作了《白鹿原》等一批享誉中外的优秀作品。他的创作高扬现实主义文学旗帜,饱含对国家对人民的深情大爱,深刻描绘了中华民族百年变迁的雄奇史诗和壮丽画卷。他忠诚于党的文学事业,坚守艺术理想,品格高洁,淡泊名利,谦逊质朴,真诚善良,热心扶掖青年作家成长。他的作品深受广大读者喜爱,他的风范广为文学界称颂。

河北省作家协会在唁电中说:

陈忠实先生是一位杰出的、拥有民族精神的现实主义作家，其人品学问皆为当世之楷则。

先生的代表作《白鹿原》在中国当代文坛上，毫无疑问是小说丛林中的一棵葳蕤光辉的大树，是一座撼人心魄的高峰。在整个20世纪中国文学的大格局中，其思想容量和审美境界，都具有独特的、无可取代的地位。

福建省作家协会在唁电中说：

陈忠实先生是我国当代深具民族精神的著名作家，他成功塑造了一系列富有深刻历史文化内涵的人物形象，描绘了一幅幅斑斓多彩、撼人心魄的长幅画卷，他的代表作《白鹿原》更是中国当代文坛一座风光无限的高峰，对我国当代文学的发展起到了重要的推动作用。

湖南省作家协会在唁电中说：

陈忠实先生是我国当代著名作家，长篇小说《白鹿原》是当代中国文学的不朽丰碑，其史诗品格和中国气派令人敬服。他用作品表达了一个作家对祖国、对人民最忠诚的爱。陈忠实先生是我们作家人格的楷模，创作的榜样。

海南省作家协会在唁电中说：

陈忠实先生创作的长篇小说《白鹿原》，已成为中国文学的一座高峰。

甘肃省作家协会在唁电中说：

陈忠实先生是我国当代中国文学的标识性人物，是中国最杰出的作家之一，他的作品史诗般地再现中国苦难与辉煌，他为中国当代文学事业的发展做出了不可磨灭的贡献，必将载入中国文学史册。

青海省作家协会在唁电中说：

陈忠实先生道德文章，让人高山仰止，以《白鹿原》为代表的一系列文学作品，讲述中国故事，弘扬中国精神，彰显中国气派，矗立为中国当代文学之高峰。

四川省作家协会在唁电中说：

忠实同志品德高尚，热爱人民，热爱生活，著作等身，是全国广大作家的学习楷模，是万千读者崇敬的文学大家。忠实同志是一位德高望重的文学工作领导者和组织者，为党和人民的文学事业奋斗一生，鞠躬尽瘁。忠实同志为人、为文、为官，有口皆碑，世人景仰。

4月29日，中国电影家协会，中国影协主席李雪健，中国影协分党组书记、副主席张宏在唁电中说：

陈忠实同志长期扎根于关中，以直面现实的艺术勇气，把自己创作根须深深伸向民族文化的土壤，励志不移、不畏艰难地向文学创作高峰奋勇迈进，他的文学观及其文学作品，是当代文学的一笔宝贵的精神财富。

《当代》杂志社在唁电中说：

先生已逝，《白鹿原》已经站在了当代文学的群山之巅。

5月3日，新西兰华文作家协会在唁电中说：

陈忠实先生一生拼力创作，以其扛鼎之作《白鹿原》等一大批优秀作品奉献人类，堪称世界华文界楷模。

4月29日，王蒙、单三娅在唁电中说：

沉痛哀悼陈忠实文友。他的朴实、奋斗与成果，永志不忘。

白烨在唁电中说：

"陈忠实是中国当代文学从新时期到新世纪的四十年历史进程中的贯穿性作家，领军性人物。""坚实而丰厚的《白鹿原》，由乡土与乡镇、乡民与乡俗入手，步步深入地展开中国近代以来的社会变迁与历史演变，描绘出了一幅熔乡情、民情与社情、国情为一炉的雄浑壮阔的艺术画卷，堪为中国当代文学的史诗性杰作，实为中国当代长篇小说的珠穆朗玛峰式的里程碑性精品。""陈忠实的为文与为人，都称得上"言为士则，行为世范"。他对文学，志存高远，倾心竭力；对朋友，赤诚交心，讲情讲义；生活上简从俭朴，得过且过，文学上攀登不懈，永不满足，他把自己的一切都毫无保留地投入给文学，奉献给社会，交付于人民。他是以为自己立言的方式，为人民代言。他是我们这个时代最具生活元气和时代豪气的伟大作家。"

白烨虽然在北京中国社会科学院工作,但他是陕西人,对陕西文坛相当熟悉,而且他长期关注并研究陈忠实的创作,一是对陈忠实的创作相当熟悉,二是能站在全国当代文学研究的高度并从比较中观察陈忠实的创作。他的《白鹿原》"堪为中国当代文学的史诗性杰作,实为中国当代长篇小说的珠穆朗玛峰式的里程碑性精品",这个"盖棺论定"的评价很重,很高,前无古人。他关于"陈忠实的为文与为人,都称得上'言为士则,行为世范'",也字字千钧,被陕西省作家协会专家组撰写的陈忠实悼词所引用。

白描在唁电中说:

> 陈忠实始终对文学怀有崇高信念和滚烫的热情,在新时期崛起的文学陕军中,他是一位重要的领军人物,在陕西当时正在成长的一批青年作家当中,他最早获得成功,最早引人关注,在当时,他是大家的榜样,激发起大家的雄心和自信。他的厚重坚实的现实主义书写,他介入生活的热情和自觉意识,他为文学梦想忘我献身的精神,感染和影响了很多中青年作家,新时期文学陕军的精神面貌和风格基调,很大程度上是在他影响下确立起来的。他的系列中短篇小说,早已昭示他走向一位文学大家的可能性,而其代表作《白鹿原》,为他做了确证。陈忠实不朽,白鹿原不朽。

白描是从陕西作协大院走出去调到北京工作的作家,他比陈忠实小十岁,曾在陕西作协的《延河》杂志工作多年,对陕西文坛和陈忠实这一代作家相当熟悉。他的唁电在评价陈忠实文学成就的同时,重在评述陈忠实对陕西作家和陕西文学的重要影响。其中,"在新时期崛起的文学陕军中,他是一位重要的领军人物,在陕西当时正在成长的一批青年作家当中,他最早获得成功,最早引人关注,在当时,他是大家的榜样,激发起大家的雄心和自信",这只有历史过来人才能有此认识;"新时期文学陕军的精神面貌和风格基调,很大程度上是在他影响下确立起来的",可谓过来人深中肯綮同进也是分量很重的评语。

蒋子龙在唁电中说:

> 吾弟忠实,为人汇西北淳朴民风之大成,文风集秦汉古韵之精髓,文风人品俱佳!

蒋子龙长陈忠实一岁,算陈忠实同代作家,当年"工农兵作者"受重视,蒋为工人作者之代表,陈为农民作者之代表,都是共和国文学的代表性作家。蒋子龙唁电,感情真挚、饱满,其评价是津门作家领军人物对陈忠实的遥望识见。

冯骥才在唁电中说:

> 忠实的成就代表着当代文学的高峰,为人纯正令人尊敬。

4月30日,铁凝在唁电中说:

> 陈忠实先生视写作为生命。他以不朽的作品捍卫了文学的神圣;以端严正大、忠厚率真之品格,和其笔下的经典群像共同成为一个民族、一块不屈不挠的土地上耀眼的文化标识。

刘成章在唁电中说：

　　74个春秋，凝作7.4秒的闪电，照亮了中国文学史一个时段沉寂的天空。无疑，《白鹿原》每个章节都有着璀璨灼人的真正的艺术力量。忠实，我的可以掏心掏肺的朋友，你曾真诚地说，可以用《白鹿原》作长眠的枕头了，但现在，我们不但捧着你的巨著《白鹿原》，还捧着长有柿树杏树和庄稼的自然界的整个的白鹿原，让你去枕，你完全有资格与曹雪芹、巴金、柳青们相伴而眠。百年换尽满城人，但换不走的，是如伟岸的陈忠实这样的杰出灵魂。忠实将永与古城西安同在。

旅居美国的刘成章曾与陈忠实在陕西作协长期共事，刘是散文家，他用散文的语言表达他对陈忠实的理解和认识，"照亮了中国文学史一个时段沉寂的天空"，"《白鹿原》每个章节都有着璀璨灼人的真正的艺术力量"，"你完全有资格与曹雪芹、巴金、柳青们相伴而眠"。这样的评价，已经是文学史的评价了。

范曾在唁电中说：

　　陈忠实固一世纪来，中国文坛少有之天才，临楮为文，曷胜唶叹，谨表数语，以志深悼。

七、葬　礼

2016年4月29日早上7点45分，陈忠实因病医治无效，于西安西京医院逝世。享年七十四岁。

4月30日的《陕西日报》在头版刊发了该报记者李卫写的"中国文坛巨星殒落著名作家陈忠实逝世"的消息。消息说,"陈忠实患病期间,省委书记娄勤俭专门前往医院看望并转达了刘云山、赵乐际等中央领导的问候。省长胡和平也看望慰问了陈忠实。省委书记娄勤俭、省长胡和平还分别召开了专题现场会,听取病情汇报,要求全力抢救;中国作协党组书记钱小芊专程来陕看望陈忠实并就救治工作做了指示;中宣部副部长景俊海,省委常委、省委秘书长刘小燕,省委常委、省委宣传部部长梁桂先后赴医院看望"。消息述评,"陈忠实是一位拥有民族精神的杰出现实主义作家。这位从白鹿原走出的'文坛老农',对农村和农民有着深刻的理解,这也构成了《白鹿原》创作的底色"。

同日的《陕西日报》还用四个整版刊发专号,题为"秦地留白,忠实永生",刊发悼念陈忠实的图片和文字。据记者采访,中国作协书记处书记吴义勤说:"陈忠实先生的逝世是中国文学的一个重大损失。他确实是当代难得的伟大的作家,《白鹿原》奠定了他在文学史上的崇高地位。"吴义勤在西安挂职两年,期间他和陈忠实建立了深厚的友谊,刚到西安时,陈忠实带他去白鹿原上的樱桃园里摘樱桃,在灞河边上给他讲述创作白鹿原的一些情景,还去陈忠实文学馆参观聊天。吴义勤说:"我认为陈忠实是一个在人格上没有缺陷的人,在文学上很伟大的作家。"中国作协副主席、评论家李敬泽说:"陈老师是当代文学非常杰出的作家。他真的是一位君子,一位忠厚的长者,品格非常令人尊敬。"中国当代文学研究会会长白烨说:"有人问我他是不是陕西文学领军人物,我说何止陕西,他是全中国文学的领军人物,他在与不在是不一样的,他在的时候像一座山一样,给你一种感召,一种力量,他不在了,这个空白是别人无法弥补的。"陕西省委宣传部原部长王巨才说:"忠实不仅是知名作家,也是非常优秀的文学组织工作者和领导人。他在扶持陕西省内外年轻作家上不遗余力,他给那么多年轻作者认真撰写评论和书稿序言，从字里行间可以看出他对这些尚未成名的作者的竭力扶持。"作家贾平凹称："老陈是一个很杰出的作家，为中国文学做出了重要的贡献。他的作品会长期存留下去的。对他的去世，我们确实很悲痛。这真的是中国文坛的一个损失，对'陕军团'肯定是重大的损失。"作家阿来说："陈忠实读者很多，读者们并不会随着他的逝去而遗忘他，《白鹿原》在中国文学史上也不会被遗忘。"作家程海说："陈忠实为人忠厚，在文学上曾给我很多帮助。他是真的热爱文学，他的精神将长存于世，他的人格魅力不会消失。"

陈忠实逝世后，全国各地许多单位和各界人士纷纷表示哀悼。

中国作家协会发来唁电，天津市作家协会、上海市作家协会、重庆市作家协会等二十四个省市自治区作家协会发来唁电，鲁迅文学院、中国现代文学馆等中国作协所属单位发来唁电，中国国土资源作家协会、中国石油作家协会等国内一些行业作家协会发来唁电，中国电影家协会、中国散文学会等全国一些艺术家协会、学会发来唁电，新疆新和县委宣传部、什邡市人民政府、陕西省图书馆、北京人民艺术剧院等全国一些地方的党政机关、文学艺术机构、文化单位发来唁电，人民文学出版社、作家出版社、《当代》杂志、《十月》杂志、《收获》杂志、《诗刊》社、《文艺报》社等全国一些出版社、杂志社、报社等发来唁电，西安交通大学、西北工业大学、首都师范大学等国内一些大学发来唁电，哈萨克斯坦东干协会主席安胡塞、新西兰华文作家协会等国外一些组织的领导和文学艺术机构发来唁电。

作家艺术家王蒙、铁凝、白烨、白描、蒋子龙、冯骥才、赵玫、张炜、焦祖尧、李佩甫、周大新、赵本夫、叶文玲、王旭烽、麦家、臧军、梅卓、刘成章、范曾、李雪健等以个人的名义发来唁电或唁信。

4月30日，习近平、刘云山、王岐山、刘奇葆、赵乐际、栗战书、胡锦涛、曾庆红、李长春等党和国家领导人对陈忠实的逝世表示沉痛哀悼，向陈忠实家属表示亲切慰问，并委托中国作协和中共陕西省委敬送了花圈。

5月1日，李克强、张高丽、刘延东、朱镕基等党和国家领导人对陈忠实的逝世表示沉痛哀悼，向陈忠实家属表示亲切慰问，并委托中国作协和中共陕西省委敬送了花圈。

5月2日，温家宝对陈忠实的逝世表示沉痛哀悼，敬送了花圈。

4月30日上午，中共陕西省委书记、省人大常委会主任娄勤俭，中共陕西省委副书记、省长胡和平，全国政协外事委员会副主任马中平，省委常委、省委秘书长刘小燕，副省长杜航伟、姜锋等和部分省级老领导到陕西省作家协会吊唁，对陈忠实逝世表示沉痛哀悼，并敬送了花圈。

5月4日晚，中国作协主席铁凝、副主席李敬泽，在中共陕西省委宣传部副部长陈彦和陕西省作协主席贾平凹陪同下，专程到陈忠实家中吊唁。

赵正永、雒树刚、黄坤明、铁凝、钱小芊、赵实、贾治邦、袁纯清、景俊海、任贤良、何建明等中央和国家有关部门领导，韩勇、郭永平、姚引良、毛万春、刘小燕、陈强、高龙福、祝列克、梁桂、徐新荣等陕西省委、省人大、省政府、省政协领导，李希、李锦斌等一些省市领导，陕西省有关部门、市县、单位的负责人，近千家企事业单位、社会组织，或发来唁电、打来电话或敬送花圈，对陈忠实逝世表示沉痛哀悼。

陈忠实去世后，西安市城区的陕西省作家协会、白鹿原上的陈忠实文学馆和城区陈忠实的家分别设有悼念灵堂，从4月29日到5月4日，各处灵堂每天都有成百上千的各界人士和普通群众前往吊唁。

关中民俗，老人去世要唱戏。陈忠实生前是个戏迷，陕西各路艺术家对陈忠实非常敬重，更有感情，他们相约着，到西安市建国路陕西省作家协会陈忠实灵堂外的院子里，为远行的陈忠实再唱一回戏。陕西省戏曲研究院秦腔团赵杨武率领一班演员，大放悲声唱道："陕西军东征时你为主将,白鹿原铸心血千古流芳。祭英灵天地黯秦声悲唱,痛煞煞把名士一命殒亡。"慷慨悲怆的秦腔唱得震天撼地,刘六龙喊:"忠实啊,秦腔,你听到了没有?"西安易俗社惠敏莉带着一班人也来了,她唱道:"先生枕书驾鹤去,白鹿原上顿觉空。长歌当哭神州地,江河呜咽忆忠魂。"边唱边哭,泣不成声。被誉为"中国古代音乐的活化石"的西安市长安区何家营鼓乐社也来了,声韵锵锵,古韵悠悠。老腔艺术家一行九人由张喜民领队,自陕西华阴到了西安,缓步进入作家协会的大院,向陈忠实遗像三鞠躬之后环顾四周,见花圈如山,挽联如云,白了一片,便吩咐自己的人:"摆家伙!"见长凳、短凳各列其位,锣、号、板胡各在其手,就说:"陈老师,我送过你一袋面粉,你夸面粉有麦香。我今天还想送你一袋,让你蒸馒头,烙锅盔,只是你让谁接我呢?陈老师,你咋突然走了啊!"七十岁的张喜民大哭一声,泣下沾襟,然后猛抡长凳,敲击着唱起来:"他大舅他二舅都是他舅,高桌子低板凳都是木头,太阳圆月亮弯都在天上……"众人相围,随声而哭。

5月5日,陈忠实遗体告别仪式在西安举行。

这一天,前来送行陈忠实的普通民众更是人山人海,多达数千人。凌晨5点,便有人从商洛、渭南、咸阳径奔西安殡仪馆。悼念大厅咸宁厅里挤满了人,门外还有数千人排着长队。他们中有人捧着花束,有人抬着花篮,有人拉着条幅,有人举着陈忠实的遗像,作家红柯则举着一册当年刊发《白鹿原》的《当代》杂志。年仅五岁的马欢行,就坐在他父亲的脖子上举着陈忠实的遗像。马欢行的父亲说:"我带孩子为陈公送行。不能与李白杜甫同时代,是一种无奈,但能与陈公同时代,却是一种幸运。"九十岁的王玉娥,其丈夫是抗日老兵,因为陈忠实曾为"中国抗日老兵颂"题字,她感谢,也来送行。蓝田华胥镇的支德胥,是一位大夫,曾经为陈忠实治牙,陈忠实说送书给他,支以为这不过是陈忠实随口说说而已,岂料陈忠实果然托人送书给他。

支德胥慨叹世有斯人,也来送行。灞桥席王的王吉仲,在1970年见过陈忠实。那时候,陈忠实是驻生产队的公社干部,他看到陈忠实把文章贴在墙上仔细修改,甚为惊奇。如今七十四岁的王吉仲,也来了。西安市第三十四中学是陈忠实的母校,学校几十个孩子站在一起,为先生送行。队列中不少人哭喊着:"陈老师走好!陈老师走好!"

很多人说,陈忠实的葬礼是史上最隆重的作家葬礼之一。

后　记

　　本书是《陈忠实传》的增订本。初版本于2015年11月出版后，我用了近两年时间，2016年初动笔，2017年10月完成，对初版本进行了全面修订。一是精炼文字和内容，同时对一些事件补充、增添新的材料；二是新写了一些内容，以期进一步全面、深入地反映传主的生平、文学活动和有关重要事件。

　　2015年11月，《陈忠实传》初版本出版后，我还没有顾上送陈忠实，就有热心人买了送他了。平常开车接送陈忠实的作协同事杨毅给我说，陈忠实说有不少熟人和朋友向他要《陈忠实传》，陈忠实自己就买了一些书送人。2016年2月16日，春节过后，正月十五前，我在海南三亚度假，下午正在酒店前边的海滩上散步，陈忠实打来电话，说了两件事。一是让我帮他办一件事，二是他谈读了《陈忠实传》的感受。他先谈他的读后感，说："你写的那个我的传，早就看完了。原想春节当面和你谈读后的看法，因为一直在治疗中，没有找到合适的时间，今天电话中简单谈几点看法：一，写得很客观。二，资料很丰富，也都真实。有些资料是我写到过的，提到过的，也有很多资料是你从各处找来的，搜集来的，有些资料我也是头一回见，不容易，很感动。三，分析冷静，也切中我的创作实际。四，没有胡吹，我很赞赏。"

　　2000年，我就有写一部《陈忠实评传》的想法。但是陈忠实不赞成。他对写他的一切带"传"字的东西都反对。他认为，"评传"也是一种"传"。他为人低调，总认为了解他通过作品就可以了，没必要写一本传记。他还有一个理由："传"是个人的历史，"史传"的要点，一是真实，二是要比较全面地反映一个人。但是，一个在世的作家，做到真实已经很难，人总是要避讳许多东西，不然会惹麻烦；而要把一个人全部的真实都表现出来，显然更难。见他态度坚决，我也不好多说什么。

但是我一直在搜集和整理资料。算起来，搜集资料和研究资料，大约用了十年时间。在这十年期间，他为院长、我为常务副院长的白鹿书院成立，在我倡议和主持下，还建成了陈忠实文学馆。无论是书院还是陈忠实文学馆，都有一个重要工作，就是搜集和研究陈忠实生活、工作和创作方面的资料，这样，我就掌握了关于陈忠实的大量一手资料。我还编了一本《陈忠实集外集》，收集了陈忠实从1958年至1976年发表的所有作品。这些数量不少的作品，陈忠实在已出版的所有文集中，一篇都没有收录。他认为这些作品或者在艺术上不成熟，或者作品的主题受时代政治的影响有这样那样的问题。但从了解和研究陈忠实的角度看，从了解和研究一个时代的文学的角度看，这个"集外集"还是颇有价值。所以，这本书虽然由白鹿书院内部印行，但广受读者特别是一些当代文学研究者的重视。陈忠实起初对我编这本书态度不积极，但见了书后，还是觉得惊讶，因为其中很多作品连他也找不见了，一些作品当年发表在哪里他也记不清了，有的作品当年他以为被"枪毙"了，却不知被有心的编辑转投他刊而发表，所以他也是第一次见。但陈忠实后来把这本书送人时，总要写一句"供批判用"。

2011年，陕西人民出版社要推出陕西几位重要作家的评传，出版社与陈忠实沟通，也让我和陈忠实沟通。我是一个顺其自然的人，但也觉得有必要跟陈忠实讲一讲我的道理。

我对陈忠实讲，"评传"是"传"，也是一种研究，它是将作家的创作与其生活道路、与时代甚至与历史结合起来，进行整体性考察和分析的一种研究；即使研究作家的一部或一段时期的作品，也必须与作家在特定时期的生活境遇、性格、思想、趣味等方面都联系起来进行考察，还要把作品放在历史和时代的大背景中去分析和考量。

陈忠实说："像我这样经历的人很多，农村里一茬一茬的，农民出身，没有念过大学，当个民办教师业余搞点文学创作，没有什么特别的，而且有的人比我经受的苦难更多。写我没有什么价值和意义。"我说："历史总要选择一个人作为代表或者作为叙事对象，来呈现历史的面貌。在我看来，你就是一个典型代表。研究你，不只对你个人有意义，对中国当代文学史的研究也有意义。"

陈忠实考虑了半个月，终于同意我写，还叮嘱说："放开写，大胆写。"

尽管我和陈忠实在一个单位工作，是同事；在一个单元住，楼上楼下，是邻居，还一起办白鹿书院。但一般地了解一个人和要写一个人，是完全不同的。同事和邻居，有些事不必了解，过往时日更不必深究，但要写一个人，则必须尽可能地事事了解，过往时日也必须了然于胸。甚至，在某些方面，作者知道的还要比传主更多。因此，为写这本书，我先下笨功夫，编《陈忠实年谱》。对于我来说，编年谱主要是为了全面地深入地了解陈忠实。从方法论意义上说，我有一个体会，在文学研究特别是对一个作家的研究中，只凭有限的资料，是很难全面、准确地把握一个作家的。根据有限的资料或部分资料，谈一些观点，管窥蠡测，难免片面。有一句话叫"窥一斑而知全豹"，这种"知"，基本上是猜测和想象，很难准确。而如果知道了"全豹"，再来看这"一斑"，就有可能对这"一斑"有特别深入的理解，也才能知道这"一斑"在"全豹"身上的地位和意义。在编年谱的过程中，我阅读、研究了大量资料，到陕西省委组织部查看陈忠实档案，访问与陈忠实工作和生活有关的一切可以访问的人，当然，也随时询问陈忠实本人各种问题，以期尽可能地还原陈忠实生命的每一年每一月甚至每一天。在此期间，我应约把《陈忠实年谱》加上为《陈忠实评传》写的少量文字，再加上我多年来为陈忠实文学馆的建立和完善搜集和拍摄的图片资料精选，合为一体，于2012年10月出版了《陈忠实画传》一书。

心中想的是写《陈忠实评传》，但在写的过程中，我还是侧重了陈忠实的生活道路、创作道路，即"传"的部分，"评"的方面，用笔不多，一是将陈忠实的创作分为四个阶段，对每个阶段作概括性评论，二是对各个阶段的重要作品和代表性作品进行重点分析和研究。我的想法是，先把史实搞清楚，评可以慢慢来。

2013年，书稿写完，请陈忠实过目，他仔细看了，改了个别小问题，也提出有些内容可以删去。他对我说："写的都是事实。"但是，这部书没有马上出版。我对这本书又打磨了两年，2015年以《陈忠实传》书名出版。

《陈忠实传》能在陈忠实在世时出版，让他看到并得到他的肯定，我感到很欣慰。现在，我又用两年时间进行增订，进一步完善书稿，特别是增写了许多我曾想写而未能写或未能写完的内容，弥补了许多缺憾，令人快慰。

常有人问我：你为什么要写《陈忠实传》？我认为，陈忠实是当代文学代表性的作家。从业余爱好文学到专业从事写作，他的成长道路和发展过程，极具时代特性。他出身农民，自学成才，业余发表习作，身份几经转换，略有成绩就调到省作家协会成为专业作家，受到作家协会体制的大力扶持和党的精心培养。自学成才、业余作者古今都有，但受作家协会体制的大力扶持和党的精心培养，则为我们这个时代所独有。因自学成才而调入作家协会的业余作者，也非陈忠实一人，但能在一种集体性的写作环境中自觉认识到自身的思想局限和精神困境，从"我"的自觉到文学的自觉，不断反思，不断剥离，经过几次精神上的蜕变——既有被动的不得已的蜕变，更有自觉的凤凰涅槃式的蜕变——终于完成精神和心理上的"洗心革面"和"脱胎换骨"，文学创作也面貌一新，从而写出《白鹿原》这样的代表一个时代文学高度的杰作，则更是凤毛麟角了。因此，为陈忠实写传，既有文学的意义也有历史的意义。

对于我来说，写《陈忠实传》，主要还是为了满足我的"历史学"兴趣。近二十年来，我好读历史书。写《陈忠实传》，可能就受到了历史学的态度和方法的影响：历史学的态度，是求真，尽可能地做到真实；历史学的方法，那就是重材料，重考据，一丝不苟。传为史，事要有出处，话要有来源。知道多少写多少，有多少材料写多少。即使是陈忠实自己说的、写的，有怀疑的也怀疑，该考证的就考证。不可虚构，不能想象，不能按照某个既定理念去塑造一定的形象，不能为了某个假想目的去完成预设的宏大题旨。

是为后记。

2017年10月长安南山居雨中